《三国志演义》
互文性研究

王 凌◎著

人民出版社

目　录

绪论：互文性视阈下古代小说文本研究的现状与思考[①]

　　"互文性"是 20 世纪 60 年代由法国学者朱莉娅·克里斯蒂娃在巴赫金对话理论基础上提出的概念，又被译为"文本间性""文本互涉"等，是指"一个确定的文本与它所引用、改写、吸收、扩展或在总体上加以改造的其他文本之间的关系"[②]，是"一个文本（主文本）把其他文本（互文本）纳入自身的现象，是一个文本与其他文本之间发生关系的特性。这种关系可以在文本的写作过程中通过明引、暗引、拼贴、模仿、重写、戏拟、改编、套用等互文写作手法来建立，也可以在文本的阅读过程中通过读者的主观联想、研究者的实证研究和互文分析等互文阅读方法来建立。其他文本可以是前人的文学作品，文类范畴或整个文学遗产，也可以是后人的文学作品，还可以泛指社会历史文本"[③]。

　　互文性概念自被提出之后，迅速得到法国学者罗兰·巴特、热奈特

---

　　① 该"绪论"部分内容分别发表于《云南师范大学学报》2014 年第 2 期，《内蒙古社会科学》2014 年第 1 期。

　　② ［美］杰拉尔德·普林斯：《叙事学词典》，转引自程锡麟：《互文性理论概述》，《外国文学》1996 年第 1 期。

　　③ 秦海鹰在《互文性的缘起与流变》中博采众说为互文性所下定义，《外国文学评论》2004 年第 3 期。

等人的认同和介绍，并逐渐发展为当代最具影响力的文本理论之一。互文性理论在 20 世纪七八十年代伴随结构主义传入我国，随即在学界引起较大反响，于 20 世纪末形成理论研究的高潮。秦海鹰、王瑾、罗婷等学者对于互文性理论以及理论提出者克里斯蒂娃进行了不遗余力的介绍，而克里斯蒂娃 2012 年的来华讲学之行更为中国学者对互文性理论的理解和认识提供了新的契机。① 互文性作为文学研究方法其最大优势在于强调文本意义的开放性，通过发现和建构文本之间的多重联系展开对作品的多层次、多角度阐释，一方面避免结构主义封闭文本所造成的认识局限，并有助于进一步揭示作品文本特征与接受反应之间的互动关系，为文学文本研究打开新的思路；另一方面，互文性理论在否定文本主体性的同时却并不排斥形式主义、结构主义等对文本形式、结构的细读解析，如里法泰尔就强调在细致入微的文本分析中寻找可以考证的"互文本痕迹"，这就使得互文性理论在具体运用过程中不会流于主观联想而拥有较强的可操作性。目前，互文性作为一种有效的文学批评方法被广泛运用于各时期的各体文学作品研究，并呈日渐繁荣之势。

一 古代小说互文性研究现状综述

小说作为一种包容性极强的文体，自互文性理论诞生伊始就成为其批评实践的重要对象，巴赫金曾表示"长篇小说是用艺术方法组织起来的社会性的杂语现象，偶尔还是多语种现象，又是个人独特的多声现

---

① 克里斯蒂娃曾先后四次来华，最近的一次是 2012 年应复旦大学"光华杰出人文学者系列讲座"项目邀请来华讲学。参见祝克懿、黄蓓编译：《主体·互文·精神分析——克里斯蒂娃复旦大学演讲集》，生活·读书·新知三联书店 2016 年版。

象"，他认为"对话性在小说话语中表现得最为充分，因为小说这种文学体裁不仅包含叙述者的话语，而且还通过各种方式表现、引入、包容他人的话语，融合多种多样的语言成分、文体成分和文化成分，小说本质上是杂语和多声部的"①。这几乎为小说的互文性特质提供了直接证明。当然，巴赫金只是互文性理论出现的促成者，他本人并未使用过互文性概念，克里斯蒂娃在这个意义上走得更远，她认为世界上并不存在独立的文本，而只有互文本，里法泰尔甚至表示读者对一部作品与其他先前或后来作品之间的关系的感知就是构成作品文学性的基本因素。

目前，互文性理论在古代小说研究领域也开始得到一定程度运用。上海财经大学李桂奎先生近年在此方面致力较勤，其代表作有《中西互文性理论的融通及其应用》、《中国古典小说"互文性"三维审视》、《从共时角度看四大奇书之互文性——兼谈其对文学史写作的启示》等。其次，董上德《古代戏曲小说叙事研究》、周建渝《多重视野中的〈三国志通俗〉演义》、刘博仓《三国志演义艺术新论》等著作均采用一定篇幅分析小说文本的互文性特征，可见现代学者已将互文性纳入小说研究的常规范畴。刘勇强先生在其《中国古代小说的叙事学研究反思》一文中更特别强调互文性"对于理解话本小说的某些文本特点及叙事策略具有启发性"，并认为是此后古代小说研究的一个重要方向。② 散见于各学术期刊的 2000 多篇互文性论文以及相关学位论文亦有部分涉及古典小说，③

---

① 秦海鹰：《人与文，话语与文本——克里斯特瓦互文性理论与巴赫金对话理论的联系与区别》，《欧美文学论丛》第 8 辑（2004 年），第 16—45 页。

② 刘勇强：《中国古代小说的叙事学研究反思》，《明清小说研究》2011 年第 2 期。

③ 2014 年知网检索结果尚为 700 多篇，平均每年新增论文 300 多篇，可见近年学界的互文性研究已渐呈热点。（参见王露杨：《我国互文性研究热点变化及发展趋势分析》，《西南民族大学学报》2017 年第 11 期）

其中有一类研究集中精力论述古代小说与其他某一特定文本之间所形成的互文关联，如许中荣《论〈西游记〉与〈五灯会元〉之关系——兼谈对待〈西游记〉中宗教文本应持的态度》、朱慧琴《〈金瓶梅〉与〈废都〉互文性研究》（学位论文）、乔光辉、陈金鑫《日本〈忠臣水浒传〉之与中国〈水浒传〉的互文性解读》、杨森《世德堂本〈西游记〉与〈目连救母劝善戏文〉的互文性研究》、张晓永《解读文本互涉：从〈儒林外史〉到〈孔乙己〉》等，互文对象涵盖现当代小说、外国小说以及其他叙事文体，视野相当广阔，分析的具体内容亦涉及作品题材、主题以及文体特征等多个层面，是目前古代小说研究中最易切入和操作的一种互文探索模式。除此之外，研究主要还涉及以下几个方面：

古代小说的母题互文。从历时角度对小说文本的题材来源进行梳理，从母题入手分析小说文本对前文本的引用、吸收和发展，并以此为出发点对作品形成、流传的文化语境进行解析，与传统影响研究具有极大相似性。事实上，广义互文研究的要点正在于"影响"，一切影响作品的因素皆可视为"文本"，因此所有作品也都是"互文本"。在此方面，大连大学的王立先生论著尤多，专著有《佛经文学与古代小说母题比较研究》、《宗教民俗文献与小说母题》、《〈聊斋志异〉中印文学溯源研究》（与刘卫英合著）等，论文有《明清小说中的宝失家败母题及渊源》、《〈聊斋志异〉中的反暴复仇母题——蒲松龄互文性意识和古代中国向猛兽复仇故事》等。许中荣《从互文性看〈聂小倩〉的故事来源及其创作指向》也属此类。刘卫英《明清小说宝物崇拜研究》（专著）、《明清小说宝物描写若干情节模式研究》、《明清小说中的喷火兽母题佛经来源及其异国情调》、《明清小说神授法宝模式及其印度文化渊源》、《古代神魔小说中的宝瓶崇拜及其佛道渊源》等论文则属于在互文性宏观视野之下从母题入手对古代小说进行的研究。

古代小说的修辞互文。研究多选择经典名著的文体特征、文本意义生成机制等进行跨文本互文分析，切入点虽小，却往往能对具体问题形成深入透视，得出既新颖又客观的结论，颇具价值。由于接受西方前沿理论的优势，海外学者在利用互文性视角审视中国古代小说的实践方面走在前列，其中尤以高辛勇《从"文际关系"看〈红楼梦〉》、周建渝《文本互涉视野中的〈石头记〉》、安如峦《从互文性看〈儒林外史〉的讽刺手法》等论述最为深刻。当然，国内古代小说研究者也逐渐对互文性产生兴趣，朱湘铭《从"互文性"视角看曹操形象"脸谱化"》、张鸣豪《〈儒林外史〉中杜少卿名声的建构过程》、张岚岚《〈葬花吟〉的复调叙事及其互文性生成》、计文君《失落的〈红楼梦〉互文艺术》、张永华《从互文性分析的角度解读〈红楼梦〉的继承性与发展性》等均为代表。

古代小说的语图互文。主要讨论古代小说特殊版本中插图与文字之间的关系。巴赫金认为："如果宽泛地理解文本，释为任何的连贯的符号综合体，那么艺术学（音乐学、造型艺术的理论和历史）也是同文本（艺术作品）打交道。"① 图像作为独特的文本形式与文字文本共同构成读者的阅读对象。文字的画面表现既能反映绘画者对小说内容的理解，同时也对其他读者产生次级影响。插图与文字之间的关系为我们破解小说在不同时期的意义生成与接受情况提供了另一条重要线索。有的学者在研究中还引入图像学理论，将认识更加推向微观和深入。如颜彦博士2012 年获批国家社科基金项目"明清叙事文学插图的图像学研究"正

---

① 参见［俄］巴赫金：《文本、对话与人文》，白春仁等译，河北教育出版社1998 年版，第 300 页。

是学界在互文性宏观视野之下对研究对象与研究方法进行创新的直接反映。不过，目前这方面研究的成果还比较有限，万晴川等《论宋前道教小说中的仙境叙事与图像的互文关系》、胡小梅《明刊"三言"插图本的"语—图"互文现象研究》、《〈李卓吾先生批评三国志真本〉图文关系研究》、马君毅《崇祯本〈金瓶梅〉"语—图"互文关系初探》、杨森《世德堂本〈西游记〉图文互文现象研究》等为代表。

古代小说的影视互文。现代影视对古代小说的改编反映的是现代语境对文学经典的接受与解读，在影视改编大受欢迎的今天，小说文本与影视作品之间的互文关系，以及同题材影视作品之间的互文关系亦成为古代小说的研究方向之一。随着古典小说（尤其是名著）影视改编活动的繁荣，从互文性视角对其得失成败进行讨论的作品亦层出不穷，如王瑾《互文性：名著改写的后现代文本策略——〈大话西游〉再思考》、项仲平《〈红楼梦〉电视剧改编的互文性研究》等论文可为代表。当然，有的研究在标题中并未直接提及"互文"概念，但亦不能掩饰研究者对于"互文性"的自觉承认，如饶道庆《〈红楼梦〉影视改编与传播研究述评》、《〈红楼梦〉影视改编中的阻碍与流失》、《〈红楼梦〉电影中的戏曲因素》等。

经典小说的现代译介。相比而言，语言学者对小说互文性的关注热情最高，尤其是在译介学领域，语言符号的文化指涉性直接考验译者的能力水平，经过翻译的作品能否充分展现原著的文化内涵，同时又配合目的语言的语境习惯，是所有翻译工作者面临的难题。正因如此，从互文性视角出发关注小说名著翻译的成果层出不穷，如钱耕云《互文性与翻译——〈三国演义〉罗译本评析》（学位论文）、康宁《从互文性视角解读〈红楼梦〉两个英译本的跨文化翻译》、朱耕《异化的表达：〈红楼梦〉

诗词英译的互文性》、《互文性理论视角下〈红楼梦〉书名涵义及其英译解读》、苏艳飞《论互文性给翻译造成的困难：以〈红楼梦·金陵判词〉典故英译为例》等。这些论著虽侧重于语言学中的翻译问题，但对古代小说文本解读存在客观的深化和丰富作用，值得借鉴。

古代小说评点中的互文意识。从明清小说批评的主要形式（评点话语）中寻找现代互文理论的对应点，将二者进行对照分析，比较异同，这是在西方互文理论思潮影响下进行的本土文化反思，研究涉及比较诗学，具有一定难度。目前对明清小说批评理论中的叙事学研究成果较多，如张世君《明清小说评点叙事概念研究》就被刘勇强先生评价为"目前最有深度的叙事学清理与阐发"①，但互文性研究方面的成果很少，其中代表性作品仅有李桂奎《毛氏父子对〈三国志演义〉的"比类而观"及其"重复"理论的现代意义》、陈维昭《索隐派红学与互文性理论》、刘海燕《〈三国演义〉毛评中的互文批评举隅——以景物描写的评点为例》等，拙文《〈红楼梦〉脂评中的互文阐释策略》、《毛宗岗小说评点与"互文"批评视角略论》也试图在此方面将研究推向深入。

二　古代小说互文性研究中所存在的问题

总的来说，在"互文性"理论观照之下，古代小说文本研究已初步走出结构主义限制而呈现出新的特点，研究正朝多元、纵深方向发展。不过，与互文性理论本身的发展速度，以及在其他领域（语言学、文艺学、现当代文学及比较文学）的运用程度相比，古代小说研究对其的运

———————————

① 刘勇强：《中国古代小说的叙事学研究反思》，《明清小说研究》2011 年第 2 期。

用仍稍显逊色。从目前所出现的论文数量来看，小说翻译的互文性问题所受关注程度最高。文化语境的差异造成文学经典的不同阐释，而这正好为"作品意义存在于文本之间"的命题提供了直接证据；另外，原著与翻译文本之间所形成的特殊关系本身也提供了最直接的互文分析对象，这是学界热衷于从互文性角度切入小说翻译的直接原因，但同时也造成了研究的某种不平衡性。相比之下，无论是语图互文、母题互文还是影视互文研究都处于不温不火的发展状态，虽然已有学者认识到论题的价值，但成果的形成仍需时日。而就古代小说本身的特点而言，小说成书过程中不同阶段形成的文本之间、作品的不同版本之间、同一个故事的白话与文言文本之间、小说与戏曲文本之间等，其实也都构成了各具特色的互文关系，而这些问题却很少被学界从互文性角度切入并加以关注。笔者认为以下几点是目前研究中存在的比较显著的问题：

第一，对本土互文批评思想的忽略。虽然我国古代并没有系统的互文理论，但概念术语的缺席并不意味观念、思想的空白。事实上，"互文"一词与"intertextuality"的对应已经说明了互文思想在本土文化中的存在。在我国，"互文"概念于汉儒解经时已被广泛提及，郑玄在其《毛诗笺》中就以"互言"、"互辞"、"文互相备"诸说揭示互文的奥秘。后来唐代贾公彦将其正式定义为"两物各举一边而省文"①。现代语言学将之解释为"两个相对独立的语言单位互相呼应，彼此渗透，相互牵连而表达一个完整结构"②，是一种微观的积极辞格。在克里斯蒂娃的互文

---

① 关于此解释是否出于《仪礼注疏》学界尚有不同看法。（参见何慎怡：《〈诗经〉互文修辞手法》，载《第四届诗经国际学术研讨会论文集》，学苑出版社 2000 年版，第 675 页）

② 戚雨村等：《语言学百科辞典》，上海辞书出版社 1993 年版，第 39 页。

理论中，intertextuality 将微观的互文辞格中上下文句之间的对应牵连关系扩展到语篇、文本之间。二者都强调语言形式上的相互对应和意义上的相互补充，可见其相通之处。而除了概念的对应之外，我国传统文学批评中本身也存在西方意义上的互文思想，训诂学基础上发展起来的以笺注、集解为特征的古代阐释学就特别擅于将与阐释对象具有渊源关系或疏证关系的文献资料进行汇聚，① 其实质就是要通过建立文本之间的联系来为作品意义提供参照系，这种批评思路在古典文论中被概括为"秘响旁通"或"交相引发"。有学者甚至认为"交相引发"与西方互文性思想是"世界诗学发展史上一对名称相异、精神实质一致"的孪生儿，② 可见中西互文思想之间的沟通性已经得到学界认可。

明清时期盛行的小说批评活动中已经出现大量互文解读的实践，这正是我国传统文学批评观中的"秘响旁通"、"交相引发"思路在小说批评中的具体运用，目前虽已有学者从比较诗学的角度对此进行讨论，如徐学《"秘响旁通"与西方的互文性理论——兼谈对比较文学认识论的意义》、张淋《略谈西方和中国古代中的互文性理论》等，但从小说理论出发进行的系统清理工作却迟迟未曾开展起来，小说评点研究专著对此的论述也不充分。以毛宗岗《三国志演义》③ 评点为例，笔者认为至少有以下几方面涉及互文阐释的理念：通过史实参照来建构小说人物的品评模式；通过引入前人诗文增加小说意趣的个性化解读；通过寻找情

---

① 参见焦亚东：《钱钟书文学批评的互文性特征研究》，华中师范大学 2006 年博士学位论文，第 23 页。

② 史忠义：《中西比较诗学新探》，河南大学出版社 2008 年版，第 349—367 页。

③ 《三国志演义》：全名《三国志通俗演义》，又称《三国演义》，为叙述的方便本书使用了不同的名称。

节互文来阐释作品内部的特殊结构形式并形成文人式的阐释风格。① 类似互文意识在明清小说的评点话语中相当普遍，它反映的是传统文学批评中的现代元素，也代表了古人相对进步的批评理念。传统小说理论为我们探寻适合古代小说客观实际的理论命题提供了可以充分激活的资源，应当引起重视。

第二，对形式互文性的认识片面。虽然互文性理论强调文本内容之间的普遍关联性，但并不因此忽略或否认艺术形式之间也存在相互借鉴、吸收或改写的可能，费尔克兰福将此称为"语篇深层的互文性"，或"结构互文性"。对古代小说而言，"文备众体"的体制特征就很容易让我们联想到文体之间的融合与渗透：韵散结合叙述模式的形成，史传笔法与小说笔法的融会贯通等。这些问题在小说叙事研究中也都曾被不同程度涉及，但研究多关注其他文体对小说的单向影响，对小说的反向作用则相对忽略。赵望秦师在其《唐代咏史组诗考论》中曾论及《新刊宣和遗事·前集》中频繁穿插胡曾《咏史诗》的现象，并认为这种现象"在作者是引诗为证、以诗证史，以增强描写的真实性，而给读者的感觉未尝不是在串讲诗意，以史注诗，相互发明"②。就从读者角度出发，敏锐捕捉到了同题材小说对诗歌意义生成及接受的影响。其次，小说叙述典型人物的方法也被不少咏史诗所接受，丰富了其艺术表现形式。③《三国》小说的流行还在咏史诗的基本范式之外促生了另一种"类咏史诗"

---

① 参见王凌：《毛宗岗小说评点与"互文"批评视角略论》，《明清小说研究》2013 年第 3 期。

② 赵望秦：《唐代咏史组诗考论》，三秦出版社 2003 年版，第 122 页。

③ 参见潘晓玲：《咏史诗与历史小说关系论——以唐代咏史诗与元明清历史小说为探讨中心》，陕西师范大学 2009 年博士学位论文。

或"仿咏史诗"（即以小说中的虚构故事情节为吟咏对象），① 这些都证明了小说文体的巨大影响力。

除此之外，在特定作品的互文分析方面，形式互文性也还存在全面探讨的空间。明清时期戏曲和小说创作的相互渗透为多种叙述形式在文本中的融合提供了实践平台。小说中富含的大量戏剧因素，既有可能来自民间曲艺，亦有可能对之产生影响，二者形成互动。以《警世通言·苏知县罗衫再合》为例，"白罗衫"作为纽结情节和制造冲突的关键道具而得以强调，两件罗衫的分合伴随苏云一家的失散与团圆，情节的巧合与主人公情感的激烈冲突都十分符合舞台的表演需要。② 正因如此，改编戏曲"白罗衫"至今仍在昆曲、京剧、川剧等舞台上表现活跃。③ 再如李渔的小说《谭楚玉戏里传情　刘藐姑曲终死节》在人物安排上亦借鉴了戏曲角色的设置，其情节也与南戏剧本《荆钗记》存在某种同构性。④ 这部小说后被李渔本人改编为戏曲《比目鱼》，其后《比目鱼》又被他人改编为中篇小说（《戏中戏》、《比目鱼》上下两部），同一题材在小说与戏曲之间形成如此频繁的交替改写，可见文体之间的互文关联。

---

① 比如穿插在《三国演义》中的"静轩诗"就有大量涉及小说虚构内容，并不属严格意义上的咏史诗（周曰校万卷楼本《三国志传通俗演义》中就有 69 首"静轩诗"属于此类）。（参见赵望秦：《〈三国志演义〉中"静轩诗"是依据小说文本吟咏写作的》，《渭南师范学院学报》2012 年第 9 期，第 44—55 页）

② "三言"中大量作品都具此特点，如《蒋兴哥重会珍珠衫》、《陈御史巧勘金钗钿》、《赫大卿遗恨鸳鸯绦》等。

③ 《警世通言·苏知县罗衫再合》故事来本于《太平广记》卷一百二十一"崔尉子"条，清人又本平话改为《白罗衫》传奇。（参见孙楷第：《小说旁证》，人民文学出版社 2000 年版，第 133 页）

④ 此观点参见刘勇强：《戏里传情——谈〈谭楚玉戏里传情　刘藐姑曲终死节〉》，《文史知识》2004 年第 4 期。

　　第三，对读者参与的关注程度有限。互文性批评要求消解作品结构中心主义，强调对文本进行开放式解读，在此过程中，读者的主动参与至关重要。然而从现有古代小说互文性研究的尝试性成果来看，对读者的重视尚未充分显现。古代小说的创作一直非常关注读者反应，对白话小说而言，无论是早期话本还是后期成熟的案头之作（如晚清连载于报刊的通俗小说），读者的欢迎与否都直接关乎作品所能带来的经济效益；而唐传奇在"温卷"的功利性目的推动之下也必定充分考虑读者因素。事实上，任何作品都拥有潜在的阅读对象，作者对其反应的推测会直接引导其创作活动。当然，实际读者有的只进行个人化的阅读活动，外界无从知晓他们对作品的看法；但也有一类读者在阅读活动中通过不同方式发表意见和见解，针对古代小说所形成的序跋、读法即为此类。郭英德先生认为，这类读者同时又是小说的"次要作者"，他们可能对小说采取如下改造活动：（一）发凡起例的整理；（二）添枝加叶的附益；（三）删繁就简的删略；（四）修饰润色的修订；（五）逐字逐句的校勘；（六）分句识读的标点；（七）注音释字的注释；（八）条分缕析的批评；（九）不同语种的翻译。[①] 这些改造一旦发生，小说文本就会出现形式内容上的变化，与原作形成特殊的互文关系，一起为后续读者提供参照，热奈特将这种互文关系总结为"副文本性"。[②]

　　对古代小说而言，以评点者对小说文本的改造最为全面，几乎涵盖以上所论除"不同语种翻译"之外的八种方式。首先，评点者作为小说的早期阅读者，其以往丰富的阅读经验为之提供了互文联想空间。小说

---

① 参见郭英德：《中国古代通俗小说版本研究刍议》，《文学遗产》2005 年第 2 期。

② 参见王瑾：《互文性》，广西师范大学出版社 2005 年版，第 117 页。

《林兰香》的评点者就经常由作品中的耿府联想到《金瓶梅》中的西门府，如六十三回夹批有云："此可见当日大家规矩。看者以此书为《金瓶梅》之对……"① 评点文字与原作以共时存在的方式呈现于后续读者面前，直接对后续读者的阅读产生导向作用。其次，评点者还可能对文本进行直接修改，使之以新的面貌呈现在后续读者面前。这些删改有的确能提高作品艺术价值，如金圣叹对《水浒传》武松十字坡与孙二娘交手一段文字的改动，由于对叙事视点问题的敏锐洞察，评点者将限知视角自觉运用于小说，增强了该段情节的艺术效果；② 但有时也仅为评点者表达个人价值取向的需要，如毛宗岗对《三国志演义》"拥刘反曹"主题的明确与强化等（毛宗岗同时也有许多提高原作艺术品位的修改，如对穿插诗词的删节和规范）。目前，学界已有小说评点研究的专著（如谭帆《中国小说评点研究》、《古典小说评点简论》等）论及评点作为特殊读者反应的价值，似可进一步从评点者本身出发，对其参与文本的方式与程度，独特阐释思想出现的原因、背景，以及对后续读者造成的具体影响等给予关注，以此拓展和推进对小说互文性研究的广度与深度。

此外，针对小说文本进行的直接改编活动，透露的是以改编者为代表的读者群体对原作的某种态度，因此也可从读者接受角度加以讨论。如《宝剑记》对《水浒传》林冲被动、隐忍形象的改造反映李开先强化忠奸之争主题的意图，昆曲《水浒记·活捉》对阎婆惜故事的扩展则表现读者对这个原本无比丑恶的淫妇追求真爱行为的某种同情。从读者视角切入改编作品与原作之间的互文关系，庶几更有助于把握文学现象的本质。

---

① （清）随缘下士编辑：《林兰香》，春风文艺出版社 1985 年版，第 490 页。

② 参见杨义：《中国叙事学》，人民出版社 1997 年版，第 217 页。

第四，整体与系统研究的缺乏。目前虽有从互文性角度研究古代小说的论文陆续出现，但多只针对单篇、单部作品（主要是明清几部重要的长篇小说，尤以《红楼梦》、《三国演义》为重点关注对象）进行局部解析，对古代小说进行全面、系统的互文探讨者尚未出现，既乏专著，也无相关论文集问世。这与此前古代小说叙事研究的繁荣景象颇异，与互文性理论在其他文体尤其是古典诗词领域的运用情况也不尽相同。①在学界对叙事研究的狂热退潮之后，我们也逐渐意识到形式主义将文本封闭所造成的认识局限，而互文理论所强调的文本开放观念（尤其是对主体间性及文化视野层面的拓展）恰好能弥补这一缺陷，为古代小说研究的健康发展打开新的突破口。然而与这种理论本身迅速的发展态势极不相称的是，国内古代小说的互文研究总是浅尝辄止，始终缺乏整体观照的宏观视野。造成这一现象的原因当然很复杂，但至少有两点不容忽视：首先，互文性概念的涵盖内容过多，②既包括作品题材、主题，也涉及作品艺术形式，关乎作品形成及接受的文化语境，从整体着手确实存在一定的操作困难；其次，建构符合本土小说自身实际的互文批评体系尚需时日，尽管文艺学方向的学者一直通过各种方式积极介绍西方互

---

① 如范子烨《春蚕与止酒：互文性视阈下的陶渊明诗》，社会科学文献出版社2012年版，陈金现《宋诗与白居易互文性研究》，文津出版社2010年版等，皆是从互文性角度切入古典诗歌研究的代表性专著。另外现当代文学、外国文学领域也不乏互文性研究专著，如陈丽蓉《中国现代小说互文性研究》，四川人民出版社2003年版，李建波《福斯特小说的互文性研究》，北京大学出版社2001年版，帕特里克等《互文性与当代美国小说》，霍普金斯大学出版社1989年版。

② 有学者认为："互文性理论具有强烈的原生语境性，它的阐释与讨论意见，大多出自欧美思想家"，"因此在跨语境的理解和接受上往往存在一些困难。"另外，"互文性理论本身也存在多义性、矛盾性、复杂性。"（参见王瑾：《互文性：理论与批评》，首都师范大学2005年博士论文，第8页）

文理论，比较文学方向的学者也对中、西互文观念的异同进行了一定程度对比，但古代小说理论研究方向的学者们却对此反应冷淡，现有研究多从某一特定作品入手，选择与之有明确互文关系的另一文本进行参照解读，研究显得随意和零散，古代小说的互文解读应设定几个基本要素，遵循怎样的操作规范，以及对古代小说进行互文解读有何实际意义等问题均没有进行深入系统的思考，真正适合我国古代小说客观实际的互文解读体系尚有待建立。

三　古代小说互文性研究中存在的突破口

小说作为相对晚出的文学体裁，其形成必然受到其他文体的直接浸润，这是文学发展的必然规律。巴赫金认为："从原则上说，任何体裁都包容在这类小说结构里。"① 就是针对小说文体的这种兼容性而言。另一方面，古代小说（尤其是明清作品）中有大量作品经历了世代累积的过程才最终成书，民间数百年的流传、演变为作品融入丰富的历史文化内涵提供了机会。进入文人独创期之后，小说"文备众体"的审美要求、"有所本"的传统意识又为小说文本提供了广阔的意义参照空间。此外，读者的广泛参与也对明清小说文本的形成产生了极大影响，书场听众对故事内容的现场反馈、职业文人对于小说的细读点评等都直接影响到文本的最终呈现方式。凡此种种，为古代小说提供了巨大的互文阐释空间，亦为我们进行小说互文研究提供了基本前提。从目前的研究

---

① ［俄］巴赫金：《小说理论》，白春仁、晓河译，河北教育出版社 1998 年版，第 106 页。

现状来看，古代小说的互文性研究至少还可在以下几个方面进行开掘：第一，关注小说版本中的"一书各本"与"副文本"现象。"一书各本"是针对我国古代小说复杂的版本现象而言。版本问题历来是古代小说文本研究的重要内容，但关注热点多在不同版本出现的时间、不同版本之间形式内容的差异等，从互文视角聚焦小说版本的并不多见。而事实上，版本所引发的一系列问题与热奈特提出的"副文本性"问题极有相契之处。① 热奈特所指的副文本性，意谓"一部文学作品所构成的整体中正文与只能称作它的'副文本'的部分所维持的关系"。"副文本包括标题、副标题、互联性标题、前言、后记、告读者、致谢等，还包括封面、插图、插页、版权页、磁带护封以及其它附属标志，作者亲笔或他人留下的标志。"② 显然，副文本的内容与我国小说版本构成之要素有若干重合之处。明清小说版本的复杂程度很高，出版商为追求商业利益着意迎合读者口味，批评家欲通过小说批评宣传自身文学主张，都可能成为小说以不同形式出现的原因，而漫长复杂的流传过程也给小说最终表现形式的多样化提供了适宜土壤。绣像本、评点本、抄本、刻本等众多名色透露了古代小说"一书各本"现象的普遍性。版本变化直接引起副文本性的变化，因为每一不同版本都对应一种特殊的副文本。副文本最主要的功能是"为阅读活动提供一种氛围"，"副文本处于文本的'门槛'——既在文本之内，又在文本之外，它对读者接受文本起一种导向

---

① 热奈特发展了克里斯蒂娃的互文性理论，创立"跨文本性"概念，并进一步将"跨文本性"分为五大类：互文性、副文本性、元文本性、承文本性和超文本性。（参见［法］蒂费纳·萨莫瓦约著，邵炜译：《互文性研究》，天津人民出版社 2003 年版，第 17—22 页）

② 王瑾：《互文性》，广西师范大学出版社 2005 年版，第 116 页。

和控制的作用"。① 插图配合能给读者带来形象直观的感觉，评点的介入亦能营造一种循循善诱的亲切效果，足可印证副文本在小说意义生成与接受过程中的参与作用。

以《金瓶梅》研究为例。崇祯本的二百幅插图对文字语言进行了怎样的形象化阐释，体现了绘画者怎样的接受心态，又为小说增添了怎样的附加含义？诸如此类，都涉及小说的副文本性。有学者从崇祯本插图的构图特征出发，认为画面呈现出明确的徽派艺术风格，而画面的背景也与当时徽州府的实际情况相符，并由此进一步得出《金瓶梅》故事的发生背景并非山东而为徽州的结论。② 此观点虽未获得学界一致认同，却提出了一个非常有代表性的思路。细谙之下，插图的描绘场面均以修改过的回目所述为中心，③ 表现出绘画者对崇祯改写者的认同，同时也传达出绘画者自身对小说的理解。以五十二回第二幅插图为例，画面右上角陈经济跪地向金莲求欢，集中刻画"潘金莲花园调爱婿"的瞬间，山石相隔的左侧则是官哥被大黑猫惊吓哭泣，玉楼与小玉追赶黑猫不迭的情景。④ 小说中需按语言线性原则分先后叙述的两大场景在线条构成的图画中却得到了共时性再现，潘金莲轻佻又歹毒的个性特征在语言和画面的交相映衬之下栩栩如生。不过，从插图的空间比例来看，官

---

① 王瑾：《互文性》，广西师范大学 2005 年版，第 116 页。

② 参见邢慧玲、邢琚：《崇祯本〈金瓶梅〉中的徽派图形艺术考》，《徐州教育学院学报》2008 年第 3 期。

③ 据统计，崇祯本对万历本中九十一回的回目都进行了修改，修改之后的回目更加契合作品内容，也更加工整、文雅。（参见刘辉：《〈金瓶梅〉成书与版本研究》，辽宁人民出版社 1986 年版，第 28 页）

④ 词话本中该回的回目为"潘金莲花园看蘑菇"，显然不如"潘金莲花园调爱婿"更加精炼与神似。（参见陶慕宁校点：《金瓶梅词话》，人民文学出版社 2000 年版；汝梅、齐烟校点：《新刻绣像批评金瓶梅》，香港三联书店 1990 年版）

哥因无人照管受到惊吓的情景似更为表现之重点，笔者认为这透露了绘画者提前铺垫六回之后情节的意图。此后的第五十九回之中，潘金莲利用自己驯养的雪狮猫将瓶儿之子惊惧至死。五十二回的回目虽未对瓶儿之子胆小怕猫的特点进行强调，插图却对此进行了着意补充。有学者将此类现象总结为"图像对语言文本内容的延展"，实为确论。① 再结合三十二回插图对"潘金莲怀嫉惊儿"场景的表现，读者可以充分了解这一阴谋的酝酿过程。插图一方面凝聚了绘画者对作品的理解，同时又与文字叙述一起为次级读者提供了新的参照信息，让读者更加清晰地认识作品结构安排，信息量逐级递增的文本解读模式得以实现。

当然，也有一点需要指出的是，版本问题虽然与副文本问题有若干相契之处，但二者亦非完全等同。在副文本性所关注的正文与副文本之间的关系中，只有副文本属可变因素。而古代小说由于地位的尴尬，其正文内容在流传过程中出现变化的情况亦不少见：评点家会自觉不自觉地对作品内容进行删削修改，如金圣叹对《水浒传》、毛宗岗对《三国志演义》就有此举动；其他如作品流传过程中的整理者，甚至出版商也都可能参与到作品内容的再次创造中。《金瓶梅》的词话本与说散本、《水浒传》的简本与繁本之间就不只存在副文本的差别，更有正文内容的差异。这种差异显然属于小说版本的因素。引入副文本概念并非以中国小说实践套用西方理论，而是出于开拓视野之需要。在副文本性的启发之下，我们对古代小说独特的"一书各本"现象当有新的认识。

第二，破译小说中的各种"引文"。在互文性的观照视野之下，小

---

① 参见杨森：《世德堂本〈西游记〉图文互文现象研究》，《徐州师范大学学报》2012 年第 4 期。

说文本意义的产生建立在与其他文本的联系之上。卡勒在其《符号的追寻》中提出："一部作品之所以有意义仅仅是因为某些东西先前已被写到了。"① 孔帕尼翁则认为写作本身就是一种引文工作，因为"引文其实是一切写作行为的雏形或隐喻"，这显然是克里斯蒂娃"任何作品的本文都像许多行文的镶嵌品那样构成的，任何本文都是其它本文的吸收和转化"② 观点的延伸。古代文学发展至明清时期，深厚的传统积淀为小说创作提供了太多可资借鉴的信息。"本事"、母题的流传改写；诗词韵语的引用镶嵌；抒情意境的移用再现；叙事技巧的吸收实践等，无不反映前文本在小说中留下的深刻印迹。于是，破译小说文本中的各种"引文"，成为我们追溯小说意义来源的重要途径。

《喻世明言》卷四"闲云庵阮三偿冤债"写青年男女为追求自由恋爱私相结合，男子不幸去世，女子为其守节抚孤，最后遗腹子长大成人光耀门庭之事，其内容与《清平山堂话本》中的"戒指儿记"完全一致，具有明显的相似性。"三言"与《清平山堂话本》皆从宋元以来书场旧话取材，故事多有雷同，不足为怪。不过，若与南宋洪迈《夷坚志》中的"西湖庵尼"相参照，③ 我们更易发现该故事演变发展的轨迹。在"西湖庵尼"中，经过尼姑的周密安排，女子至于尼庵密室，男子喜极暴卒。基本情节与前两篇极为相似，从作品出现的时间先后来看，不排除说书

---

① 转引自王瑾：《互文性：理论与批评》，首都师范大学 2005 年博士学位论文，第 10 页。

② 转引自朱立元：《现代西方美学史》，上海文艺出版社 1996 年版，第 947 页。

③ "西湖庵尼"的故事讲述临安少年久慕一官员美妻，事不得通，谋之于西湖庵尼，尼姑用计赚官员妻至尼庵，并使之醉，少年遂得与之狎昵。然少年喜极暴卒，尼姑与官员妻皆桎梏，后被查明真相，尼姑受刑。（参见〔宋〕洪迈：《夷坚志·支志景》卷三，中华书局 1981 年版，第 902 页）

艺人先从文言小说中寻找素材，再加生发、改造的可能。当然，除了基本情节的相似之外，诸作亦有差别：文言笔记叙述简略，女子对阴谋毫不知情，与尼姑的亲近成为悲剧发生的直接原因。故事具有一定公案意味，尚不脱搜奇记逸的旨趣。除此之外，由于刻画甚简，人物形象无法给读者留下深刻印象。然而，正是这种粗略简单为我们解读白话小说的曲折复杂提供了参照背景，使我们能从对比中挖掘出小说主题的演变痕迹。白话小说篇幅的延长是因为刻画主人公爱情的需要，事实上礼教对于个人爱欲的压制才是导致悲剧的根本原因：阮三追求爱情无望而病，偷尝禁果之后又体虚身亡，实属不幸；陈小姐痛失爱侣，遭受良心和舆论双重谴责，更为可悲。小说标题虽将阮三丧命归因于前世冤债，但并不能掩盖实质的社会原因。明中晚期以来，思想解放大兴，被封建礼教压抑多时的欲望、个性渐被唤醒，"三言"的编者更明确提出要"以男女之真情，发名教之伪药"①。文言作品中以情节离奇而吸引读者，或宋元书场上以男欢女爱桥段而迎合听众口味的故事，至此更承担起批判旧道德的责任。被封建礼教推崇备至的女子守节行为竟建立在私会幽媾的前提之下，孝子节妇的锦被遮盖不住人们对自由爱情的渴望。有了"西湖庵尼"的参照，我们对"闲云庵阮三偿冤债"必定有更为深刻的认识。

这则故事在《金瓶梅》中再次以侧面虚写（次级叙述）的方式出现。②

---

① （明）冯梦龙：《叙山歌》，中华书局 1962 年版。

② 《金瓶梅》第三十四回，西门庆向李瓶儿转述他为官期间所处理的一桩案件：阮三与陈参政家小姐相爱，阮三朋友周二与地藏庵薛姑子定计安排二人相会，阮三身亡，其家人状告陈宅母女。提刑千户夏龙溪为多得贿赂，要将陈小姐问成死罪，西门庆极力反对，略为惩戒之后将其释放。

情节内容虽未见变化，叙述效果则大不相同。孔帕尼翁认为，引用行为本身就具有改造作用，某段文字一旦被引用到另一作品中，即便是加引号的引文，也必定会在新的语境中产生不同的反响。① 嵌入到《金瓶梅》中的阮三故事既不以歌颂自由爱情为目的，也不以批判尼姑奸恶为重点，而仅仅出于让西门庆表明政绩的需要。西门庆因贿赂蔡京而得官，其做官生涯中亦不乏贪赃枉法、草菅人命之事，但同僚夏龙溪的所为有过之而无不及。在《金瓶梅》中，作为封建社会统治基础的儒家道德规范已在经济转型的社会中面临瓦解，青年男女私自结合、佛门子弟男盗女娼，而这一切与官场上明目张胆的贪贿索贿、黑白颠倒相比，却又不值一提，西门庆的自我标榜在此具有十足反讽意味。《金瓶梅》对阮三故事的引用一方面丰富了作品内容，同时又为故事赋予新的内涵，令其焕发新的生命力。作品中这种"引用"、"镶嵌"的情况非常普遍，东坡与佛印的故事、苗青害主的情节、韩爱姐与陈经济的纠葛在"三言""二拍"、《清平山堂话本》中皆有不同表现。经典情景的反复演绎，一方面让我们感受到了小说文本的传承与包容，另一方面也提示了文化语境对于情节诠释的重要。文本之间相互渗透、彼此牵连，形成一个潜力无限的开放网络，以此构成文本的过去、现在和将来。只有将文本置于这个开放的网络体系之中，才能更好地破译文字背后的隐喻。

第三，寻找小说内部的结构互文。除了文本之间形成的跨文本互文之外，小说作品内部还存在一种结构上的互文，也就是哈蒂姆和梅森所

① 参见［法］孔帕尼翁：《二手资料：引文的工作》，转引自［法］蒂费纳·萨莫瓦约：《互文性研究》，邵炜译，天津人民出版社 2003 年版，第 23—26 页。

认同的"文内互文"中的一种，① 这种结构互文也许更符合"互文"概念在古代汉语中的原始内涵，即作为修辞手法的"两个相对独立的语言结构单位，互相呼应，彼此渗透，相互牵连而表达一个完整的内容"②。诗歌作品对互文手法运用最为广泛，"秦时明月汉时关"、"烟笼寒水月笼沙"等皆为成功运用的典范。明清小说将这种"参互成文，合而见义"的微观修辞手法扩展于叙事结构，使得小说文本意义的深层铺展依赖于形成呼应的两处或多处描述对比参照，成为作品突出的章法特点。事实上，重要意象的重复、相同场景的再现、平行人物的设置、情节的对称安排等从某种程度上讲都具有这种"互文"的性质和效果。③《儒林外史》中范进、周进等人重复的生活经历就体现了这种安排：考取功名之前，人物遭到远近亲友的百般奚落、羞辱，潦倒落魄几近无法支撑；而一旦高中，众人则对之前倨后恭、百般奉承，态度发生戏剧性逆转，命运大转折情节的一再上演强调了科举制度所造成的时风浇薄。从这个角度看，二人生活经历的雷同显然是作者提醒读者破译作品隐喻的有意安排。《三国志演义》中描述的多组兄弟之事(如刘关张的结义情深，曹操、曹洪的危难相助，辛评、辛毗的各怀一心，袁谭、袁尚的骨肉相残，曹丕、曹植的同室操戈等)，单看各自独立，毫无关联，合而见之则凸显出深层的结构互文意义。作者通过一系列兄弟事件的有机排列，实际是

---

　　①　哈蒂姆、梅森认同莱姆克在 1985 年对互文关系的划分，即文内互文和文外互文，认为互文指涉是"同个文本内部因素之间的关系，或不同文本之间的关系。"(参见 [英] 巴兹尔·哈蒂姆、伊恩·梅森：《语篇与译者》，上海外语教育出版社 2001 年版，第 132 页)

　　②　《语言学百科辞典》，上海辞书出版社 1993 年版，第 39 页。

　　③　参见王凌：《形式与细读：古代白话小说文体研究》第五章"白话小说微观结构技巧"部分，人民出版社 2010 年版，第 290—305 页。

要传达"古来图大事者，未有兄弟不协而能有济者"（毛宗岗语）的深刻道理。① 通过正反两方面结果的对应参照，读者可进一步窥见作品的主题深意。评点者对此一般都有相当敏锐的感悟，这在本书的下一部分还将集中探讨，此不赘论。

此外，笔者还曾专门撰文分析《金瓶梅》中的"重复"叙事手法对表现潘金莲立体形象所起到的作用，这种"重复"并非让人感觉累赘的败笔，而是有意提示读者关注叙述中的某种关联之处。耶鲁学派的代表人物希利斯·米勒认为小说中的各种重复现象可能正"组成了作品的内在结构，同时还决定了作品与外部因素的多样化关系"。② 以小说中反复出现的潘金莲嗑瓜子儿动作为例，孤立来看这仅仅是潘金莲日常生活中一个极小细节，不易引起读者注意。但若以互文视角观之，将人物每次动作的时机、特征联系起来加以观察，我们就会发现动作的每次重现都被安排在潘金莲人生境遇发生变化之时（与武大在紫石街生活之时、初嫁西门庆之时、瓶儿生子之时、官哥与瓶儿相继去世之后等），这个反复出现的寻常动作，几乎串联了潘金莲的戏剧人生。③ 以此类推，《聊斋志异·婴宁》中对女主人公在不同阶段笑声的反复表现何尝不也具备类似的结构深意？再比如，在人物的配置安排上，小说作者也容易表现出同样的互文意识，潘金莲与庞春梅、西门庆与陈经济在生活经历和性格特征上的宾主互补；贾宝玉与甄宝玉、薛宝钗与林黛玉在家世性情、

① 参见王凌：《毛宗岗小说评点与"互文"批评视角略论》，《明清小说研究》2013 年第 3 期。

② ［美］希利斯·米勒：《小说与重复》，王宏图译，天津人民出版社 2008 年版，第 7 页。

③ 参见王凌：《〈金瓶梅〉重复叙事与潘金莲形象新解》，《名作欣赏》2012 年 8 月中旬刊，第 35 页。

理想追求上的对照反衬等皆为此类，而破译这种关系也就成为我们了解作者意图的重要途径。

　　第四，开掘、整理古代小说评点中的互文思想。明清小说评点中蕴含相当丰富的理论命题，"互文"不仅作为一种小说创作技巧而被评点者总结、提炼，同时也是指导评点者自身进行阅读品鉴的重要方法。首先，评点者所归纳总结的诸如"草蛇灰线"、"常山率然"、"一击两鸣"等法，虽不能直接与"互文"性画等号，却也存在极大相通之处，比如都重视文本前后的呼应和补充，强调前后语境的综合参照对文本意义生成所产生的重大影响等。毛宗岗在总结《三国志演义》结构特点时曾有此一段评论："读《三国》者读至此回，而知文之彼此相伏、前后相因，殆合十数卷而只如一篇、只如一句也……文如常山率然，击首则尾应，击尾则首应，击中则首尾皆应，岂非结构之至妙者哉！"①用"常山之蛇"来比喻小说中前后相顾、彼此呼应的结构特征非常形象，②亦从另一侧面反映了小说评点家们的理论智慧。又如《红楼梦》第二十四回脂批回前评"'醉金刚'一回文字，伏芸哥仗义探庵"③，评点者此处所总结的小说伏笔，其实也是互文策略的一种表现。醉金刚倪二仗义借钱与后文芸哥仗义探庵的行为之间本不存在直接因果关联，但二者却构成文意上的对应。与贾府势败后树倒猢狲散的情形相比，市井小民的豪侠之气更值得赞赏。两处情节相互参照，作者的褒贬意图展露无遗。

---

　　①　《毛宗岗批评本三国演义》第九十四回，岳麓书社 2006 年版，第 736 页。

　　②　"常山之蛇"出自《孙子兵法·九地》："故善用兵者，譬如率然。率然者，常山之蛇也。击其首则尾至，击其尾则首至，击其中则首尾俱至。"（《孙子兵法新注》，中华书局 1977 年版，第 114 页）

　　③　《脂砚斋、王希廉点评红楼梦》，中华书局 2009 年版，第 167 页。贾芸仗义探庵的行为目前只能通过脂批留下的线索推测，在程高本后四十回中并无该情节。

其次，评点者在细读文本之时，自己也常使用"交相引发"、"秘响旁通"的传统阐释学方法，将小说中的具体情景与其他文本勾连，发掘不同文本之间的跨文本联系，这与现代互文批评思想更加不谋而合。仍以脂评为例，作品第二十五回宝玉欲从远处观察小红，却被眼前海棠花所挡，脂砚斋于此批注："余所谓此书之妙，皆从诗词句中翻出者，皆系此等笔墨也。试问观者，此非'隔花人远天涯近'乎？"① 脂砚斋赞赏作者将前人诗词意境化入小说的技巧，其实是对作品跨文本互文所获效果的一种肯定。"人远天涯近"最早出现于宋欧阳修《千秋岁》及朱淑真《生查子》词中，前者原文"夜长春梦短，人远天涯近"，后者"遥想楚云深，人远天涯近"，皆表现人物因思念所生无奈之感。这句诗后来又被王实甫运用在《西厢记》张生的唱词中，张生自见莺莺之后魂牵梦萦，故有【混江龙】以抒心中所感，谓"系春心情短柳丝长，隔花阴人远天涯近"。宝玉初次接触小红之后有了进一步了解她的期待，但因碍于袭、晴等人未敢造次，眼前为海棠花所阻的情景实为宝玉存在顾虑心理的一种外化。宝玉对女子天生一种尊重和欣赏，虽常以博爱之心待人，却要体贴近侍之心，不致厚此薄彼，故多情似宝玉者亦常有无奈。经评点者的这一互文联想，作品更添几分诗意。又该回黛玉饭后倚门出神，脂砚斋便认为是由李义山"闲倚绣房吹柳絮"之境化出。② 而接下来黛玉"信步出来，看阶下新迸出的稚笋。"脂砚斋更连批："好好，妙妙！是翻'笋根稚子无人见'句也。○今得颦儿一见，何幸如之！"评点者所引诗句出自杜甫

---

① 《脂砚斋、王希廉点评红楼梦》，中华书局 2009 年版，第 175 页。

② 该句出自李商隐《访人不遇留别馆》，原诗为"卿卿不惜锁窗春，去作长楸走马身。闲倚绣帘吹柳絮，日高深院断无。"脂砚斋此处将"帘"字改为"房"，庶几是有意贴合小说的改动。

《漫兴九首》其七，原文为"糁径杨花铺白毡，点溪荷叶叠青钱。笋根稚子无人见，沙上凫雏傍母眠。"前两句写尽初夏杨花飘落、青荷点染水面的如画风景，后两句则"微寓萧寂怜儿之感"[1]。评点者此处认为"稚子"、"凫雏"，暗寓黛玉年幼，"无人见"与"傍母眠"则形成鲜明对比，凸显黛玉寄人篱下的可怜身世。不独小说文本在评点者的互文式解读之下更具内蕴，杜工部的诗作在此也获得进一步阐释与传播的机会，形成一个层级接受的审美链条。借助自身丰富的审美经验积累，对小说文本进行参照解析，脂砚斋的评点具有典型的传统阐释学特点。这种解读也许是符合作者原意的，也许是延伸性的，甚至只是评点者展示个人才华的一种表现，但客观上确能丰富文本意蕴，为次级读者提供参照。当然，评点者联系文本的程度直接取决于自身的文本素养及兴趣习惯，具有较大随意性，但其与现代互文理论的网络解读思路却是十分切合的。

第五，重视影视作品对古代小说的互文改编策略。名著改编是现代影视作品的一大重要题材来源，在一个崇尚娱乐的时代，影视在人们了解经典、接受经典的过程中扮演着越来越重要的角色。经过改编的影视作品与原作形成一组特殊的互文本：前者对后者产生的影响是历时的，没有原著无谈改编；而后者对前者则构成共时影响，因为从小说完成那一刻起，它便脱离了作者以独立姿态与身处其中的文化世界进行自由嬉戏。里法泰尔曾将互文性定义为"读者对一部作品与其他作品之间的关系的领会，无论其他作品是先于还是后于该作品存在"[2]。可知明清小说与改编影视作品之间的关系亦是小说互文研究的重要考察内容。改编影

---

① 参见（清）浦起龙：《读杜心解》卷六，中华书局1961年版，第836页。

② 麦克·里法泰尔：《文本的创作》，转引自蒂费纳·萨莫瓦约：《互文性研究》，邵炜译，天津人民出版社2003年版，第17页。

视作品作为具有时代特征的文化符号之一，与其他各种因素一起构成古代小说解读的当代背景。

以《水浒传》的影视改编为例，新版电视剧（张涵予版）的人性化叙事策略具有鲜明的时代特征，是当代人文精神的一种正面反映。电视剧增加了大量细节，以凸显人物性格的多面性和流动性，这是对原作人物的变形演绎。比如第 24 集武松兄弟相会一段，武大一方面感激金莲操劳持家，一方面欲促进兄弟与妻子之间的关系，特意买首饰让武松送与金莲。金莲本对武松有意，又认作礼物为武松所赠，一时惊喜不已，得知真相后却又大失所望，情节安排颇具戏剧性。围绕这段情由，导演安排了一系列动作和表情特写。这一细节虽系编者杜撰，却因为传达了人物的微妙心理，丰富了人物性格而起到积极作用。在小说《水浒传》中，人物形象尚未脱尽类型化气质，英雄们勇武阳刚、淫妇们恶毒背伦，程式化的脸谱限制之下难以对人物隐秘微妙心理有进一步触及。类型化性格虽能强化读者对人物的印象，却与生活的真实性存在一定距离，而这与现代人的审美追求不甚相符。电视剧的改编体现了编剧通过细节多侧面开掘人性的努力，也代表了现代社会对于人性的深刻反思，武大的柔情、武松的赤诚、金莲的渴望，通过这个小小细节被刻画得入木三分；而恶毒似金莲，也有其可怜可悲的遭遇，英勇似武松，亦有其不解风情的木讷，这样的安排庶几更接近生活的逻辑。其实，去掉英雄身上不近人情的崇高、开掘反面角色身上的人性光彩，让情节发展更符合生活的常识，几乎是目前所有改编作品的共同套路，① 新《三国》电视

---

① 参见王凌：《〈赵氏孤儿〉在现代影视作品中的人性化改编》，《电影文学》2013 年第 12 期。

剧对貂蝉、吕布爱情进行铺展，电影《画皮》对恶鬼小唯一往情深给予表现，两部《隋唐》（富大龙版《隋唐演义》、赵文瑄版《隋唐英雄》）更是从两个完全不同的侧面对隋炀帝形象加以诠释（富大龙版的荒淫昏庸与赵文瑄版的雄才大略）……诸如此类，皆表现出现代审美视野对人物与故事真实化、生活化的追求。

当然，过度变形也必然导致对原著精神的解构，同时给读者带来戏拟的滑稽之感。在2013版电视剧《武松》中，原著以不近女色为重要标志的好汉人格追求被消解殆尽，淫妇形象却得以大幅正面重塑，在电视编剧大胆的想象与编织之下，武松与潘金莲化身青梅竹马的纯情恋人。守望相助奠定了二人美好的情感基础，阴差阳错的变故却残酷地使恋人变为叔嫂。电视剧一开场就以颠覆性的改变震撼了观众，使之对剧情产生怀疑与质问。而随即展开的情节更充满了荒诞与滑稽，我们看到了《金瓶梅》里西门庆与其结义兄弟应伯爵、花子虚等人之间的罪恶勾当；看到了明清小说（尤其是才子佳人小说）惯用的信物定情桥段，金麒麟的细节甚至使我们联想到《红楼梦》中的史湘云；而人物身份错位引发角色和观众的心理煎熬似乎又是当下流行清宫戏中固定情节的复制（《甄嬛传》中熹妃与果郡王由叔嫂变为恋人，又由恋人回归叔嫂；《美人无泪》中大玉儿与多尔衮亦由恋人变为叔嫂……）经过一系列的剪辑、拼贴，电视剧给观众呈现了一个纷繁复杂、混搭却又有迹可循的世界。剧作的得失成败我们不做评判，但它确可代表这个时代至少一部分读者对于经典的理解和想象。

互文性批评从关注作品文本间性出发，进而将视野扩展到主体间性和文化的互文性层面。与结构主义将文本视为封闭自足的孤立主体相比，互文性理论更具有无限延展的包容性，这是它在当今文艺批评中盛行不衰的主要原因。与此相呼应的中国本土互文观念在古典文论中已有表现，并涉及创作和接受两个维度，《文心雕龙·隐秀》认为："文之英蕤，有秀有隐。隐也者，文外之重旨也；秀也者，篇中之独拔者也……夫隐之为体，义生文外，秘响旁通，伏采潜发，譬爻象之变互体，川渎之韫珠玉也。"① 刘勰借用《周易》卦象的相生变化之理对文学作品的互体成文现象进行阐释：既然文学作品都具有"隐"的特质，那就必须在解读过程中通过由此及彼、触类旁通的方法去揭示作品的多重隐喻。现代学者叶维廉先生进一步解释，认为"秘响旁通"的实质就是指文学作品中每一个字的出现都不是全新独立，而是重叠和多义。② 这与现代互文理论所认同的文学作品的意义产生于与其他作品的交汇之处，又何其相似乃尔？正因为有这样的自觉认识，古代文学批评中常见的诗话、词话以及小说评点中才不乏互文批评的实践。作为古代文学重要组成部分的小说，每部作品从出现开始就肩负起承载互文信息的责任，而经过数百年岁月的沉淀，历史语境与现代精神相互交织，为我们解读经典提供着越来越广阔的参照背景。作品中有待破解的各种引文、隐藏在叙述语言背后的内互文结构，小说版本之间的特殊对应以及小说与现代影视改编作品之间的互涉关联……凡此种种，为古代小说文本研究提供了不断深入的新视角。而从一部古代小说中究竟能读出多大的世界？关乎作品，也关乎读者和解读她的时代环境，概而言之，小说之外的整个世界构成了理解它的互文本，从这个意义上说，我们对古代小说的认识一定

---

① （南朝·梁）刘勰著、周振甫译注：《文心雕龙译注》，江苏教育出版社 2005 年版，第 553 页。

② 参见叶维廉：《中国诗学》"秘响旁通：文意的派生与交相引发"，生活·读书·新知三联书店 1992 年版，第 66 页。

还存在无数可能的空间。

四　本书的研究旨趣

作为我国章回小说代表之作的《三国志演义》自诞生之日起就广受世人关注，现代学界对其更是进行了事无巨细的深入挖掘。据陈大康先生的统计，仅 1950 年至 1993 年间面世的明代小说研究论文中，有关《三国志演义》的就有 950 篇。① 而其后研究仍呈持续繁荣状态，如仅2007 年一年的相关论文就达 140 余篇，2017 年与 2016 年分别为 102 篇、115 篇（以《三国演义》为篇名关键词检索），可见研究之盛。在作者问题、作品成书时间、版本变迁、本事流传、人物形象、叙事艺术等各方面均已取得巨大成果的今天，如何寻找新的研究视角，让这部经典之作获得新的生命力成为古代小说研究者面临的共同课题。在此背景之下，现代文本理论开始进入研究者视野，成为其解读经典的有力武器。

尽管学界对互文性理论推崇至此，专门针对《三国志演义》所展开的互文性研究却寥寥无几，目前尚无对《三国志演义》进行系统互文性分析的专著问世，只有周建渝《多重视野中的〈三国志通俗〉演义》中有部分章节涉及于此；刘博仓《三国志演义艺术新论》则用三分之一的篇幅针对作品中频繁出现的书、表、奏议等进行了详细的互文性分析，属国内最早采用互文性视角研究《三国志演义》的论述之一，具有开创意义。其他期刊论文从互文角度对《三国志演义》展开论述的不多，目前有许中荣《论"非三国故事"融入〈三国演义〉的方式及其效果》从

① 　陈大康：《明代小说史》，上海文艺出版社 2000 年版，第 7 页。

素材来源及其进入小说的方式展开论述；朱湘铭《从"互文性"视角看曹操形象"脸谱化"》重在探讨小说如何通过互文性策略建构特定人物形象；李桂奎《毛氏父子对〈三国志演义〉的"比类而观"及其"重复"理论的现代意义》、刘海燕《〈三国演义〉毛评中的互文批评举隅——以景物描写的评点为例》则重点关注了毛批的互文解读意识。互文性理论的大兴与《三国志演义》互文性研究的冷清之间形成巨大反差，值得我们反思，同时也为新的研究提供了契机。有鉴于此，本书选择互文性为基本观照视角，从文本意义的生成方式及阐释模式两个维度对《三国志演义》展开讨论，试图达到以下几个目的：

首先，以互文性为批评视野对《三国志演义》的文本特征进行系统描述，并具体解析文本表现形式与接受效果之间的互动关系，进而深化对小说本质规律的认识；其次，对《三国志演义》文本创作及小说评点（主要指毛氏父子的点评）中已经存在的互文思想进行系统梳理，将其与现代互文理论进行比较参照，总结其规律和特点，深化对互文性理论的认识；再次，从单部作品入手初步尝试建构符合中国古代小说客观实际的互文批评理论体系，在深入推进《三国志演义》文本研究的同时也为古代小说研究寻找新的突破口，完善古代小说理论批评范式。

具体来说，本书将从以下六个方面展开对《三国志演义》互文性问题的讨论：

第一，故事情节与叙事方式的指涉性。在互文性理论的视野观照之下，小说文本的跨文本指涉性将首先受到关注。文学作品的意义并不能通过自身孤立表现，而是更多依赖于与其他文本发生广泛而密切的各种联系。对《三国志演义》而言，对我国传统叙事母题的继承与改写，对史传叙述方式的参考与借鉴，对小说、戏曲经典场景、情节的模仿与戏拟等，虽不足以涵盖其全部的跨文本特性，却无不展示着这部经典之作是如何在与其他作品产生的千丝万缕联系中获得自身的独特意义与价值。这将是我们在《三国志演义》互文性研究中打开的第一个突破口。

第二，小说诗词的互文性解读。人物诗词、名家咏史、作者代拟是《三国志演义》诗词韵语的三大来源。前二者主要以直接引用的方式进入小说，由于本身具有完全的独立性，进入小说之后更通过在两种不同文本之间构筑跨文本联系丰富着小说的内涵意蕴。而作者代拟诗词虽在外部指涉性上略逊于前二者，却能在小说内部建立起情节的参照互文。该部分将从这三个方面对诗词与小说之间的互文关联展开分析。

第三，插图本小说中的语—图互文现象。西方叙事学、图像学理论的引入为传统小说研究带来新的活力，"读图"作为近年流行起来的文化视野也推动了小说插图研究的繁荣。不过，我们对语言与图像之间相互作用所涉及的一个重要命题——互文性却所论不多。该部分主要针对此种现象，通过对"因文生图"、"以图解文"两种特殊现象对插图本《三国演义》中的语—图互文现象进行揭示和解读。

第四，小说叙事结构中的互文美学。这是指小说文本叙事结构中普遍存在的对称、呼应现象（如重要意象的重复、相同场景的再现、平行人物的设置、情节的对称安排、叙述节奏的规律性变化等），是我国传统的"参互成文，合而见义"手法在小说修辞中的创造性运用。该部分将以"内互文"为切入点对《三国志演义》展开系统的结构分析。

第五，毛宗岗评点中的互文解读意识。在明清小说的文人评点中，"互文"不仅已被作为一种创作技巧被总结提炼，同时也是指导评点者自身进行解读品鉴的重要方法。该部分将结合我国古代阐释学中的"交相引发"思想，并参照现代互文理论，对毛宗岗评点中表现出的互文意识进行系统归纳和阐释。

　　第六，小说影视改编的互文策略。该部分试图通过现代读者的接受结果对小说进行逆向反观，探讨《三国志演义》小说文本的多重意义指向，分析文化语境在作品解读活动中所起到的重要作用。在《三国志演义》改编影视剧作中，主创们分别用自己的方式实现了对互文策略的理解和运用：通过信息增值唤醒观众的集体记忆；通过情节改写、人物重塑迎合特定观众的审美需求和接受期待；通过颠覆原作主题以投射观众的现实情感。凡此种种，为我们解读古典小说提供了不同的途径和视野。

第一章　故事情节与叙事方式的指涉性

法国学者蒂费纳·萨莫约认为"人们之所以常常不太喜欢互文性，那是因为透过互文性人们看到了一个令人生畏的庞然大物"①。诚然，"互文性"在突破结构主义封闭自足文本观的同时，为我们最大限度地扩展文本外部空间提供了理论依据。正如索莱尔斯所言"任何文本都处在若干文本的交汇处，都是对这些文本的重读、更新、浓缩、移位和深化。从某种意义上讲，一个文本的价值在于它对其他文本的整合和摧毁作用"②。而卡勒甚至觉得"一部作品之所以有意义仅仅是因为某些东西先前已被写到"③。罗兰·巴特也提出"任何文本都是'互文本'"的论点。④ 发现并强调文本之间存在的各种指涉关系（即文本间性），无疑为我们理解文学作品的意义生成方式提供了新的思考方向。除此之外，

① ［法］蒂费纳·萨莫约：《互文性研究》，邵炜译，天津人民出版社 2003 年版，第 134 页。下同。

② ［法］菲利普·索莱尔斯：《写作与革命》，转引自秦海鹰：《互文性的缘起和流变》，《外国文学评论》2004 年第 3 期。

③ ［美］乔纳森·卡勒：《符号的追寻》，转引自王瑾：《互文性：理论与批评》，首都师范大学 2005 年博士论文，第 10 页。

④ ［法］罗兰·巴特：《文本理论》，张寅德译，《上海文论》1985 年第 5 期。

对于作品的感知和阐释模式，"互文性"亦为我们提供了颇有见地的看法。克里斯蒂娃就曾表示，对读者而言，互文性"提示了一个文本阅读历史、嵌入历史的方式"①。而除了被动接受作品由于特殊记忆（包括作者的记忆和文本承载的记忆）而产生的多重意义之外，读者自身的主体记忆也决定了对作品的理解和阐释。这在一定程度上与当代接受理论（接受美学、读者反映批评）形成呼应。

　　作为我国最早的章回小说之一，《三国志演义》的问世极具文学史价值。明高儒在其《百川书志》中对小说的形成有全面总结，其谓《演义》"据正史，采小说，证文辞，通好尚，非俗非虚，易观易入，非史氏苍古之文，去瞽传诙谐之气，陈叙百年，该括万事"②。在判断小说"世代累积型"成书方式的同时还具体指明了小说的素材来源——正史与小说。③《演义》在诞生后亦迅速造成影响，可观道人《新列国志传》云："罗贯中氏《三国志》一书，以国史演为通俗，汪洋百余回，为世所尚。嗣是效颦日众，因而有《夏书》、《商书》、《列国》、《两汉》、《唐书》、《残唐》、《南北宋》诸刻，其浩瀚几与正史分签并架。"④可知《演义》的出现为众多历史小说提供了模仿的范本。这些材料向我们展示了《三国演义》与诸多其他文本发生的直接关联，为我们开展具体的互文分析提供了方便和可能。当然，这里也有一点值得指出，即互文性研究与传统

---

　　①　[法]朱丽娅·克里斯蒂娃：《文本的结构化问题》，转引自秦海鹰：《互文性的缘起和流变》，《外国文学评论》2004年第3期。

　　②　朱一玄、刘毓忱：《三国演义资料汇编》，百花文艺出版社1983年版，第227页。

　　③　此处的"小说"当指宋元以来流行与说书场的小说及讲史话本，如《三国志平话》之类。

　　④　墨憨斋新编：《新列国志》，载《古本小说集成》，影印日本内阁文人库藏叶敬池梓本，上海古籍出版社1991年版，第1页。

的影响研究有所区别，后者强调文本之间的继承关系，"力求梳理出研究对象受到哪些前人作品的影响，而后又影响了哪些作家作品，以估量其在文学史上的地位"，它侧重的是"思想意义、人物形象的研究"，而且影响研究总会确定强势文本，其研究对象之间存在不对等关系。互文性研究相对更关注"文本本身演变的内在规律"，如"叙事单元的沿袭、叙事话语的搬弄"等，① 其最终目的是"始终以跨历史的视角分析意义的流动效果"②，他的研究对象在地位上来说是平等的。从一定程度上来说，互文性研究是影响研究的深入和发展。以"互文性"视角审视小说作品，有两个维度最易切入，这与互文性批评对文学本质的认识也完全一致：首先是通过具体的文本互涉分析深入理解小说的叙述策略、主题隐喻等；其次是在文本的能指游戏中发掘作品多重意义，建构既符合小说实际又颇具主体特色的阅读和阐释模式。以此为出发点，本章拟从以下三个方面展开对《三国演义》的互文分析：母题的继承与演绎、预叙方式的借鉴以及多种形式的仿拟。

第一节　母题的继承与演绎

母题是文学作品中"一种反复出现的因素：一个事件、一种手法或一种模式"，他也指"一部文学作品中反复出现的关键性短语、一段描

---

① 参见李桂奎：《"互文性"与中国古今小说演变中的文本仿拟》，《河北学刊》2011 年第 2 期。

② ［法］蒂费纳·萨莫瓦约：《互文性研究》，邵炜译，天津人民出版社 2003 年版，第 135 页。

述或一组复杂的意象"①。与主题不同，"母题不是单一作品中表现的某种作家个人化的或偶然的思想观念或情感体验，而是具有人类普遍性与历史延续性的情感模式或经验模式"②。通过母题的辨识和分析，我们可以广泛了解作品与外界的联系，从而进一步破译作品表层叙述背后的"集体无意识"③。《三国演义》作为世代累积型小说，其创作参考了大量的历史范本和民间传说，明主求贤、鸿门宴、英雄失意、天书符水等母题在《演义》中的再现和演绎不仅为我们提供了文本互涉的直接证据，更为破解小说的多重意义指向提供了必要线索；而《三国演义》出现之后影响巨大，被他演绎过的母题类型、情节模式、叙事策略等亦被其他文本引为经典，形成文本间的连续回响。

一　"仁主求贤"的继承与改写

刘备"三顾茅庐"情节出现于《演义》三十七至三十八回，铺叙的重点在于通过刘备反复多次的拜访凸显仁君对贤士的尊重和诚意，其叙述在小说整体结构中起到重要作用。④ 小说中刘备与诸葛亮的仁

① ［美］阿伯拉姆：《简明外国文学词典》，曾忠禄等译，湖南人民出版社 1987 年版，第 208—209 页。

② 童庆炳、程正民主编：《文艺心理学教程》，高等教育出版社 2011 年版，第 242 页。

③ 荣格认为文艺作品是一个"自主情结"，其创作过程并不完全受作者自觉意识的控制，而常常受到一种沉淀在作家无意识深处的集体心理经验的影响。这种集体心理经验就是"集体无意识"。参见朱立元主编：《当代西方文艺理论》，华东师范大学出版社 1997 年版，第 168 页。

④ 诸葛亮"隆中对"在小说叙述结构中的主脑功能可参见袁行霈主编：《中国文学史》第四卷第一章，高等教育出版社 1999 年版，第 27 页。

君贤臣关系一直被封建文人视为理想，三顾茅庐因此也成为佳话。这段叙述并非完全出自作者杜撰，陈寿《三国志》就曾提及："先主遂诣亮，凡三往，乃见。"① 虽记叙简略，但作为小说情节生发的起点当无可疑。不过，有一个值得关注的现象是，《三国志》对诸葛亮的出场还存在不同记载，如裴注引《魏略》即云诸葛亮乃主动出见刘备。② 那么《演义》作者为何会做出厚此薄彼的选择呢？这也许就涉及我国古人对明君贤臣和谐关系的理想与愿望。事实上，我国民间传说与历史记载中并不缺乏这样的母题，它们在广义层面与《演义》均形成互文指涉。俄国学者李福清就认为三顾茅庐情节很可能是从周文王请姜子牙的民间传说生发而来，亦有可能是《史记》、《汉书》中皆有记载的张良"圮桥拾履"故事的变形。③ 周建渝先生亦引入《战国策》秦昭王向范睢求治国之策而三次行跪拜之礼的情节以作参照。④ 事实上故事中刘备本人已经对此发表看法，当关羽对两番求访不见表示不满之时，刘备明确以齐桓公事作比，并谓："昔齐桓公欲见东郭野人，五反而方得一面。"又对张飞说："汝岂不闻周文王谒姜子牙之事乎？文王且如此敬贤，汝何太无礼？"⑤ 无论是刘备所提文王、桓公故事，还是现代学者梳理的张良、秦昭王故事，大都具有相似的叙述要素：如主人公拥有谦逊、忍

① （晋）陈寿撰，（南朝·宋）裴松之注：《三国志·诸葛亮传》，中华书局 2006 年版，第 543 页。

② （晋）陈寿撰，（南朝·宋）裴松之注：《三国志·诸葛亮传》，中华书局 2006 年版，第 544 页。

③ ［俄］李福清：《三国演义与民间文学传统》，尹锡康、田大畏译，上海古籍出版社 1997 年版，第 77—80 页。

④ 周建渝：《多重视野中的〈三国志通俗演义〉》，中国社会科学出版社 2009 年版，第 72—76 页。

⑤ 《毛宗岗批评本三国演义》，岳麓书社 2006 年版，第 298 页。

耐的优秀品质，被请求者为智者贤人，主人公恳求贤者的次数多为三次等。当然也有学者（如周建渝、李福清等）将着眼点放在国人对数字"三"的特殊认识上，将此母题总结为"事行三次始见成效"。不过，笔者更愿意相信此母题侧重指向的是主人公谦逊重礼又锲而不舍的优良品质，这不仅是我国古老民族精神的体现，更迎合了普通民众对仁主、明君的美好想象。而对封建文人来说，故事所透露出的和谐君臣关系亦契合了他们的最高价值追求，以此才能在正史和通俗文学中得到双重认可。

按照"互文性"批评以跨文本视角考察意义流动效果的思路，《三国志演义》的明主求贤母题绝不会随着《演义》的结束而退场，事实上我们确能在其后的小说文本中发现对该母题的再次演绎，有的甚至是直接对《演义》情节的模仿和戏拟。以《儒林外史》"娄公子三访杨执中"为例：相府二公子得知市井儒者杨执中身陷囹圄，遂慷慨解囊助其摆脱官司，事后又主动前往访贤，不料两番不遇，后时隔年余方在老家人邹吉甫引见之下正式会面，三人遂相谈甚欢。此情节在具体叙述中多次表现出对"三顾茅庐"的文本指向：如娄公子对杨执中的倾慕起因于他人的推荐，前两次求访皆因人物的外出而不成，二访不遇的娄公子从摇船者手中读到杨执中诗作，更加深对贤者的仰慕等，皆与《演义》中刘备访孔明经历一致。而鲁编修对杨执中名不副实的推测性评价夏与关羽、张飞起初的看法神似，试作比较：

　　　鲁编修看罢愁着眉道："老世兄，似你这等所为，怕不是自古及今的贤公子？就是信陵君、春申君也不过如此。但这样的人盗虚声者多，有实学者少。我老实说，他若果有学问为甚么不中了去？

只做这两句诗当得甚么？就如老世兄这样屈尊好士，也算这位杨兄一生第一个好遭际了，两回躲着不敢见面，其中就可想而知。依愚见，这样人不必十分周旋他，也罢了。"

——《儒林外史》第十回

却说玄德访孔明两次不遇，欲再往访之。关公曰："兄长两次亲往拜谒，其礼太过矣。想诸葛亮有虚名而无实学，故避而不敢见。兄何惑于斯人之甚也！"……张飞曰："哥哥差矣。量此村夫，何足为大贤！今番不须哥哥去，他如不来，我只用一条麻绳缚将来！"

——《三国演义》第三十八回

　　除去情节设置的同构之外，语言表述中的相似性也极容易让读者将两部作品进行勾连比较。当然，作为一部具有突出反讽意识的小说，《儒林外史》的作者将文本表述指向《演义》还另有其深意，即通过对"三顾茅庐"情节进行表层的模仿以解构其明主求贤的原始内涵：比如令娄府二公子倾慕不已的杨执中其实并非什么真儒大贤，娄公子对他的尊敬也不过因为在愤世嫉俗的情绪上取得了某种一致，而这一切都源于三人举业不顺，遂不约而同将怨气对准永乐皇帝而已。作者为之安排的表演越接近《演义》人物，其精神实质的不符就越容易造成强烈的讽刺效果，① 吴敬梓通过对经典文本的模仿、戏拟构建了独特的反讽模式。

---

　　①　参见安如峦：《从互文性看〈儒林外史〉的讽刺手法》，《明清小说研究》1997年第1期。

二　"鸿门宴"的模仿与解构 ①

"鸿门宴"故事是《史记》中描写极为精彩的内容之一，刘邦以韬晦之计赢得项羽信任，得以在鸿门宴中全身而退，从而拉开了扭转斗争局势的序幕。对于历史故事的叙述者而言，史迁在此则记载中所要传达的重点一是政治斗争中的波谲云诡（包括斗争双方不露声色背后的各怀鬼胎，以及历史偶然背后所隐藏的由主帅性格而造成的必然），一是忠臣义士为救主、护主表现出的英勇坦荡之气（主要指樊哙的救主行为）。《三国志演义》对鸿门宴母题存在特殊偏爱，曹操与刘备青梅煮酒、周瑜三江口宴请刘备、刘备与刘璋涪城相会、吴国太佛寺看新郎、关云长单刀赴会等皆为鸿门宴母题的演绎。除了情节本身的相似性极容易引发读者联想，作者在叙述中多次有意无意地提及也加强了这种文本之间的关联：如青梅煮酒中面对欲"舞剑助兴"的关羽，曹操就曾笑言："此非'鸿门会'，安用项庄项伯乎？"又命："取酒与二樊哙压惊。"（二十一回）又刘备会刘璋时，魏延等人欲舞剑以趁便行刺刘璋，玄德则"立于席上曰：'吾兄弟相逢痛饮，并无疑忌。又非"鸿门会"上，何用舞剑？'"（第六十一回）② 云云，皆为此类。这些情节在《三国志》及《三国志平话》中尚不曾出现，表明了小说作者试图通过引入《史记》故事以创造独特文本效果的意图。

---

①　关于《史记》"鸿门宴"母题在《演义》中形成的互文指涉，周建渝先生在其《多重视野中的〈三国志通俗演义〉》之第三章"'文本互涉'视野中的《三国志通俗演义》"中已有充分论述，本不拟再议，但考虑到本书结构的完整，以及对周先生的论述略有补充，故仍以少量篇幅加以说明。

②　《毛宗岗批评本三国演义》，岳麓书社 2006 年版，第 161、481 页。

《演义》对鸿门宴母题的引入存在多种方式，有模仿亦有解构。以刘备涪城会刘璋为例：庞统等人急欲在席间控制刘璋从而夺取西川，与范增等欲在席间除掉刘邦的意图完全一致；而刘备与庞统、魏延等意见不合，又与项羽不听范增劝说如出一辙；席间魏延舞剑为戏、张任掣剑对舞，刘备又以酒赐诸将等等皆与《史记》中项庄舞剑、项伯对舞，项羽赐酒于樊哙等一一对应。也正因描写的神似，评点者毛宗岗才一再感慨夹批"如范增之遣项庄"、"如项伯之对项庄"云云。① 当然，除了这种有意的模仿之外，《演义》对《史记》母题还存在一定程度的解构。比如周瑜所导演的鸿门宴由于关羽的出现迫使设计者主动放弃了计划；而在鲁肃的鸿门宴中，被邀请者关羽的神勇则直接扭转了斗争的局面。这与《史记》中由于项羽性格的缺陷而导致计划失败皆存在巨大差别。通过引入史书母题以建构小说叙述模式，不仅能增加作品信息含量，而且能唤起读者特殊记忆，使之在背景信息的参照之下产生互涉性联想，进而获得奇妙的阅读感受，这也许是小说叙述者着意追求的一种文本效果。

三　英雄的"相关配备"

《三国演义》的英雄书写远承正史叙事，近承民间说书，很多地方带有古老民族文化血液中的浪漫因素。郑振铎《中国俗文学史》论及中国的说书及以他为基础的文学虽然不是严格意义上的民间英雄史诗，但是他却具有史诗的一系列特点，而这些都构成了《三国演义》赖以出现的文化基因。在古老的传说中，正义英雄要成就大事除凭借自身的优良

---

① 《毛宗岗批评本三国演义》，岳麓书社 2006 年版，第 480—481 页。

素质之外，往往还会得到某种外力的帮助，这种外力可以表现为某种特殊武器（或法宝），或是某个拥有力量或智慧的人物（这种人物也符合荣格的智慧老人原型），有时也可能是某种神秘的自然现象等；另外英雄的诞生会伴随某些特异的自然现象，而英雄本身在外表上也会表现出某些与众不同之处，这都是英雄母题的一般套路。这个套路在明清时期的英雄传奇、神魔题材小说中已表现烂熟（如宋江遇难会有九天玄女以兵书相赠，程咬金追兔入石洞会偶获镔铁盔、黄花甲等），在正史记载中也不时出现（如《史记》对刘邦异相的描写），《三国演义》对此当然也不会缺席。如果我们将《三国志平话》以及平话出现之前就已广泛流传的三国民间故事、戏曲等纳入互文考察的范围，将会体得到更加广阔的意义指涉空间。

刘关张桃园结义之后恰遇富商以镔铁相赠，遂各自打造兵器。不过，刘备不擅武艺，为何选择战场上不大讨巧的双股剑？[①] 历史上的偃月刀不可能出现在三国时代，[②] 为何能成为关羽的贴身兵器，其刀身龙饰是否别有深意？[③] 兵器与人物个性、命运是否直接相关？这些问题在

---

① 随着冶炼技术的发展，三国时代已有弃剑从刀趋势，剑一般为防身武器之用。而且历史上也并无刘备用剑记载，在小说中刘备甚少出剑，双股剑仅在"三英战吕布"中正面亮相。小说为刘备佩剑，可能与中国传统文化中的剑崇拜有关。

② 根据周纬《中国兵器史稿》的研究，我国唐代才出现长刀，且当时尚未有青龙刀之名色，后来出现也多用于仪仗而非实战。青龙偃月刀为关羽兵器，更多来自民间。据传关羽命工匠锻造宝刀之时炉中迸出毫光，恰巧天上一青龙经过，被毫光击中，毫光斩青龙后退回刀内，龙血浸染刀头，恰如淬火，宝刀遂炼成。（参见本杜选编：《三国名人传说》，浙江文艺出版社 1984 年版，第 75—78 页）

③ 有学者指出"在民间，关羽和龙都被赋予保国安民、解难济困的实用性功能，遂产生共同的文化心理期待。"（参见刘卫英：《关羽崇拜传说与民间龙信仰》，《商丘师范学院学报》2010 年第 10 期，第 35—37 页）

文人小说中被一带而过，却在民间文学中得到极力渲染与丰富。李福清先生曾指出："众所周知，各民族史诗作品中，壮士的武器和他的坐骑的描写通常都占有很重要的位置"，"史诗英雄一般都配上独具特色的武器。"① 有学者更将这些特殊武器概括为专门术语——"相关配备"，林保淳先生认为，"所谓'相关配备'，指的是经常伴随于'人物'出现，几近于足以成为人物象征的相关物件，如一提及孙悟空、关云长，则'金箍棒'与'青龙偃月刀'必然同时出现；后者虽是武器，但已成为前者的象征，高明的作家，通常不会轻易放过此二者间的联系，孙悟空被定义为心猿，而'金箍棒'可长可短，伸缩如意，与'心'之倏忽变化相当，正为显例"②。薛尔曼曾指出在众多历史传说故事中英雄们"恰靠某种指定的工具或武器，完成光耀的伟业或行动，若以平常的武器或工具，他们好像就不能有这些功绩似的"③，这也就是为什么孙悟空必须配备金箍棒、关云长要打造偃月刀、岳飞离不开沥泉枪、穆桂英千方百计要得到降龙木。

　　为英雄配备宝贝兵器，是远古先民们实物崇拜的遗传。作为英雄建功立业的重要凭仗，兵器的神异性得到夸张和强调，除了威力巨大之外往往还被赋予与使用者心神相通的人格化气质。关羽被东吴设计杀害之后，赤兔宝马绝食而亡，青龙偃月刀亦为吴将潘璋所得。后潘璋与关羽之子关兴沙场相逢，关兴在关公神灵指引之下杀死潘璋为父报仇，夺回青龙刀。兵器重要如此，一旦丢失，拥有者便会面临失败甚至死亡的结局，由此叙事文学中又衍生出"宝失人亡"（或宝失家败）情节类型，王立先生认为

① 李福清：《三国演义与民间文学传统》，上海古籍出版社1997年版，第82—83页。
② 林保淳：《古典小说中的类型人物》，（台北）里仁书局2003年版，第13页。
③ 薛尔曼：《神的由来》，上海文艺出版社1990年版，第25页。

这种文学描写始于关注个体生命价值的汉末魏晋。①《古今刀剑录》记载"齐王芳，以正始六年铸一剑，常服之，无故自失，但有空匣如故。后有禅代之事，兆始于此，寻为司马氏所败"②。可为之印证。既然宝贝兵器对于持有者存在特殊意义，那么敌人们往往会在对手的重要兵器上做文章。《三国演义》第十九回叙吕布之败："布少憩门楼，不觉睡着在椅上。宋宪赶退左右，先盗其画戟，便与魏续一齐动手，将吕布绳缠索绑，紧紧缚住……宋宪在城上掷下吕布画戟来，大开城门，曹兵一拥而入。"凭借方天画戟与赤兔宝马，吕布曾在三国战场上叱咤风云，而画戟的丢失则标志着这位曾经不可一世的英雄正式下线。三国的另一位英雄典韦也遭遇了相同的命运：第十六回中张绣欲谋曹操，因畏典韦之勇猛，偏将胡车儿因献计先盗其双戟，后"韦方醉卧，睡梦中听得金鼓喊杀之声，便跳起身来，却寻不见了双戟……韦身无片甲，上下被数十枪"，最后"血流满地而死"。失去重要兵器，英雄只能无奈走上末路。《醒世恒言·勘皮靴单证二郎神》中潘道士为捉拿冒充二郎神的孙庙祝，先使韩夫人身边养娘将其防身武器弹弓偷走，令其慌乱中遗落脚上皮靴，而这只皮靴后来正成为冉贵破案的关键线索。《封神演义》第四十七回叙赵公明失去缚龙索、定海珠之后反应强烈："吾得此道，仗此奇珠。今被无名小辈收去，吾心碎矣！"失宝之后的赵公明很快遭遇不测。《说岳全传》第七十八回普风的禅杖被鲍方祖的拂尘所制，"这普风失了禅杖，就似猢狲没棒弄了"，随即被欧阳从善和余雷打得现出乌龟原形。这些作品涵盖历史、神魔、传奇、公案等各种题材，但都用到了英雄"宝失身亡"的情节模式，母题运用之广可见一

---

① 王立：《明清小说中的宝失家败母题及渊源》，《齐鲁学刊》2007 年第 2 期。
② 陶弘景：《古今刀剑录》，《丛书集成初编》，中华书局 1991 年版，第 3 页。

斑，将其参照阅读，我们会对人物的"相关配备"以及由此而引出的亚情节类型有更加充分的认识。① 也许正是从这个意义出发，杨义先生得出了"《三国演义》是我国古典小说中凝聚着最丰富的带有某种类乎神话原型味道的民间心理行为模式的作品"之结论。②

除以上所论之外，《三国志演义》还对诸如英雄失意母题（如对吕布、关羽失败的描述）、天书符水母题（如张角遇南华老仙得传《太平要术》、于吉得授《太平清领道》）、③ 赵颜求寿母题（《演义》六十九回述管辂善卜预言，曾为赵颜献计求南斗北斗增寿的故事）等进行了继承和改写，④ 同时《演义》的叙述又为后世文本对这些母题继续进行生发演绎提供了基础和借鉴。

第二节　预叙方式的借鉴与参照⑤

预叙是叙事作品中一种特殊的叙述时序，指在重要情节发生之前预

---

① 与此形成互文的还有清代流传的民间关羽故事，谓云长美髯中有一根长二尺余龙须，每自震动必有大战。公在襄阳曾夜梦青衣神化为乌龙辞去，后关羽走麦城，捋须觉失其长者，乃悟所梦。未几遂有临沮之变。可见该情节类型中预示人物结局的道具既可以是重要兵器，也可以是身体上的具有标志意义的重要部位或其他宝贝。（褚人获《坚瓠广集》卷二"须龙"条，载《中国公共图书馆古籍文献珍本汇刊》，全国图书馆文献微缩复制中心 2012 年版，第 980 页）

② 杨义：《中国古典小说史论》，中国社会科学出版社 1995 年版，第 255 页。

③ 参见王立：《中国古代文学主题学思想研究》第四章"《三国志通俗演义》对天书、符水母题的接受"，天津教育出版社 2008 年版，第 38—53 页。

④ 参见陶波：《赵颜求寿故事研究》，云南大学 2013 年硕士论文。

⑤ 本节部分内容发表于《南京师范大学文学院学报》2015 年第 2 期。

先透露或暗示其发展走向。金圣叹评《水浒》叙事有"倒插"之法，即"将后边紧要字，蓦地先插放前边"①，毛宗岗谓"隔年下种"、"先时伏着"等②，所指皆为小说叙事中这种有意的时间倒错。与西方古典小说常用倒叙手法设置悬念不同，我国古代小说对预叙表现出特别偏爱。有学者分析认为这是因为对我国古代作者而言，叙述展开的主要动力并不是回答故事的最终结局，而是表现过程，即结果如何取得。③ 所以，在作品中作者首先关注的往往不是"一人一事的局部细描，而是在宏观的操作中充满对历史、人生的透视感和预言感"④。受这种宏大叙事习惯和时空思维的影响，预叙也就不单单作为一种吸引读者的技巧出现在小说作品之中。事实上，早在商周时期的历史叙述中已经出现预叙的身影，甲骨卜辞中就有通过占卜来预测上至朝廷征战、下至天气收成的记载；而《左传》中则出现了大量以释梦方式对政治事件进行预测，然后加以验证的叙述情景。清人王源评《左传》，有"中者前之，后者前之，前者中之后之，使人观其首，乃身乃尾；观其身与尾，乃首乃身。如灵蛇腾雾，首尾都无定处，然后方能活泼泼"之论，庶几正是看到了作品在叙事时间上的这种"凌空跳脱"之法。⑤《三国演义》作为历史题材的代表，对预叙的重视与这种特定的文化背景当有直接关系。《演义》中的预叙，不仅使用频率高，而且形式多样（主要有异兆、梦境以及人物预言等几种形式），这些预叙在内容和形式上与《史记》、《三国志》等

---

① 《金圣叹批评本水浒传》，岳麓书社 2006 年版，第 4 页。

② 《毛宗岗批评本三国演义》，岳麓书社 2006 年版，第 8—9 页。

③ 参见赵毅衡：《苦恼的叙述者》，北京十月文艺出版社 1994 年版，第 159 页。

④ 杨义：《中国叙事学》，人民出版社 1997 年版，第 152 页。

⑤ 参见（清）王源：《左传评》，《文公十一年》评语，齐鲁书社 1997 年版。

历史叙述表现出明显的相似性和继承性，同时又与《水浒传》、《红楼梦》等其他明清小说在叙述策略上形成某种横向的互涉关联。陈洪先生认为，小说研究应该重视其"文本生成的文化／文学血脉"①，这种纵向继承性与横向指涉性恰恰为我们呈现了小说意义得以存在的文化土壤。如果说母题的继承、故事要素的借鉴为我们寻找小说的意义互文提供了方向和思路，那么叙述方式的交错则证明了小说在形式上也存在与周围世界的精彩互文。

一 异兆预叙与天人观念的共同信仰

对于深信"天人感应"思想的中国古人而言，他们愿意相信重大事件的发生（既可能是关乎国家民族的重大政治、历史事件，也可能是关乎个人命运的重要转折）总会伴随一些奇异的自然现象。这种思维基于古人对大自然的崇拜，认为天象的变化与人间事物有因果关系，是天命神意的某种显现。所谓"帝王之将兴也，其美祥亦先见；其将亡也，妖孽亦先见"②，"国家将有失道之败，而天乃先出灾害以遣告之，不知自省，又出怪异以警惧之"③等，皆为此意。《周易》云："天垂象，见吉凶，圣人象之"④，古老的传统文化为文学作品通过特异之象来行使预叙功能提供了理论依据。通过对天降异兆的情形进行具体描述，小说作者实际

---

① 陈洪：《从"林下"进入文本深处——〈红楼梦〉的互文解读》，《文学与文化》2013 年第 3 期。

② （汉）董仲舒：《春秋繁露·同类相动》，上海古籍出版社 1989 年版，第 75—76 页。

③ （汉）班固：《汉书·董仲舒传》，中州古籍出版社 1991 年版，第 994 页。

④ 郭彧译注：《周易·系辞上》，中华书局 2006 年版，第 373 页。

要透露或暗示的是此后将要发生的重大转折，在这一点上中国读者始终能与作者保持良好的默契，在忽略异兆内容真实性（或异兆与转折之间的逻辑关联）的同时把注意力转移到异兆所暗示的重大变故上来。

《三国演义》事涉国家历史命运，小说开头就以编年史形式详列汉末建宁年间出现的灾异之象：蛇蟠龙椅、洛阳地震、海水泛滥、雌鸡化雄，种种不祥非止一端。如此频繁的异兆预示了汉朝不可挽回的衰败命运，十常侍乱政、黄巾起义等则成为这些奇异现象的直接所指。这种预叙策略在正统的史传叙事中运用极为普遍，《史记·孝景本纪》就记载了西汉景帝年间出现的多次异兆，如"彗星出东北"、"荧惑逆行"、"长星出西方"、"日食"、"大蝗"、"地动"等不胜枚举，[1]虽以现代科学视之，所记不过是自然灾害和天文奇观，但数量之大、记叙之繁仍令读者咋舌。有学者就指出这种对天象异兆的大规模集中叙述实与作者的隐含意图有关，即对景帝此后的某些败政（如杀功臣、用人殉等）进行隐晦的暗示和批判。[2]迫于政治压力，史迁无法对景帝进行绝对客观的公开评价，但仍可选择特殊叙述方式委婉的暗下针砭，庶几也是一种"春秋"笔法。在这一点上，史传与小说的意图基本吻合。毛宗岗在评点中曾多次感叹《三国》叙事之佳直与《史记》相仿佛"，其所指一定也包括了小说对这种异兆预叙的继承。这种叙事时序是作者站在超越具体情节的宏观视野，让读者透过人物和故事体会天道、因果之变，这也是国人独特哲学思维在小说中的反映。在董仲舒等人将祥瑞灾异与现实政治之间的神秘关系引入儒学之后，谶纬之学曾搜集大量先秦至汉代的历史内容，诸如

---

① （汉）司马迁：《史记》卷十一，崇文书局 2010 年版，第 94—95 页。
② 参见司马白羽编：《史记品读》，朝华出版社 2012 年版，第 230 页。

尧梦长人而举舜，舜受命时有凤来仪，白帝精以星感生禹，夏桀无道天下血雨、地吐黄雾，天乙受命黄鱼双跃出跻于坛，姬昌受命"赤雀丹书止于其门户"之类，以证明天象与天命之间的对应。① 正史中的灾异描写也好，小说中的预兆叙事也罢，都是受这种天命观的直接影响而来。

异兆描写不仅能预示朝政大事，还可预示人物命运，这在史传叙事中曾颇多尝试。如《史记·高祖本纪》载刘邦母怀孕时梦与神遇，其父又见"蛟龙于其上"②，显然是为刘邦此后即天子位进行的提示，当然这也是受封建社会"君权神授"思想的影响所致。而《演义》亦不乏此类记述：十常侍之乱中，少帝与陈留王逃出皇宫流落于农庄，庄主遂夜梦两红日坠于庄后，又见"庄后草堆上红光冲天"③，两日之梦与红光之兆预示了陈留王日后为帝的命运。还有一类预示人物死亡的异兆在《演义》中也反复出现。如董卓死前几日"所乘之车，忽折一轮"，下车乘马，"行不到十里，那马咆哮嘶喊，掣断辔头"；又次日"正行间，忽然狂风骤起，昏雾蔽天"。④ 庞统身死落凤坡之前亦经历"忽坐下马眼生前失，把庞统掀下马来"⑤ 等异兆。在阅读中，读者往往会因为这些突如其来的怪异现象预感到人物命运即将发生变化，以此迅速进入一种特殊的情绪状态。这种提前的暗示与最终结局之间有时还会间隔较长篇幅，如"刘禅帝蜀四十余年而终在一百十回，而鹤鸣之兆早于新野初生时伏下一笔……曹丕篡汉在八十回中，而青云紫云之兆早于三十八回伏下一

---

① 参见朱玉周：《汉代儒学神化历程探析》，《东岳论丛》2008 年第 2 期。
② （汉）司马迁：《史记》卷八，崇文书局 2010 年版，第 67 页。
③ 《毛宗岗批评本三国演义》，岳麓书社 2006 年版，第 20 页。
④ 《毛宗岗批评本三国演义》，岳麓书社 2006 年版，第 63 页。
⑤ 《毛宗岗批评本三国演义》，岳麓书社 2006 年版，第 497 页。

笔"(《读三国志法》)等，虽时隔遥远，但更展现出作者在维护小说结构完整性方面用心之细，这与脂砚斋评《红楼梦》时所提出的"草蛇灰线，伏脉千里"基本一致。而这也就说明，对于小说作者而言，热衷于此类祥瑞或灾异之兆的描写，并不单单是受"天人感应"的观念影响，其实也是文学创作中对情节高潮进行提前铺垫，以营造一种紧张、刺激而又略带神秘感的特殊意趣氛围的需要，是美化文章结构、引发读者兴趣的一种叙述手段。毛宗岗谓"每见近世稗官家一到扭捏不来之时，便平空生出一人，无端造出一事，觉后文与前文隔断，更不相涉"，便是针对故事转折之前未有铺垫的突兀之笔而言。预叙铺垫在小说叙述中如此重要，天人感应的思想又因为儒家正统地位得到巩固，如此古人对异兆预叙的运用也就绝不仅限于历史、政治题材的作品。在《金瓶梅》中，西门庆重病前夜从王六儿处回家，"打马正过之次，刚走到西首那石桥儿根前，忽然见一个黑影子从桥底下钻出来，向西门庆一扑。那马见了只一惊躲，西门庆在马上打了个冷战，醉中把马加了一鞭……直跑到家门首方止。"①人物中年丧身的结局已在这不祥之兆中露出端倪，作者通过异兆描写对情景氛围进行了有效的渲染和铺垫，以使情节的转折不至突兀。虽然两部小说一为历史题材，一为世情题材，却并未妨碍他们同时选择这种通过特异之象进行预示的叙事技巧，这是因为作品不仅拥有相同的天人观念、叙事传统，也拥有同一层次的阅读审美期待。当然，对异兆预叙运用得最细致也最成功的古典小说作品还要数《红楼梦》：晴雯病逝之前有海棠枯萎之兆、迎春被孙绍祖折磨致死前亦有紫菱洲破败之景、元妃薨逝前有以讹传讹的谣言、宝玉失玉之前又有海棠死而复

① 《金瓶梅词话》第七十九回，人民文学出版社1992年版。

生的异征……通过隐晦的方式委婉暗示人物下一步命运的叙述，在《红楼梦》中的运用频率几乎没有其他作品可与之比拟，而曹雪芹将预叙和象征紧密结合，不仅使叙事结构表现出有机和严谨，更使作品呈现唯美诗意。

二 梦预叙与叙述艺术的一致追求

通过叙梦而达到暗示、预言人物命运及故事发展走向，在作品中营造出一切皆有定数的神秘天命观和宿命感，同时对情节结构实施系统的全局掌控，是我国古代小说中又一种常用的叙事技巧。[①] 作为一种独特的精神现象，梦的产生曾引发古人无数神秘的猜想。弗洛姆认为，梦境与神话具有共同之处，即它们都以象征的语言"写成"。[②] 梦被古人视为沟通人神、预示吉凶的中介，因此，梦境描写很自然被文学作品当作预叙的常规手段而普遍采用。在古典小说作品中，对梦境描写最出色的，仍要首推《红楼梦》，从标题到具体情节，无论是叙梦的规模还是意境，其他作品都难以超越。不过，《红楼梦》属世情题材，才子佳人的日常生活涉及梦境很自然，梦境描写在小说中的功能也往往不只预叙一项；《三国演义》属历史题材，作品擅长的是宏大的战争叙事、历史叙事，笔墨所及本未在人物日常生活方面过多停留，然而小说却有25回内容涉及对梦的描写，记梦30余次，可见作者对其重视程度。这些

---

① 参见王凌：《古代小说"同梦"情节类型浅谈——以唐传奇和〈红楼梦〉为中心》，《明清小说研究》2008 年第 1 期。

② 参见［美］弗洛姆：《梦的精神分析》，叶颂寿译，（台北）志文出版社 1971 年版，第 14 页。

梦不仅能直接暗示或预测重大政治事件进展及历史人物的命运，还能从另一侧面展现和强调梦主的性格特征，从而对人物命运结局的合理性形成更好铺垫，这也就形成了《三国演义》颇具特色的梦预叙。总的来说，帝王预兆梦与吉凶祸福梦是《演义》梦预叙的两种主要形式。

　　小说第三十八回叙述了孙坚夫人诞孙权、孙策兄弟之前的奇梦，是为二子独霸江南之功业提供的暗示，为典型的帝王预兆梦。这则材料并非小说作者独撰，《搜神记》最早记载了孙坚夫人吴氏梦月入怀生孙策、梦日入怀生孙权之事。① 虽然干宝以"鬼董狐"自诩，但所记仍多有虚构。不过该素材后来又被正史《三国志》裴注所引，说明注史者亦不以记梦为虚妄。事实上，历代史书中都不乏帝王预兆梦，如史载刘邦母就是"梦与神遇"后方孕高祖，王皇后也曾"梦日入其怀"而孕武帝等等，②不可遍举。书史者欲为君权神授提供证据，正史与野史在此便能形成暂时的"合谋"。③ 虽然《演义》对裴注所引《搜神记》材料进行了直接借鉴，但其具体叙述仍与《搜神记》有所不同：首先是孙夫人叙梦的时机变为弥留之际，其次是孙夫人述梦的对象不再是丈夫孙坚而是张昭、周瑜等托孤重臣，再次是释梦者由孙坚变为更有说服力的"卜者"。孙夫人的梦叙述不仅预测了孙权日后的功业，更在舆论上为孙权的统治提供了合理性。如果说《搜神记》的记梦还仅仅停留在搜奇载异以对读者造成感

---

　　① 参见（晋）干宝撰：《搜神记》，中州古籍出版社 2010 年版，第 179 页。

　　② 参见（汉）班固撰：《汉书·外戚传》，中州古籍出版社 1991 年版，第 1230 页。

　　③ "梦日"情景在《演义》中亦有多处表现，除以上所列之外，还有第三回少帝与陈留王流落农庄时庄主的"双日之梦"（应在陈留王日后为汉献帝）；六十一回曹操的"三日之梦"（应在曹丕、刘备、孙权此后相继称帝）等。"日"在古人心中有着特殊含义，因此"梦日"之兆多应在帝王之象。小说中多次的"梦日"情节之间实际也形成一种内部互文。

官刺激，那么《演义》作者的演绎则更多突显了孙夫人用心良苦的爱子之情及政治手腕。《演义》中以奇梦寓帝王之兆的预叙还出现在甘夫人诞刘禅之时，其称"甘夫人当夜梦仰吞北斗，因而怀孕"，又吴主孙綝即位之前亦"夜梦乘龙上天"等，皆为此类。这些情景与史书中的帝王预兆梦无论在形式还是内容上都表现一致，在小说文本之中也形成颇具意味的"内互文"。直接受《三国演义》影响而诞生的《东周列国志》在叙梦方面同样表现精彩，小说第一回即叙周宣王于大祭之夜忽梦一美人"走入太庙之中，大笑三声，又大哭三声；不慌不忙，将七庙神主，做一束儿捆著，望东而去"，怪异之梦预示了周王朝接下来将要经历的重大命运转折：烽火戏诸侯，周幽王、褒姒、伯服三人死于非命，以及周平王迁都洛阳。如此重要的叙事关节通过一场大梦提前统摄，既契合了古人天道循环的朴素认识，叙事上又不露斧凿之痕，确属作者的匠心巧思。这种独特的叙述技巧在《红楼梦》中得到更精彩的发挥，宝玉太虚幻境之梦与可卿临终托凤姐之梦，几乎将贾府、众人的命运完全涵盖，对控制情节的开启和收束、增强小说结构的有机性和完整性起到重要作用。这些当是对《三国》小说以及正史叙梦传统的一种发展和开创。

　　"有梦必验"是《三国演义》梦叙述遵循的基本规律，尤其是吉凶福祸之梦，往往能在极短时间之内得到应验。有学者曾指出"梦—梦验"是我国古代小说叙梦采用的最常见模式，这种模式由《左传》开创，在小说叙事中得到应用和发展。[①] 以七十三回关羽梦猪咬足为例，其梦被

①　参见陈才训：《源远流长：论〈春秋〉〈左传〉对古典小说的影响》，中国社会科学出版社 2008 年版，第 190 页。

关平解为吉兆，而事实却恰恰相反。此时恰逢刘备拜关羽为前将军，众官拜贺猪龙之瑞，云长于是"坦然不疑"。而毛宗岗谓"豕属亥，亥者水也"，此梦大凶，暗示的正是云长随后于江东被害。事实上，我们若将此梦与刘备梦神人持铁棒击右臂之事进行对照阅读，就会发现相似之处，人物皆梦身体某一部位受袭，醒来尚觉疼痛，刘备之梦应在庞统之死，而关羽之梦应在自身之亡，一先一后，形成文本内部的局部互涉。《水浒传》第七十回中，卢俊义梦中被嵇康持弓攻击，"右臂早断，扑的跌倒"，伏下了起义失败、英雄身亡的结局。又《金瓶梅》第一百回周守备族弟周宣梦"一张弓挂在旗杆上，旗杆折了"，正"犹豫之间"忽见家人报丧而来。虽然不是梦主身体受损，但弓箭、旗杆也是象征人物身份、职责的重要之物，旗杆折断无疑暗示了周守备战死的结局。从梦中境况与所伏事物之间的关系来看，这几则梦叙皆有相似之处。当然，《演义》中关羽的这则梦叙也非《演义》作者独创，《三国志》注引王隐《蜀记》曾载："羽初出军围樊，梦猪啮其足，语子平曰：'吾今年衰矣，然不得还！'"① 可见《演义》是在此基础上进行的扩充和改写。而改写的目的除了预示事件的进展之外，亦有强调人物性情之意。关羽对于关平及众人对梦境的解释深信不疑，其实与他在小说中一贯的骄矜自信分不开。小说中的似吉而凶之梦还有第九回董卓梦"九龙罩身"以为登极之兆，等来的却是被杀身亡的结局，展现的则是董卓因得意而忘乎所以的猖狂之态。又有似凶而吉之梦，如二十五回甘夫人"夜梦皇叔深陷于土坑之内，觉来与糜夫人论之，想在九泉之下矣！"② 事实上刘备虽历经

---

① （晋）陈寿撰，（南朝·宋）裴松之注：《三国志·蜀书·关羽传》，中华书局2006年版，第562页。

② 《毛宗岗批评本三国演义》，岳麓书社2006年版，第193页。

艰险但终在袁绍处安身。梦验的出乎意料增加了情节跌宕起伏的曲折程度，提高了小说的可读性。

三　预言预叙与审美需求的集体迎合

故事中人物（多为智者、僧道、术士）通过对时局进行深入观察，或者占卜、打卦、观天象等方式，又或者依据一些充满象征意味的童谣、民谣等提出预言，以对事态发展方向或人物命运进行预测性判断，是《三国演义》中另一类常见的预叙方式，也是明清白话小说运用极为普遍的叙述方式，有学者将其称之为"谋略预叙"[①]。这种预叙与此前所论异兆预叙及梦预叙略有不同，后二者都是在异兆、梦幻出现之后经过被动思考甚至附会而产生的预测功能，而前者则多是故事人物为了对后事进行预判而采取的主动行为。这种预叙一定程度上透露着作者的历史观和价值观，同时往往对人物形象塑造起到举足轻重的作用，但更重要的是通过设置悬念给作品带来神秘感，从而吸引并引导读者的阅读。

《演义》中能做到先知先觉的首先是智者高人。战乱纷争之际，人才的归属成为每个军事集团最终取得胜利的保障，政治首领对待人才的态度也决定了最终的成败。当然，也正是这样一个自由的时代造就了大批才智过人的聪慧之士，他们通过对时局的冷静观察、客观分析得出合理却又超出常人所能认识的结论，表现出乱世中的大智慧。司马徽在诸葛亮出山之前就曾预言"卧龙虽得其主，不得其时"，已对孔明抱憾五丈原的结局埋下伏笔；而孔明隆中为刘备分析天下形势，亦预测"刘表

---

① 董乃斌：《中国文学叙事传统研究》，中华书局 2012 年版，第 478—479 页。

不久人世"，刘璋亦"非立业之主"。事实上，此后三足鼎立的格局几乎都在诸葛亮的隆中预言之中确定，从某种程度上来说，小说中最具预言能力的智者非诸葛亮莫属。这种预叙对表现人物才能起到特殊的强调作用，在明清小说中亦得到普遍运用，《水浒传》中的军师吴用，《封神演义》中的文王、姜尚等就多具预测之能，他们的过人之处往往表现在准确预测接下来将要发生的大事上。

　　《演义》中还出现了不少道术之士（如作者重笔刻画的于吉、左慈等），但作者多重在表现其出神入化的奇幻之术，并未过多涉及其预知后事的能力，只有善卜者管辂在小说中实实在在扮演了预言者角色。作品六十九回，曹操召管辂问天下之事，辂为之卜曰："三八纵横，黄猪遇虎；定军之南，伤折一股。""三八"之语暗指建安二十四年（己亥年正月），后二语则预示定军山之败，可谓夏侯渊身死之谶。管辂又卜东吴、西蜀之事云："东吴主亡一大将，西蜀有兵犯界。"卜无多时，操即得报"东吴陆口守军鲁肃身故"，不数日又获报"刘玄德遣张飞、马超屯下办取关"。后曹操欲自领大军入汉中，管辂又为之卜曰："大王未可妄动，来春许都必有火灾。"即伏耿纪谋操及夏侯惇救火之事。管辂之善卜先知，于此可见其神。《三国志·魏书·方技传》虽未对管辂为曹操预测战局之事有所记载，但却以大量篇幅（超过"方技传"中所有其他人物）详细介绍了管辂占卜应验的事迹，这些事迹有一部分在小说中被太史许芝叙出；也有一部分经过了小说作者的改写，如操欲封管辂为太守，辂以"命薄相穷"之理由拒绝，其实是从《三国志》所记管辂与其弟辰之对话改写而来。还有部分被分散在小说其他章节，如小说一百零六回叙何晏梦青蝇集于鼻上，管辂解为不祥，并劝其"哀多益寡，非礼勿履"，为邓飏所怒，而不数日何、邓果为司马懿所杀。这些素材无疑成为小说作者进行生发演绎的基础。这种具有预测能力的方外之人并非故事中的重要角色，他们的主要功能也不在于推动情节进程，而是"昭示情节发展的走向"以"获得一种叙事上的紧张感与吸引力"，有学者将其称之为"超情节人物"①，《红楼梦》中的茫茫大士、渺渺真人、跛足道人，《金瓶梅》中的西域僧、普静师、吴神仙等皆为此类。

　　通过对人物面相及言谈举止等进行观察而预测人物的命运发展，是《演义》预言预叙的又一种方式。如二十九回汉史刘琬入吴初见孙氏昆仲就判断孙仲谋"形貌奇伟，骨格非常，乃大贵之表，又享高寿，众皆不及"。这则材料直接来源于《三国志》，其云："琬与人曰：'吾观孙氏兄弟虽各才秀明达，然皆禄祚不终，惟中弟孝廉，形貌奇伟，骨体不恒，有大贵之表，年又最寿，尔试识之。'"②《演义》据此略有改动。此段描写与《世说新语·容止》所记人见王氏兄弟事颇为神似，极易让人产生联想。其载"有人诣王太尉，遇安丰、大将军、丞相在坐；往别屋见季胤、平子。还，语人曰：'今日之行，触目见琳琅珠玉。'"③魏晋时人崇尚清谈，通过人物气质进行品评亦成一时之风尚，《三国志》述时人时事，风气所及亦不足为奇。另《三国志》注引《江表传》亦记："坚为下邳丞时，权生，方颐大口，目有精光，坚异之，以为有贵象。"④可

---

　　①　参见刘勇强：《一僧一道一术士——明清小说超情节人物的叙事学意义》，《文学遗产》2009 年第 2 期。

　　②　（晋）陈寿撰，（南朝·宋）裴松之注：《三国志·吴书·吴主传》，中华书局2006 年版，第 662 页。

　　③　（南朝·宋）刘义庆撰，宁稼雨注评：《世说新语》，凤凰出版集团 2010 年版，第 263 页。

　　④　（晋）陈寿撰，（南朝·宋）裴松之注：《三国志·吴书·吴主传》，中华书局2006 年版，第 662 页。

见通过人物面相而预测命运前途之事在当时也十分普遍。而这一预叙方式在明清其他小说中也运用较广，其中《金瓶梅》第二十九回"吴神仙相面"更将这种形式发展为具有重要结构功能的叙述技巧，可为参照。①

除以上所论之外，童谣、民歌、谶语等韵文在《演义》中也表现出强大的预叙功能。第六回李儒引街中童谣云："西头一个汉，东头一个汉。鹿走入长安，方可无斯难。"评点者毛宗岗认为东头之汉指许都，西头之汉则指西蜀，三分天下已示其二。又第九回亦有小儿歌曰"千里草，何青青！十日卜，不得生。"是用拆字之法对董卓即死的命运作出预测。这种预叙方式在明清之际的小说中运用也极其广泛：《水浒传》中黄文炳就曾转述京中小儿之言："耗国因家木，刀兵点水工，纵横三十六，播乱在山东。"②就是对宋江等将在梁山泊聚义举事进行的预言。而作品楔子中伏魔殿石碑上"遇洪而开"的神秘谶语；智真长老"遇林而起，遇山而富，遇水而兴，遇洪而止"，"逢夏而擒，遇腊而执，听潮而圆，见信而寂"的暗示又何尝不是对鲁智深一生功业和最终归宿的提前透露。《红楼梦》更利用拆字判词对多个人物命运（如香菱、凤姐等）作出了明示。不仅如此，灯谜、诗作、花名签等也多被赋予了相应的预叙功能。当然，文言小说对这种韵语预叙的方式也颇多尝试：唐传奇"裴航遇仙"故事中，主人公路遇樊夫人赠诗"一饮琼浆百感生，玄霜捣尽见云英"，裴航虽一时"不能洞达诗之旨趣"，但于蓝桥驿得遇云英祖孙，后与云英结为夫妇并一同飞升的结局已尽数道出。虽然直到故事结尾预言的所指才能真正被破解，但古代读者不仅不会因为结局的提

---

① 参见王凌：《形式与细读：古代白话小说文体研究》第四章第二节，人民出版社 2010 年版，第 199—214 页。

② 《金圣叹批评本水浒传》，岳麓书社 2006 年版，第 446 页。

前透露而觉得叙事效果受挫，反而会叹服作者安排的巧妙，他们会与故事人物一起饶有兴致地一层层打开预言的神秘面纱。对中国读者而言，验证预言的准确性乃是获得阅读快感的重要方式。预叙的选择展现了古代作者对小说叙述艺术的相同选择，同时也是对读者早已习惯的独特审美方式的一种集体迎合。

在叙事时间的选择习惯上，中西方古典小说存在显著区别：西方小说擅长从故事中间开始讲述的"倒叙"，而中国小说则热衷于提前透露故事结局的"预叙"。这也是为什么在晚清的小说转型期吴趼人等作家会着意在时间问题上打开突破口。① 对于我国古典小说的作者而言，吸引读者的方式不在于令其直面突如其来的矛盾现场所造成的紧张感和刺激感，而是通过或显或隐地透露故事最终结局带来神秘感和宿命感。事实上，两种方式并无优劣高下之分，只是对中国古人来说他们的思维习惯令其更乐于接受后者。这也正是《三国演义》如此频繁地采用预叙手法的根本原因。当然，这只是从宏观审美心理角度为特定文本形式作出的大致解释，而细究之下，我们就会发现，无论是《演义》对异兆、梦境的描写还是对预言的安排，几乎每一细节我们都能从纵向与横向两个维度为其找到互涉文本。虽然，小说作者不一定清楚其作品在文学史中的精确坐标，即这些指涉对作者而言也许是无意识和随机的，但作为读者的我们却有必要尽可能清晰地勾勒出小说与周围文学世界的各种关联，并藉此了解文本意义得以存在和显现的来龙去脉。现代互文理论认为所有文本都是互文本，"当一个'文本'成为文本时，它四周已是一

---

① 一般认为吴趼人《九命奇冤》是最早在传统小说中对倒叙手法进行尝试者。（参见陈平原：《中国小说叙事模式的转变》第二章"中国小说叙事时间的转变"，北京大学出版社 2003 年版，第 35—39 页）

片无形的文本海洋，每一个文本都是从那里提取已被写过、读过的段落、片段和语词"①。《三国演义》作为一部世代累积性成书的小说文本，其诞生过程的特殊性使其比一般作品拥有更加丰富的互文指涉对象；而作为我国首部长篇历史小说，它的出现无疑又为此后的小说文本提供了宝贵的互文资源。以此观之，预叙形式的互文还只触及到《三国演义》互文研究的冰山一角。

第三节　多种仿拟 ②

"仿拟"作为一种积极修辞格是指出于讽刺和嘲弄的目的，而对某种既定形式展开刻意模仿。③ 它同时也是一种特殊的叙述手法，指"后人以一种神遇气合的方式仿效或拷贝前期经典叙述片段或叙述话语"④。仿拟强调文本之间的承袭和模仿关系，不论对于作者顺利实践这种技巧，还是读者充分领会相应审美效果，对原文本的准确把握都是重要前提。西方学者将仿拟与互文性紧密结合在一起，认为"仿拟是基于原文基础的二次写作，其内在特征仍然是互文性。"⑤ 法国学者吉拉尔·热奈特对仿拟尤其重视，他将仿拟进一步细分为仿作和戏拟两种形式，并将

---

① 　朱立元主编：《西方美学通史》第七卷，上海文艺出版社 1955 年版，第 155 页。

② 　本节内容以《〈三国志演义〉互文性解读三题——以"仿拟"叙述为中心》为标题发表于《中南大学学报》2015 年第 2 期。

③ 　参见陈望道：《修辞学发凡》，上海教育出版社 1997 年版，第 108 页。

④ 　杨彬、李桂奎：《"仿拟"叙述与中国古代小说的文本演变》，《复旦学报》2011 年第 6 期。

⑤ 　赵渭绒：《西方互文性理论对中国的影响》，巴蜀书社 2012 年版，第 222 页。

其归入互文性的特殊类型——超文性。① 在互文性理论的视野观照之下，仿拟的内涵超越微观修辞学意义，其所指扩展到规模更大的整体模仿和袭拟，《尤利西斯》对《奥德修记》故事框架的全面借鉴就是这种写作手法最具影响力的现代表现；而放眼国内，《废都》对《金瓶梅》的仿拟也堪称经典。②

　　然而对文本之间这种特殊关系的关注并非始于现代。在尊史重实的我国古代社会，文学创作强调一切皆"有所本"，转益多师更成为文学创作者的必备素质，文学批评也擅于在字里行间寻找作品与他者的关联。《三国志演义》作为我国最早出现的长篇白话小说之一，丰富的史传文化背景、说书艺人及文人学者的世代加工，为其创造丰富的意义指涉空间提供了前提，同时也为批评家们破译文字背后的文际关联提供了线索。胡应麟《少室山房笔丛》就明确指出："施某所编《水浒传》，特为盛行……其门人罗本，亦效之为《三国志演义传》，绝浅鄙可嗤也。"③如果说胡氏的推测还只是从作者渊源入手的知人论世式点评，那么章学诚的分析则更有依据："其书似出《水浒传》后，叙昭烈、关、张、诸葛，俱以《水浒传》中萑苻啸聚行径拟之。诸葛丞相生平以谨慎自命，

---

　　① 热奈特曾如此解释："我用超文性来指所有把一篇乙文（我称之为超文）和一篇已有的甲文（当然，我称之为底文）联系起来的关系，并且这种移植不是通过评论的方式来实现的。"（热奈特：《隐迹稿本》，转引自［法］蒂费纳·萨莫瓦约：《互文性研究》，邵炜译，天津人民出版社 2003 年版，第 40 页）

　　② 关于《废都》对《金瓶梅》的仿写，学界多有论述，如朱慧琴《〈金瓶梅〉与〈废都〉互文性研究》（学位论文）、孙涛《都市"恶之花"：〈废都〉与〈金瓶梅〉的文本互读》、史静静《〈金瓶梅〉与〈废都〉主要女性形象塑造手法互文性分析》、王奥玲《〈废都〉与〈红楼梦〉和〈金瓶梅〉三本小说之比较》等。

　　③ （明）胡应麟：《少室山房笔丛》卷四十一"庄岳委谈下"，上海书店出版社 2009 年版，第 436 页。

欲因有祭风及制造木牛流马等事，遂撰出无数神奇诡怪，而于昭烈未计委前，君臣寮宰之间，直似拟《水浒传》中吴用军师，何其陋耶！张桓侯史称其爱君子，是非不知礼者，《演义》直以拟《水浒》之李逵，则侮慢极矣。"[①] 通过具体情节和人物设置等多方面的比较求证《三国》对《水浒》的仿效之实，显然更具科学性。索莱尔斯认为："每一篇文本都联系着若干篇文本，并且对这些文本起着复读、强调、浓缩、转移和深化的作用。"[②] 从诞生之日起，文本就已处于一片意义的海洋，它时刻与周围文本世界保持各种奇妙关联，仿拟不过是这众多关联方式（如引用、暗示、参考等）的其中之一。对《三国志演义》而言，仿拟不仅是小说承袭、借鉴其他文本从而构建自身文本意义的重要方法，同时也是小说以独特面貌出现于其他文本之中，使其文本意义得以延续的重要方式。

一　叙事情景的正向借鉴

对历史内容进行通俗敷演以获取更大范围接受是以《三国志演义》为代表的历史小说基本的创作意图。这一初衷决定了此类小说与史传叙事之间的密切联系。但这种关联并不单纯表现在历史顺序的一一对应上，而是更多表现在情节素材、叙述方式以及情绪意蕴的借鉴、移用或模仿上。通过作者有意无意间透露的这些互文信息，我们感受到的是文本意义的无限流动性和参照性。

---

① 《章氏遗书外编》卷三"丙辰札记"，载朱一玄、刘毓忱编：《三国演义资料汇编》，南开大学出版社 2003 年版，第 600 页。

② ［法］蒂费纳·萨莫瓦约：《互文性研究》，邵炜译，天津人民出版社 2003 年版，第 5 页。

徐庶归曹是《三国志演义》中一处重要情节，曹操之奸与刘备之仁在这段故事中得到对照式表现。正因有此反差，元直才会在临行之际"走马荐诸葛"，为接下来的高潮（三顾茅庐）提供铺垫。在对该故事进行源流考证的过程中，学者们发现小说中的这段情景与三国史实并不完全吻合，却与《史记》、《汉书》所载王陵故事颇为神似，① 二者之间表现出明显的模仿痕迹。史载楚汉之争中，项羽曾以王陵之母为人质逼陵来归，陵母以高祖必得天下，为坚陵意而伏剑身亡，陵遂从汉王定天下。②《演义》中曹操以徐庶母为质，又以程昱模拟徐母笔迹为书致庶，庶被骗归曹，庶母得知真相即羞愤自杀。二母之贤、烈如出一辙。事实上，《三国志》注者裴松之早就发现了两位女性之间的相似性，他曾在《魏书·程昱传》注引徐众评中特意提及王陵母事，并大赞刘备允许徐庶归曹的举动是"欲为天下者恕人子之情也"③。对此，清代评点家也有清楚认识，如毛宗岗就曾针对曹操"遂不杀徐母，送于别室养之"的举动夹批"不杀徐母者，惩于王陵故事也。"李渔也对此评曰："操不杀徐母，有鉴于王陵故事也"④，即明确将二事进行对比。《三国志》本身对徐母的记载有限，虽然在其后的《诸葛亮传》中也有关于曹操"获庶母"、徐庶"遂诣曹公"的记述，但并未对徐母形象进行着力刻画，更未有徐母见徐庶归曹而羞愧自刎之结局。小说创作者极有可能是在陈寿

---

① 参见杜贵晨：《〈三国演义〉徐庶归曹故事源流考论——兼论话本与变文的关系以及"三国学"的视野与方法》，《山东师范大学学报》2003 年第 1 期。

② （汉）司马迁：《史记》卷五十六，崇文书局 2010 年版，第 350 页。

③ （晋）陈寿撰，（南朝·宋）裴松之注：《三国志·吴书·程昱传》，中华书局 2006 年版，第 259 页。

④ 参见陈曦钟、宋祥瑞、鲁玉川：《三国演义会评本》，北京大学出版社 1986 年版，第 452 页。

的提示之下，有意将王陵母经历移植于徐庶之母，通过移花接木的方法将历史情景再现于小说文本之中。当然，这也绝非小说最后写定者的一人之功，有学者在经过详细考论后指出，《史记》、《汉书》虽为《演义》中徐母形象的塑造提供了原始素材，但经过民间加工的通俗文学，如唐代出现的《汉将王陵变》、宋代说《汉书》话本中的陵母故事等则为《演义》人物的形成提供了直接借鉴。① 除了人物塑造之目的之外，小说对于史书情景的模仿也许还隐藏着更为深刻的主题意蕴，即将曹、刘之间的较量比拟于楚汉纷争中项羽与刘邦之间的争斗，宋儒以汉代得天下为正而坚持的尊刘抑曹思想，在小说故事的演绎中得到具体而明确的表达。②

除了情节过程的有意模仿之外，小说在局部意境上亦不时表现出与其他经典的互涉性。如《演义》第十三回叙汉献帝与皇后为避李傕、郭汜之乱而仓皇出逃："岸上有不得下船者，争扯船揽，李乐尽砍于水中。渡过帝后，再放船渡众人。其争渡者，皆被砍下手指，哭声震天。"毛宗岗指出此处深得《左传》叙事之妙。据"宣公十二年"所记，晋楚邲之战中，晋军在楚军追杀之下仓惶退兵，中军大夫赵婴齐因提前备有船只而抢先渡河，中军余部和下军退至河边为抢夺船只不惜互相砍杀，于是出现了"舟中之指可掬"的惨状。③《左传》作为历史经典，其对战争伤痛的描写已经作为特殊阅读记忆存储于读者内心，一旦为小说叙述

---

① 参见杜贵晨：《〈三国演义〉徐庶归曹故事源流考论——兼论话本与变文的关系以及"三国学"的视野与方法》，《山东师范大学学报》2003 年第 1 期。

② 根据苏轼记载"王彭尝云：途巷中小儿薄劣，其家所厌苦，辄与钱，令聚坐，听说古话。至说三国事，闻刘玄德败，颦蹙，有出涕者；闻曹操败，则喜唱快。"可推测"拥刘反曹"思想至晚在宋代已得到普及。（参见（宋）苏轼撰，赵学智校注：《东坡志林》卷一"怀古"类，三秦出版社 2003 年版，第 19 页）

③ （清）洪亮吉：《春秋左传诂》"宣公十二年"，中华书局 1987 年版，第 420 页。

所激活唤醒，便使读者获得了延伸解读的契机。面对战争的惨烈，谁能做到真正的淡定？无论是战败的晋军还是跟随献帝渡河的汉军，他们的惨痛经历何其相似乃尔？又《演义》第五十二回赵范的寡嫂形象亦容易让人联想到宋元话本《三现身包龙图断冤》中的大孙押司娘子。大孙押司娘子在丈夫去世之后，提出三个改嫁条件："第一件，我死的丈夫姓孙，如今也只要嫁一个姓孙的；第二件，我先丈夫是奉符县里第一名押司，如今也只要恁般职役的人；第三件，不嫁出去，则要他入舍。"① 而《演义》中赵范亦对赵云转述其寡嫂所提之改嫁要求："第一要文武双全，名闻天下；第二要相貌堂堂，威仪出众；第三要与家兄同姓。"② 两位女性早有明确的改嫁目标（押司娘子想名正言顺嫁给情人小孙押司，在此之前二人已合谋将大孙押司杀害；赵范以桂阳太守身份投降赵云之后，欲结交赵云，遂欲将寡嫂嫁于赵云），所提条件云云不过为掩人耳目寻求舆论支持而已。虽然在此无法明确判断两部作品出现的先后，但不能排除《演义》向民间说书中的特殊题材类型（如小说中的公案类等）进行借鉴的可能。又程毅中先生曾论及《梁公九谏》中狄仁杰不畏油锅而坚持进谏之事，认为"这种手法常见于民间说唱，是故作惊人之笔。元人杂剧《赚蒯通》和《三国志通俗演义》第十八卷邓芝使吴一节，就使用了这样的情节，可见其间有相通之处"③。为我们探寻《演义》与其他文本之间的互涉关联提供了又一佐证。除此之外，十六回吕布辕门射戟的情景与《水浒传》中的花荣射雁（第三十四回）亦颇有神似之处；曹操对吕伯奢的猜疑与《伍子胥变文》中伍子胥对渔人的疑心也颇为雷

---

① 　程毅中：《宋元小说家话本集》，齐鲁书社 2000 年版，第 59 页。
② 　《毛宗岗批评本三国演义》，岳麓书社 2006 年版，第 413 页。
③ 　程毅中：《宋元小说研究》，江苏古籍出版社 1998 年版，第 264 页。

同……诸如此类，难以遍举。有了这些经典叙述作为参照背景，读者往往能在小说阅读中获得更加丰富的情感体验。

二　主题意蕴的逆向戏拟

戏拟是"对一篇文本改变主题但保留风格的转换"①，"戏拟谋略的采用乃是受现实生活的刺激，认清了旧叙事模式的不适用，因而在叙事模式和生活的错位之间采取嘲讽心态。戏拟式的嘲讽是一种新鲜的智慧。""是对传统叙事成规存心犯其窠臼，却以游戏心态出其窠臼"，是一种"创新手腕"②。戏拟效果的取得首先要求戏拟对象具有一定的经典普及性，只有读者对原文本具有较高的认知程度，其反讽效果才容易得到辨识；其次要求作者对原文本叙事意蕴的深入把握，而调侃和戏谑的心态也是必备要素。《三国志演义》作为历史叙事的经典代表，其对后世文学创作影响巨大：既有作品通过正向模仿的方式表达对小说的尊重与继承（如《列国志传》、《隋唐演义》等），也有作品（如《儒林外史》、《金瓶梅》等）通过戏拟、解构的方式完成对经典的延续。而一旦引入这些后续作品作为参照，我们对《三国志演义》的理解也可进入一个新的高度。

桃园结义是《演义》中的一个经典情节，也是典型的史诗母题的强化。异姓兄弟因相同的信念追求而走到一起，从此演绎一段不离不弃的生死之谊。这个开端不仅为接下来的情节发展奠定了叙事基础，而且契合了国人重情重义的精神追求，为表现小说的"忠义"主题起到重要作

---

① 　[法] 蒂费纳·萨莫瓦约：《互文性研究》，邵炜译，第 47 页。

② 　杨义：《〈金瓶梅〉：世情书与怪才奇书的双重品格》，《文学评论》1994 年第 5 期。

用。颇有意趣的是，小说《金瓶梅》也以西门庆与异姓兄弟的结义开始故事，只是"热结十兄弟"少了桃园结义的崇高与真诚，却多了游戏人生的低俗与滑稽。细较之下，热结十兄弟对桃园结义的戏拟表现在以下三个方面：首先是结义的初衷。刘、关、张生于黄巾起义的汉末乱世，"破贼安民"（刘备语）、"同举大事"（张飞语）成为三人共同的追求。而在《金瓶梅》中，西门庆则仅仅因为"只管恁会来会去，终不着个切实"，若能结拜了兄弟，"明日也有个靠傍些"。比之刘关张匡扶汉室的宏图大略，西门庆的目的已落世俗，而月娘接下来的描述更将西门庆一厢情愿的意图轻松解构："只怕后日还是别个靠的你多哩。若要你去靠人，提傀儡儿上戏场——还少一口气儿哩。"其次是结义的过程。桃园结义中张飞仗义出资，兄弟间不拘小节，英雄们豪爽大气的性情品质跃然纸上。而热结十兄弟中，虽然西门庆提议大家"随多少各出些分资"，但实际的结果却是"只有应二的是一钱二分八成银子，其余也有三分的，也有五分的，都是些红的黄的，倒像金子一般"（月娘语），贪占便宜的帮闲嘴脸如画。接下来的结义誓词甚至还特意提到桃园故事，其云："伏为桃园义重，众心仰慕而敢效其风；管鲍情深，各姓追维而同其志。况四海皆可兄弟，岂异姓不如骨肉？"①桃园之情、管鲍之谊被西门庆等乌合之众煞有介事地搬来以作榜样，亦显得幽默滑稽。最后，十兄弟之间的实际情谊与这信誓旦旦的承诺对比起来更显讽刺。《演义》中刘备闻关羽死讯"一日哭绝三五次，三日水浆不进，只是痛哭。泪湿衣襟，斑斑成血"，"张飞在阆中闻知关公被东吴所害，旦夕号泣，血湿衣

---

① 以上引文皆出自汝梅、齐烟校点：《新刻绣像批评金瓶梅》第一回，三联书店（香港）有限公司1990年版，第6—14页。

襟"①。兄弟三人从未违背"不求同年同月同日生，只愿同年同月同日死"的结义誓言，生死情谊令人动容。而《金瓶梅》中与西门庆关系最密切的应伯爵在"大哥"死后立即转而趋附同为富户的张二官，连祭奠大官人之事也为的是"又讨了他值七分银子一条孝绢拿到家做裙腰子；他莫不白放咱每出来？咱还吃他一阵；到明日，出殡山头，饶饱餐一顿，每人还得他半张靠山桌面，来家与老婆孩子吃着，两三日省了买烧饼钱"。这与西门庆生前对待众人的慷慨豪爽形成巨大反差，难怪叙述者忍不住在此发表议论："但凡世上帮闲子弟，极是势利小人……当初西门庆待应伯爵，如胶似漆，赛过同胞弟兄，那一日不吃他的，穿他的，受用他的。身死未几，骨肉尚热，便做出许多不义之事。正是画虎画皮难画骨，知人知面不知心。"② 与"桃园结义"的故事原型比较起来，这段描写充满戏谑和反讽。物欲横流、道德沦丧的没落乱世在这看似随意幽默的笔调之中尽显悲凉。不仅明清小说已经开始对经典叙事进行戏拟尝试，当代小说中亦有热衷于此者，刘震云《故乡相处流传》中，《三国志演义》原有的"分久必合、合久必分"历史规律被戏谑地调侃为一个女人引起的利益之争。这种对经典无情的解构与颠覆也成为后现代叙事的重要特征。

三　意境化用与格调模仿

作为一种综合性的文学文体，小说表现出比其他作品更强大的包容性。巴赫金认为"长篇小说允许插进来任何不同的体裁……从原则上说，

---

① 《毛宗岗批评本三国演义》岳麓书社 2006 年版，第 612、632 页。

② 以上两处引文出自陶慕宁校注：《金瓶梅词话》，人民文学出版社 2000 年版，第 1122、1130 页。

任何一个体裁都能够镶嵌到小说的结构中去，从实际上看，很难找到一种体裁是没被任何人在任何时候插到小说中去"①。小说体裁的包容性邂逅历史题材的重实性，为仿拟技巧的运用提供了实践空间。对于《三国》这类具有相当依据的演义小说而言，作者不能做凭空的自由发挥，故事中人物的表章书信、诗作应答，甚至言谈举止等皆因有大量历史资料的参照而表现出更多的制约性，而化用、拟作便成为非常实用的技巧而得以广泛运用。

化用。以小说五十六回叙曹操大宴铜雀台情景为例，面对众人进献的赞贺之诗，曹操表明自己不欲篡汉自立的意图："孤本愚陋，始举孝廉。后值天下大乱，筑精舍于谯东五十里，欲春夏读书，秋冬射猎，以待天下清平，方出仕耳。……如国家无孤一人，正不知几人称帝，几人称王。或见孤权重，妄相忖度，疑孤有异心，此大谬也。"这段表述为曹操奸诈狡猾的文学形象提供了有力支撑，其内容则明显化用历史上曹操的传世名篇《让县自明本志令》而来。据史志记载，公元 210 年，曹操借退还皇帝加封三县之名特作此文以剖白心迹，目的是反击朝野对他的"篡汉"抨击。②文章一方面强调自己不欲篡汉自立的心意，另一方面也表示绝不会因为舆论压力而放弃权力，言辞大胆却又直率坦白，传达出奸雄霸气又可爱的一面。不过，小说对曹操形象的表现具有倾向性，在化用此文时就有意将本义弱化，而代之以曹操的篡位野心。③又小说第三十六回，

① ［俄］巴赫金：《史诗与小说》，转引自白春仁、晓河译：《小说理论》，河北教育出版社 1998 年版，第 106 页。

② 参见《三国志·魏书》裴注引《魏武故事》，中华书局 2006 年版，第 19—20 页。

③ 参见刘博仓：《三国志演义艺术新论》，中国社会科学出版社 2008 年版，第 75 页。

刘备不舍徐庶的离去，分手后仍立于林畔怅然若失，有学者认为这里明显化用了岑参《白雪歌送武判官归京》（雪中送别）及李白《黄鹤楼送孟浩然之广陵》（水边送别）中的意境，① 皆以主人的伫立怅望来表现对友人离去的不舍，意境优美，颇具感染力。《三国》擅长叙述金戈铁马的历史征战，但在表现个人情感方面，亦有如此细腻精致之笔，实属不易。紧接其后，刘备又突发奇想欲砍去眼前树林，只因其阻挡了自己远望元直的视线。毛宗岗读至此处时也指出这是对《西厢记》曲中"青山隔送行，疏林不作美"意境的化用。事实上，作者并不一定是非常自觉地引入这些唐诗宋词元曲，但无论对作者还是读者而言，经典所创造的优美意境已经作为固有的文化背景根植于心灵深处，一旦被外界某种情景激活，必定获得强烈的共鸣，这正是文本之间通过互文构建的独特审美景观。

　　仿作。"孔明三气周公瑾"一节中，诸葛亮识破周瑜的假途灭虢之计，遂致书一封劝其不要轻易攻取西川，周瑜得书恼恨身亡。事实上，这封书信并非出于小说作者独创，而是模仿历史上刘备的书信而来。根据《三国志》裴注引《献帝春秋》的叙述，谋取西川乃出于刘备自己的意图，他曾因此书面回绝孙权与之联手入川的请求，表现出政治家在征战中的精明与霸气。小说作者则改变了历史真实，试图通过有意贬低刘备的能力而突显诸葛亮的智慧，同时将刘备的仁义作为其重点表现对象，于是刘备的谋略变成了诸葛亮的计策，而史书所载的刘备致孙权书信也被移用到了诸葛亮身上。将《演义》书信与《三国志》所录作一对比，表述上的雷同一目了然。② 也许正是为了有意避免抄袭之嫌，毛宗岗就在嘉

---

① 参见刘永良：《三国演义的抒情艺术》，《明清小说研究》2002 年第 1 期。

② 参见《三国志·蜀书·先主传》，中华书局 2006 年版，第 525—526 页。

靖本的基础上对书信内容进行了一定简化。①对历史故事进行适当改造，以更好服务于人物形象塑造和主题表达，说明作者虚构意识的觉醒。《三国志演义》正是由于在历史真实与文学虚构之间创造平衡而获得雅俗共赏的良好口碑。②《演义》为塑造出各具特色的文学人物大量使用了"张冠李戴"、"移花接木"等法，从本质来说正是一种特殊的仿拟技巧。

拟调。小说中另一种值得关注的重要仿拟现象是频频出现的仿咏史诗词。承袭说书活动中韵散结合的表述方式，白话小说的散文叙事中往往夹杂大量诗词韵语。《三国志演义》作为历史之作，其对咏史诗的偏爱表现得尤为突出，前人胡曾、周静轩的咏史之作就曾被大量引入。但这些仍远不能满足作者针对人物、情节进行随时吟咏、慨叹的需要，于是作者便直接以小说所述为对象，模仿史官口吻拟传统咏史之格进行诗歌创作。第三十八回针对孔明出山插入的带预叙性质的诗歌，四十回赞孔融之诗，五十七回叹周瑜之诗等皆为此类。咏史诗与仿咏史诗的根本区别在于吟咏对象一为正史内容，一为小说内容（文学虚构）；而在"隐括本传"、"多摅胸臆"（清何焯语）的创作方法上两者并无二致。③ 这种情形庶几可归入仿拟的"拟调"之格。仿咏史诗的明确针对性克服了直接引用前人咏史所无法避免的适用性缺陷，使得小说的韵、散搭配更加自然贴合。而对传统咏史格调的模仿则为小说叙述增添了庄严厚重、

---

① 参见沈伯俊校注嘉靖本《三国志通俗演义》卷十一，第一百十三回，文汇出版社 2008 年版，第 432 页。

② 关于《演义》中书信文体的仿作问题刘博仓在其专著中曾做过比较详细的论述。（参见《〈三国志演义〉艺术新论》第一章第三节，中国社会科学出版社 2008 年版，第 33—49 页）

③ 《义门读书记》卷四六《文选·诗》之"张景阳咏史诗"条，中华书局 1987 年版，第 893 页。

含蓄蕴藉的审美风韵。据统计，《演义》嘉靖本、李卓吾评本以及毛本分别所存 341 首、411 首、206 首诗作中，半数以上属仿咏史之作。这类诗作在白话小说（尤其是历史演义类作品）中广泛存在，形成了文学史上独具特色的创作景观。关于小说中的咏史诗词问题笔者还将在后文列专章讨论，此不赘述。

　　杰拉尔德·普林斯曾为互文性下过一个清晰易懂的定义："一个确定的文本与它所引用、改写、吸收、扩展、或在总体上加以改造的其他文本之间的关系，并且依据这种关系才可能理解这个文本。"①这个定义触及文本意义的生成与文本解读两个层面，从而也就使得"互文性"成为无法回避的理论范畴进入文学研究者视野。从以上对《三国志演义》的互文性分析来看，无论是《演义》对《史记》、《三国志》等前作的模仿、借鉴，还是《金瓶梅》、《儒林外史》等后作对《演义》的戏拟、解构，无不表现出经典之作其文本意义的流动性与文学魅力的永恒性；这也是互文性带给文学研究的普遍启示。任何文本都产生于前文本共同作用形成的文化语境之中，也必将在不断扩展的文本海洋中得到解读。如此，文本之间这种种奇妙的互文性关联就成为破译文本意义的关键；而"仿拟"正是这诸种复杂关系中较为特殊的一种。艾略特认为诗人最突出的能力就是"把一切先前文学囊括在他的作品之中"，因为这样就能使"过去与现在的话语同时共存"②。而通过何种方式"囊括"前作，是正向的模仿参照，还是逆向的戏谑颠覆？不同的作者会做出自己独特的选择。

　　母题的继承、预叙方式的借鉴、情节的仿拟等也许并不足以概括

---

①　转引自程锡麟：《互文性理论概述》，《外国文学》1996 年第 1 期。

②　转引自程锡麟：《互文性理论概述》，《外国文学》1996 年第 1 期，第 73 页。

《三国志演义》与其他文本的全部联系，但却确确实实展示了这部经典名著是如何在与其他作品之间存在的千丝万缕联系中获得自身的独特意义。在以"互文性"为基本视角对《三国志演义》进行的一番管窥蠡测之中，一个看似绝对的结论也逐渐得到印证：文学作品的意义并不能孤立存在于其文本本身，而是存在于与其他文本广泛而密切的各种联系之中。庶几这正是布鲁姆强调要以互文本取代文本概念的根本原因。事实上，无论是从文本创作还是文本解读的维度，我们都无法回避互文性所带来的巨大影响。没有《史记》、《三国志》，没有宋元以来繁荣的白话小说创作，没有历代读者兴味盎然的评点甚至删改，也许我们辉煌的文学史上根本就不会产生一部如此优秀的《三国志演义》，而作为读者的我们也根本感受不到小说所带来的如此丰富的审美感受。

第二章　诗词的互文性 [①]

在巴赫金的对话理论中，当前话语与先前的他人话语之间构成最典型的对话关系。作为包容性最强的小说作品，巴赫金认为"长篇小说是用艺术方法组织起来的社会性的杂语现象"，"小说这种文学体裁不仅包含叙述者的话语，而且还可以通过各种方式表现、引入、包容他人的话语，融合多种多样的语言成分、文体成分和文化成分"。[②] 古代白话小说世代累积的成书方式、"文备众体"的审美要求、"有所本"的传统意识等为小说文本提供了广阔的意义参照背景，成为我们进行小说互文研究的基本前提。韵散结合为古代通俗小说独特的叙事话语模式，诗词韵语的大量嵌入既是民间说唱技艺在小说文体形成过程中留下的深刻印迹，亦是我国古代诗歌艺术向小说浸润渗透的结果。以《三国志演义》为代表的讲史小说中诗词韵语的出现频率极高，除故事人物偶以吟诗作赋表达情感之外，历代咏史佳作的不断介入也极大增加了作品的诗词含量。这些诗词多为文学史上的名篇佳作，本身已承载相当丰富的历史文化内涵，进入小说文本之中，它们与故事叙述形成一种相互参照、互为

---

① 本章部分内容发表于《南京师大学报》2014 年第 2 期。

② 秦海鹰：《人与文，话语与文本——克里斯特瓦互文性理论与巴赫金对话理论的联系与区别》，《欧美文学论丛》，2004 年。

指涉的特殊关系，并一起构成读者的小说解读背景。除此之外，为迎合韵散结合的叙述习惯，小说作者还在叙述中不时穿插带有总结、预叙性质的诗词，这些穿插诗词往往选择具有呼应性质的情节进行对应描述，使小说在客观上形成一种内部的情节互文，加强了作品结构的有机性。这种形式上的包容，为小说文本中独特的"对话"景观提供了基础：前人话语通过诗词韵语体现，而对特定诗词的增删选改则表露小说作者（有时也是评改者）对历史的态度，两种话语在小说文本中共时存在，形成交锋。同时，小说作者又通过信息层级递增的方式将前人话语、作者话语传达给小说读者，使其在不自觉中参与对话，如此，则前人、作者、读者在小说文本阅读过程中形成三方对话的狂欢场景。通俗小说中诗词韵语所承担的叙事功能，学界论述已多，[①] 而对诗词韵语与故事叙述之间的互文关系，学界则较少关注，选择诗词韵语在小说文本意义生成中的互文建构功能切入《三国志演义》研究，既有加强互文性理论在古代小说研究中的运用之意，亦是进一步推进《三国志演义》研究深度的尝试之举。而以毛宗岗评点本作为具体考察之对象，实因毛氏父子在小说诗词问题上致力尤多之故。毛宗岗曾专门针对小说中的诗词韵语发表议论："叙事之中夹带诗词，本是文章极妙处，而俗本每至'后人有诗叹曰'，便处处是周静轩先生，而其诗词又甚俚鄙可笑，今此篇悉取唐宋名人作以实之，与俗本大不相同。"又谓："七言律诗起于唐人，若汉则未闻有七言律也。俗本往往捏造古人诗句，如钟繇、王朗颂铜雀台，蔡瑁题馆驿屋壁，皆伪作七言律体，殊为识者所笑，今悉依古本

---

　　① 　参见王凌：《形式与细读：古代白话小说文体研究》第一章第二节"韵散结合叙述模式的形成及韵语的基本功能"，人民出版社 2010 年版，第 28—53 页。

削去，以存其真。"①毛氏父子对小说诗歌要求甚严，但也不是一味删削（嘉靖本 341 首，李卓吾评本 411 首，毛本 206 首②），今存诗作中也有为毛氏父子所加者(共计 37 首)，可见其以提高小说艺术表现力为选择、拟诗之原则，③甚有见解，于本章所论亦颇有参考价值，故以此本为本章具体考察对象。

第一节　人物诗作的再次解读

人物赋诗是古典小说中常常出现的场景。古人尊诗，我国自春秋以来就有"赋诗言志"的传统，诗歌几乎成为国人一种特殊的交流方式。这种文化传统影响到小说创作，通过人物诗作来表现人物特征成为常见的小说技巧。比如在崇尚"诗才"的唐人传奇中，人物诗作的好坏就直接影响到人物形象与作品整体意境，成为衡量作品优劣的重要因素，李剑国先生曾言："我们不能想象，如果《柳氏传》缺了那两首意象生动的'章台柳'赠答诗，如果《异梦录》缺了古装美人那首充满迷惘之思的《春阳曲》，我们品味到的美感要打多少折扣。"④ 沈亚之《湘中怨解》中的汜人能诵楚人《九歌》、《招魂》之诗，美丽容貌之外更增添一份诗意之气质，洞庭重逢时所歌更有《湘夫人》之境，这些诗作为小说哀婉

---

① 参见《毛宗岗批评本三国演义·凡例》，岳麓书社 2006 年版，第 12 页。

② 参见郑铁生：《〈三国演义〉诗词鉴赏》附录"《三国演义》三种版本诗歌对照表"，新华出版社 2010 年版，第 352—369 页。

③ 参见郑铁生：《毛本论赞诗是〈三国演义〉叙事批评的审美形式》，《〈三国演义〉诗词鉴赏》，新华出版社 2010 年版，第 370—377 页。

④ 参见崔际银：《诗与唐人小说》李剑国序，天津古籍出版社 2004 年版，第 2 页。

凄怨意境的营造起到直接作用。《三国志演义》与一般的虚构之作不同，很多历史人物（如曹操父子等）本身就在文学史上占一席之地，其诗作更为一时名篇，小说作者大可不必费心为人物拟作代言，他所要考虑的只是如何让人物的某些传世佳作以合适时机展现在小说故事之中。而如此一来，客观上就形成了对某些名作的本事演绎，文学史上的名诗佳篇与小说故事之间经过作者妙笔建立起特殊关联，不仅使诗作的创作背景和过程得以补充，从而加强读者对诗作的理解，同时小说故事也因这些名作的引入更显真实和蕴藉。不过，经由小说故事的演绎，呈现在读者面前的诗作就可能面临两种不同的解读结果：一是原作审美内涵得到进一步丰富和延伸；一是某种程度的背离。索莱尔斯认为"一个文本的价值在于它对其它文本的整合和摧毁作用"，① 可为注解。

一　原始内涵的延伸

以七十九回《七步诗》为例。子建七步成诗在文学史上早成佳话，小说特意将此情景重现，不仅要着意表现曹植的诗才敏捷，更欲藉此揭露曹丕不顾兄弟之情的凶狠残忍。七步诗本事见于刘义庆《世说新语》"文学篇"："文帝（曹丕）尝令东阿王（曹植）七步中作诗，不成者行大法。应声便为诗曰：'煮豆持作羹，漉菽以为汁。其在釜下燃，豆在釜中泣。本是同根生，相煎何太急！'帝深有惭色。"② 小说记载与之基本一致，但叙述更为详尽：曹丕因猜忌曹植，在华歆提议之下欲以试才

---

① 　索莱尔斯：《一个现代文本的语意层面》，转引自秦海鹰：《互文性的缘起和流变》，《外国文学评论》2004 年第 3 期。

② 　（南朝·宋）刘义庆：《世说新语》，中华书局 2009 年版，第 51 页。

为由将其除之后快，诗作之寓意虽令曹丕"潸然泪下"，但并不能因此改变诗人的悲惨命运，他仍无辜被贬为安乡侯。这首见证帝王之家亲情淡漠的诗歌被置于小说所展现的纷扰乱世之中，为其原始内涵获得了更多佐证与参照：袁谭、袁尚的兄弟相争，刘琦、刘琮的手足相残，孙亮、孙綝的同宗反目……诸如此类，又何尝不是同室操戈的其他版本？封建政治家族的伦理悲剧一再上演，暗示了亲情危机在"家天下"背景之下的无可避免，温文尔雅的赋诗行为背后，暗藏的却是刀光剑影的杀机。子建七步成诗事件将兄弟二人矛盾推向激化，小说丰富的背景故事又为诗歌内容提供了全面而深刻的注解。小说所录七步诗在文字上与《世说新语》所载略异，但更加明快上口，诗作在民间影响甚广，小说的普及作用当不容忽视。

二 原始内涵的背离

以第四十八回《短歌行》为例。诗歌虽为曹操传世佳作，但具体创作时间文学史上尚难确定。小说将赋诗行为安排在赤壁大战前夕，是因为故事人物此刻心态与诗作内容极其相符，诗作的引入显得非常自然。关于诗歌的主旨，前人论述较多。清张玉穀谓该诗"叹流光易逝，欲得贤才以早建王业之诗"①。陈沆《诗比兴笺》亦谓"汉高祖《大风歌》思猛士之旨也"②。这一主题在小说中也得到强调，"挟天子以令诸侯"的举措已使曹操在政治上占据优势，官渡之战的胜利更令其在军事上积累

---

① （清）张玉穀：《古诗赏析》卷八，上海古籍出版社 2000 年版，第 175 页。
② （清）陈沆：《诗比兴笺》卷一，上海古籍出版社 1981 年版，第 41 页。

了实力，此刻的诗人正踌躇满志期待下一个胜利到来。然而年过半百的老人偶尔回忆往昔，一路走来却也坎坷无比，如人物自己所说"破黄巾，擒吕布，灭袁术，收袁绍，深入塞北，直抵辽东"，乱世功业的成就并非容易，而年事渐高，统一大业尚未完成，如何方能"不负大丈夫之志"呢？"山不厌高，水不厌深，周公吐哺，天下归心"，效仿"一沐三握发，一饭三吐哺"的周公，何愁大业不定？谦卑下士，求贤若渴，雄才大略的领导者应有的气魄与胸襟在小说与诗作的交相辉映之下展露无余。至此，小说始终沿着诗作的原始内涵进行忠实演绎。然而随着故事的推进，情况开始出现变化。小说叙述者根据诗作内容演绎出的后续情节，就打破了诗作中这种君臣和乐的融洽气氛，为曹操即将面对的失败埋下伏笔。针对诗中"月明星稀，乌鹊南飞"之句，扬州刺史刘馥提出了"不祥"之论而惹曹操大怒，"手起一槊，刺死刘馥"，本来喜庆热闹的宴饮场面被这突如其来的变故破坏殆尽。曹操在此事中表现出的骄矜残暴与诗作流露的求贤若渴之意甚相悖离。事实上，诗人这种忘乎所以的态度与其之前错杀蔡、张二将，误信黄盖、阚泽，以及错纳庞统连环计等判断失误一致，成为战争失败的直接原因。从这个角度来看，诗人礼贤下士的承诺就显得虚伪，自比周公更为自负和狂妄之表现，倒是其反复强调的"忧思"成为日后战败的谶语。原诗作者与小说作者在此形成意图上的交锋，为读者呈现了对话的另一种形式。

以上所论之人物诗作皆为历史人物的原作引录，除此之外，小说中还有一类人物诗作是通过化用或改作而来。如作品三十七回石广元所唱《隆中歌》就从李白《梁甫吟》（"长啸梁甫吟，何时见阳春……"）前半部分化用而来。李白欲借姜子牙、郦食其之事寄寓自己的理想抱负，小说作者于此则欲通过石广元之口衬托孔明才德，是对原诗意义的延伸运用。又四十四回孔明所背诵之《铜雀台赋》亦在曹植《登台赋》基础上改作而成。历史上曹植的《登台赋》作于建安十七年（公元 212 年），"时邺铜雀台新成，太祖悉将诸子登台，使各为赋。植援笔立成，可观。太祖甚异之"。① 曹丕《登台赋》小序中亦谓："建安十七年春，游西园，登铜雀台，命余兄弟并作。"② 小说将此借用到赤壁大战之中，时间上有所提前，在具体内容上，原作有"连二桥于东西兮，若长空之蝃蝀"之句，毛宗岗谓"此言东西有玉龙，金凤之两台，而接之以桥也。以蝃蝀比之，即阿房赋所谓'长桥卧波，未云何龙；复道凌空，不霁何虹'者也，孔明乃将'桥'字改作'乔'字，将'西'字改作'南'字，将'连'字改作'揽'字，而下句则全改之，遂轻轻划在二乔身上去，可为善改文章矣。"③ 这种改动无疑也构成了对原作内涵的某种背离。

第二节　咏史诗介入的意义

在小说大量的诗词韵语中，有一类是小说作者（或次要作者④）直接引用的前人咏史诗作。咏史诗"谓览史书，咏其行事得失，或自寄情"

---

① （晋）陈寿：《三国志·魏书·曹植传》，中华书局 2006 年版，第 334 页。

② 魏宏灿：《曹丕集校注》，安徽大学出版社 2009 年版，第 102 页。

③ 《毛宗岗批评本三国演义》，岳麓书社 2006 年版，第 347 页。

④ 郭英德先生认为，通俗小说中在流传过程中会受到删削润色，对之进行此类改动的可称为"次要作者"。（参见郭英德：《中国古代通俗小说版本研究刍议》，《文学遗产》2005 年第 5 期）

者（唐吕向语），① 我国自古为重史之国，读史咏史几乎是古代文人的必修功课，② 历代名家均有大量咏史诗作存世。历史演义题材特殊，小说所述情景多与正史相合，历代咏史诗作很自然被小说作者（或次要作者）在创作中加以联想和吸收，而叙述中适当引入名家诗作不仅可提高小说的文化品位，为读者理解文本提供丰富的背景参照，亦为诗作本身提供了延伸解读的机会。

一 对历史内容的多层级接受

咏史诗在小说叙述中承担丰富的指涉功能，与历史内容被多层接受有密切关系。德里达认为："本文没有确定性。""（本文的）一切都始于再生产。"③ 其实是针对解读活动对文本意义的重构而言。里法泰尔更认为互文"首先是一种阅读效果"，"读者对作品的延续构成了互文性的一个重要的层面"，④ 可见其对读者接受环节的重视。咏史诗进入小说，为历史文本提供了多层解读的平台，而每一次解读必定以前一层级的解读作为背景参照，⑤ 如此就形成了一个信息量逐层递加的文本解读模式。咏史诗为诗人读史有所感触而作，表现诗人对历史人物的评价和对历史

① 《文选》卷一二"咏史"类，人民文学出版社 2008 年影印宋刊明州本，2008年第 317 页。

② 古代蒙学读物中有一类就是咏史诗。（参见赵望秦：《唐代咏史组诗考论》第四章第六节"胡曾《咏史诗》与蒙学关系"，三秦出版社 2003 年版，第 109 页）

③ 转引自孟悦：《本文的策略》，花城出版社 1988 年版，第 72 页。

④ 蒂费纳·萨莫瓦约：《互文性研究》，邵炜译，天津人民出版社 2003 年版，第 14 页。

⑤ 这几个层次依次为：诗人对历史的解读，小说通过诗歌对历史的解读，小说读者通过小说、诗歌对历史的解读。

事件的看法，是历史内容被接受的第一层级。唐杜牧《赤壁》诗云："折戟沉沙铁未销，自将磨洗认前朝。东风不与周郎便，铜雀春深锁二乔。"诗歌作为咏史名篇而脍炙人口，主要是因为诗人对历史结果进行了大胆的逆向思考。东风成就了赤壁之火，战争成就了周瑜，喧嚣的故事背后隐藏的也许仅仅是历史的一次偶然，英雄美女、硝烟战火，俯仰之间皆为陈迹，个体生命不过是宇宙间的匆匆过客，又何必执着于一时的得失成败？也许是结合了自身怀才不遇的特殊遭遇，诗人为我们带来了看待历史的全新视角。在诗人通过诗歌完成对历史的第一层级解读之后，文学的接受活动并未停止，《三国志演义》在第四十八回叙述赤壁战事时就将该诗直接引入，通过诗歌，小说作者完成了对历史内容的第二层级接受：首先，小说故事与诗歌吟咏内容具有明显的契合点，曹操对战争的自信，誓得二乔的言论等，恰与杜牧"铜雀春深锁二乔"的假设相符，小说对此情景的选择与强调庶几正受诗歌之启发。其次，诗歌所表现出的豁达、淡定历史观也得到小说认同。"尊刘抑曹"虽为小说基本立场，但作者此处并未因一场战争对双方做出简单评价，作者对历史的必然与偶然保持了相当客观的态度，庶几也是诗作思想的某种延伸。第三级接受由小说读者完成。诗人对历史兴衰的感悟、小说对故事情节的演绎，都成为读者理解文本的综合参考因素。战争的两种可能结果在诗、文配合下同时进入读者视野，使作品呈现某种潜在的对话性。对小说作者而言，插入诗词的行为不过是"以诗证史"，增加作品的真实性，而在读者看来，小说亦未尝不是在串讲诗意，"以史注诗，相互发明"。①"东风"、"二乔"的联想究竟是触于正史还是流传中的三国故事，实难分

---

① 　参见赵望秦：《唐代咏史组诗考论》，三秦出版社 2003 年版，第 122 页。

辨，小说因为诗词的意蕴而更富内涵，而融入小说的诗词因有详尽的叙述注解也更易接受，两种不同表达方式在此互为参照、互相影响。小说一百二十回引刘禹锡《西塞山怀古》也获得了同样的艺术效果。刘禹锡咏史多超越一朝一代的兴亡感慨，对亘古如斯的历史规律进行思索与感悟，使得诗作比一般咏史更富哲思。《西塞山怀古》被置于三家归晋的小说结尾处，为小说带来了穿越古今的历史空幻感，尤其是与小说开头所引杨慎的咏史词交相呼应，哲理意味更加浓郁。

二 诗歌与小说的相互注解

从毛氏父子对《三国志演义》诗词的整体处理情况来看，评点者对名家咏史甚为推崇，嘉靖本中频频出现的胡曾诗多被删除，代之以杜甫、白居易、元稹、刘禹锡等名家之作，可见评点者对引入诗词要求的提高。其中，引杜甫咏史五首分别出现在八十四回、八十五回、一百零四、一百零五回，三首（八十五、一百零四、一百零五回第二首）为嘉靖本所无。咏史诗发展至唐，创作进入繁荣期，"思想内容和艺术手法都达到前所未有的高度"[①]。历史记忆在这一时期也呈现新的接受特点。三国题材（尤其是刘备、诸葛等人物）一直是唐代咏史的热门，然而随着由盛而衰的时代变迁，咏史题旨亦不断发生变化，如初盛唐咏三国史多旨在"缅怀古贤先哲，仰慕圣君名相的激情中，抒发创作个体远大的志向抱负和渴望建功立业的淑世情怀"，而在晚唐咏史

---

① 赵望秦、张焕玲：《古代咏史诗通论》，中国社会科学出版社 2012 年版，第 55 页。下同。

中，"君臣遇合的鱼水之情和经天纬地的雄才大略则有所弱化"，代之以"反复咏叹其回天乏术的痛苦和无奈"。① 事实上，从杜甫的诗作中我们已足可体会这种接受心态的过渡。杜甫的咏史之作对诸葛亮情有独钟，以毛本所引五首杜诗为例，其中四首皆以武侯为吟咏对象，仅一首以咏昭烈为主。诗作虽时时不忘推举武侯"功盖三分国，名成八阵图"的旷世功业，但总不离"遗恨"（《八阵图》"遗恨失吞吴"）、"辜负"（《咏怀古迹五首》其五"空余门下三千客，辜负胸中百万兵。"）等感伤无奈之语。结合子美身世，一生坎坷成就了他沉郁顿挫的诗风，他尤喜选取命运不济、不遇明君的历史人物（如宋玉、昭君等）以表达漂泊无定、不为世用的悲哀之情。诸葛亮虽有"三顾频烦天下计"、"君臣已与时际会"的理想境遇令诗人向往艳羡，但终留未竟之事业遗憾千古。"出师未捷身先死，长使英雄泪满襟"，杜甫的悲慨为武侯临终遗憾作出了最适当的写照，小说曾叙武侯临死之状："孔明强支病体，令左右扶上小车，出寨遍观各营，自觉秋风吹面，彻骨生寒，乃长叹曰：'再不能临阵讨贼矣！悠悠苍天，曷其有极！'"② 历史的选择不以个体主观意志为转移，在这一点上诗人的遭遇与武侯并无本质区别。唐肃宗乾元三年（公元 760 年），诗人初至成都便迫不及待瞻仰武侯祠，并写下这首著名的《蜀相》，当是封建知识分子古今同气的表现。这首诗在小说一百零五回叙后主为诸葛立祠时引入，于小说而言，选择杜甫的诗作也就等于接受了诗人作为历史阐释者的立场和情感。"鞠躬尽瘁，死而后已"的精神已凝结成千百年来封建知识分子的理想人格，

① 赵望秦、张焕玲：《古代咏史诗通论》，中国社会科学出版社 2012 年版，第 56、57 页。

② 《毛宗岗批评本三国演义》，岳麓书社 2006 年版，第 822 页。

这是唐代诗人选择孔明的根本原因，亦是小说作者选择杜诗的原因。而另一方面，小说的悲剧意蕴也为杜诗的引入提供了客观依据。对小说读者而言，诗作的介入强化了小说的情感内蕴，而小说的描摹也为诗歌作出了详尽而深刻的注解。

第三节　"仿咏史"论赞诗与小说内部的情节互文

虽然《三国志演义》引入的大量名人咏史之作为小说文本增添了审美意蕴，但若与叙述者穿插其中"仿咏史"论赞诗相比，数量其实很有限。所谓"仿咏史诗"是指针对小说中的人物事件进行"隐括本传"、"多摅胸臆"（清何焯语）的诗作，[①] 因其以小说所述而非严格意义上的正史记载为吟咏之对象，故与正统咏史诗略有区别。这类诗作是作者（或评改者）为配合小说审美效果而拟作，虽不像咏史诗能在文学与历史、小说与诗歌之间建立跨文本联系的桥梁，却往往能在小说内部建构起前后情节之间的互文，[②] 使读者感到前后呼应、相互参照的结构效果。克里斯蒂娃强调"跨文本性"，认为每一个文本都是对先前文本的回应，而在同一文本之内何尝不也存在这种前后内容的相互指涉？毛宗岗尤其重视这种诗歌带来的情节互文之意，他通过改作、拟作来强调这种特殊的审美趣味。

---

① 《义门读书记》卷四六《文选·诗》之"张景阳咏史诗"条，中华书局 1987 年版，第 893 页。

② 这种结构特色更接近于古代汉语中"参互成文，合而见义"的互文修辞，强调的是文本内部的结构对应，西方互文理论关注文本之间的关联各有侧重。

一　回述参照

由于要对人物事件进行评价，此类诗作常用隐括之法将人物经历进行简要回述，使之与当前事件形成勾连，以相互参照，使读者在线性阅读的瞬间获得更加全面和立体的信息。以第四十回为例，该回详述孔融因反对曹操伐刘而为操所杀，赞诗先对人物生前所为进行剪辑概括："孔融居北海，豪气贯长虹。坐上客常满，樽中酒不空……"[1] 颔联所述为孔融在北海行事，小说第十一回孔融出场时作者曾叙其"极好宾客，常曰：'座上客常满，樽中酒不空，吾之愿也。'"[2] 毛宗岗在评点中意识到此，特夹批"此系融幼时语，应第十一回中"。赞诗特意选择此一场景为人物生活之缩影，说明拟诗者对孔融的豪爽大气颇为赞赏。建安文人崇尚个性，倜傥潇洒令人称羡，但生于乱世命运多舛，慷慨真诚如孔融者亦惨遭不幸，诗作将孔融真诚待友事与遭小人进谗取祸的结局对举，表现命运无常的同时也揭露了社会的黑暗。此诗毛宗岗在评点过程中对颈、尾两联进行了改动，但保留了前两联原貌，说明他对这种人物历时境遇的参照比较是持肯定态度的。此外还有五十七回叹周瑜诗："赤壁遗雄烈，青年有后声。弦歌知雅意，杯酒谢良朋。曾谒三千斛，常驱十万兵。巴丘终命处，凭吊欲伤情。"[3] 此诗亦为毛宗岗在嘉靖本、李卓吾评本基础上改作而来，原诗首颔两联为："赤壁遗踪迹，青春有政声。胸谋如管仲，风味似陈平。"颔联所改恰可表明毛宗岗欲通过诗歌加强小说情节前后联系的意图。"弦歌知雅意，杯酒谢良朋"是映照

---

① 《毛宗岗批评本三国演义》，岳麓书社 2006 年版，第 315 页。
② 《毛宗岗批评本三国演义》，岳麓书社 2006 年版，第 75 页。
③ 《毛宗岗批评本三国演义》，岳麓书社 2006 年版，第 446 页。

四十五回群英会事，当日周瑜曾对蒋干自诩"虽不及师旷之聪，闻弦歌而知雅意"，颈联则回顾周瑜与鲁肃的友谊，小说二十九回周瑜向孙权力荐鲁肃，文中曾有补叙交代："瑜为居巢长之时，将数百人过临淮，因乏粮，闻鲁肃家有两囷米，各三千斛，因往求助。肃即指一囷相赠，其慷慨如此。"①诗中所述正是指此。通过诗歌的简要回顾，人物往事与此刻发生一切便在瞬间勾连起来，构成小说内部的情节互文，前后参照为读者理解人物提供全面的背景。

二　预叙参照

诗歌除了通过回顾前事以与此刻之事形成互文之外，还可通过预叙后事来与此刻之事发生互文联系。作品第三十八回，三顾茅庐之后诸葛亮答应出山辅佐刘备，临行前叮嘱家人："勿得荒芜田亩。待吾功成之日，即当归隐。"其后即附诗一首："身未升腾思退步，功成应忆去时言。只因先主丁宁后，星落秋风五丈原。"②将六十多回之后的信息提前透露，就是要提醒读者将前后内容进行参照解读。诸葛平生谨慎，深谙进退之道，刘禅暗弱，本不堪辅佐，诸葛明知于此，却为不负先主所托，以知其不可而为之的态度积极谋划，诗作在此将最终结局委婉透露，亦传达了拟诗者惋惜感慨的情绪。第八回针对连环计插入叹诗同样具此效果。貂蝉设计凤仪亭事件以激化董卓与吕布父子矛盾，作品如此叙道："后人读书至此，有诗叹之曰：司徒妙算托红裙，

---

①　《毛宗岗批评本三国演义》，岳麓书社 2006 年版，第 229 页。
②　《毛宗岗批评本三国演义》，岳麓书社 2006 年版，第 300 页。

不用干戈不用兵。三战虎牢徒费力，凯歌却奏凤仪亭。"①一方面点出凤仪亭在整个连环计顺利展开过程中的关键意义，也就等于提前透露了事件的最终结果；另一方面，将凤仪亭与虎牢关三英战吕布之事并列对比，也形成了一种颇具意趣的互文参照。吕布骁勇，三英围攻尚能自保，却不敌"女将军"略施小计，诗歌调侃的语气亦为作品增添了幽默氛围。诚如毛宗岗所评，"不意《三国志》中有此一段温柔旖旎文字"，可称趣论。

三　同类参照

除对人物、事件进行线性的历时参照外，诗作还善于将同类事件并置，形成同类参照。作者的意图很明显，即通过对比强化读者对人物、事件的理解。如小说第一百零九回诗云："当年伏后出宫门，跣足哀号别至尊。司马今朝依此例，天教还报在儿孙。"②将曹操杀伏后事与司马师杀张皇后事进行并列参照。此诗为毛宗岗所加，其夹批也一再强调"曹操自比文王，今司马师自比伊、周，前后一辙"，"令人追念华歆破壁取伏后时"，可见评点者有意将臣子欺君弑后之事罗列并举，试图通过世事轮回证明因果不爽的道理。又第六十七回赞孙权坐骑诗："'的卢'当日跳檀溪，又见吴侯败合肥。退后着鞭驰骏骑，逍遥津上玉龙飞。"③的卢当日飞跃檀溪助刘备逃脱蔡瑁追杀，而今孙权兵败合肥又因宝马飞跃小师桥而得以保全性命。宝马护主，两相辉

---

① 《毛宗岗批评本三国演义》，岳麓书社 2006 年版，第 56 页。
② 《毛宗岗批评本三国演义》，岳麓书社 2006 年版，第 864 页。
③ 《毛宗岗批评本三国演义》，岳麓书社 2006 年版，第 535 页。

映。在诗作的提示之下，作品呈现一种对称的结构美感。一百一十回诗作同样具此特点。小说叙扬州都督毋丘俭与刺史文钦闻司马师擅权废立，遂前往讨伐。文钦子文鸯年少英勇，"魏将连追四五番，皆被文鸯一人杀退"。小说叙述者在拟诗赞文鸯时以当年赵云长坂坡事做铺垫，谓"长坂当年独拒曹，子龙从此显英豪"①，是将两个少年英雄并置以作参照，作者虽未对人物事件进行明确表态，但其褒贬倾向已不言自明。此诗亦为毛氏在嘉靖本、李卓吾评本基础上改作。颇有意味的是在前两个本子中，与文鸯进行并列对比的却是张飞，原诗作"昔日当年喝断桥，张飞从此显英豪"。毛氏将张飞改为赵云，显然认为后者更适宜与文鸯进行同类参照。可见评点者对这种参照的重视和谨慎。

第四节　典故运用与小说语言的多重指涉

以上所论是三种来源不同的诗词韵语在小说中所表现出的互文效果，而接下来将要涉及的则是这三种韵语都可能使用到的一种创作方法——用典。用典是指："引用古代的历史故事或古人的言论或俗语、成语等，来印证自己的论点或抒发自己的思想感情。""从引用的方式看，用典可分为明引和暗引两类。指明出处或来源的是明引，没有指明出处或来源，而把它跟作者自己的文章融为一体的是暗引。"②典故的使用在

---

① 《毛宗岗批评本三国演义》，岳麓书社 2006 年版，第 869 页。

② 易国杰、黎千驹主编：《古代汉语》上册，高等教育出版社 2011 年版，第 127 页。

我国古代诗词中极为常见，江西诗派甚至将用典作为创作必需的方法技巧而加以强调。典故在诗词中能够取得特殊的互文效果，是因为其使用可以"在瞬间使所有的历史记忆即刻复活，从而实现现实与传统、个人经验与历史记忆迅速联通。使读者在阅读的过程中对历史的记忆或碎片进行温习，从而将新与旧、现实与传统容为一体"①。如果说引用故事人物以及名家诗作是作者通过直接展现的方式在两种文体之间建立联系的话，那么典故的使用则是通过一种相对含蓄的方式引导读者对历史文本进行回忆搜索和对比思考。典故的使用提高了诗歌自身的表现力，同时也丰富了小说语言的指涉性，使其在叙述小说故事发展状态的同时又指向其他文本，通过寻找特殊契机在小说与背景文本之间建立起跨文本的互文联系。

一　信息含量的增加

小说第八回貂蝉出场，有词赞曰："原是昭阳宫里人，惊鸿宛转掌中身，只疑飞过洞庭春，按彻《梁州》莲步稳，好花风袅一枝新，画堂香暖不胜春。"② 词作非常自然地运用了"昭阳宫"、"惊鸿"舞、"梁州"曲、"步生莲华"等典故，极大增强了词作与小说的信息含量。昭阳宫本为汉成帝为赵飞燕所建，后飞燕为后，昭阳宫即为后宫正宫，此处借昭阳宫事暗示貂蝉美貌不在飞燕之下。惊鸿宛转特写貂蝉舞姿，"惊鸿"一词源出曹植《洛神赋》，状洛神体态轻盈之貌，"翩

---

① 格非：《文学的邀约》第二章之"典故与互文"，清华大学出版社 2010 年版，第 95 页。

② 《毛宗岗批评本三国演义》，岳麓书社 2006 年版，第 56 页。

若惊鸿，婉若游龙"，身姿曼妙若疾飞之大雁。传说唐玄宗宠妃江采苹擅作"惊鸿舞"，冠绝一时，后梅妃死于安史之乱，惊鸿舞遂为绝响。① 貂蝉亦擅歌舞，轻盈窈窕之态当与梅妃同类，梅妃为杨贵妃所妒，终不能与玄宗共度余生，貂蝉虽受尽恩宠，亦始终不能追求自己的爱情和幸福，只能作政治斗争的牺牲品。佳人薄命，貂蝉与梅妃并无区别，联想至此，读者很难不为人物命运担忧。词中"莲步"亦用南齐东昏侯萧宝卷事，史载萧宝卷曾凿金莲铺地以供宠妃潘氏行走，并谓之"步步生莲华"②，以示恩宠之盛。词作借用此事一是赞叹貂蝉的美貌与舞姿，同时也是暗示董卓、吕布对其的恩宠。紧随此词之后，小说中又插入七律一首，尾联谓"舞罢高帘偷目送，不知谁是楚襄王"，将楚王与巫山女神梦中相会的故事自然引入。自宋玉作《高唐赋》之后，巫山神女成为古典文学中极富浪漫色彩的唯美意象，该处提及此事暗示董卓与貂蝉之间亦是"襄王有心，神女无意"的关系。艾略特认为"任何优秀的文学作品必定是古今并存的"③，典故即为文学作品的古今并存提供了最直接方法。典故的运用在小说人物与其他历史、文学人物之间建构起穿越时空的奇特关联，一方面能激活读者曾经的阅读记忆，并以此为参照对小说故事的情势发展做出准确判断；另一方面丰富了作品的信息含量，使得阅读活动更富趣味性。

---

① 参见（唐）曹邺：《梅妃传》，载（明）陶宗仪等编：《说郛三种》卷三十八，上海古籍出版社 1988 年版，第 639 页。

② 参见（唐）李延寿：《南史》卷五"齐纪下·废帝东昏侯"条，中华书局 1975 年版，第 154 页。

③ 阮炜等：《20 世纪英国文学史》，青岛出版社 1998 年版，第 172 页。

二　褒贬评价的寄寓

　　小说五十六回叙曹操大宴铜雀台，曹操借机对众臣真情告白，这段告白实根据历史上曹操的《让县自明本志令》而来，作者在文章中自述生平、剖明心迹，表达了忠于汉室之意。① 但由于小说对曹操形象的表现侧重点有所不同，作者在借鉴此篇令文时就有意将本意弱化，而代之以曹操的篡位野心。② 此段表述之后，小说叙述者又引白居易咏史一首："周公恐惧流言日，王莽谦恭下士时。假使当年身便死，一生真伪有谁知！"③ 按白居易创作此诗本与曹操无涉，唐宪宗元和十年（公元 815年），诗人因上疏急请追捕刺杀宰相武元衡的杀手而遭朝中不同势力指责，终至被贬，诗人念及自身遭遇，有感而发写下一组政治抒情诗，以通俗的比喻讲述深刻道理——获取正确的认识必须经过时间的考验。④时间证明了周公的忠心，也揭穿了王莽的伪装。曹操今日的此番言论究竟是出于真心还是假意，也要交给时间来判断。小说叙述者引入此诗的目的显然是要以周公和王莽的故事为参照从正反两方面对曹操"名为汉臣，实为汉贼"的虚伪进行揭露。通过引入历史人物对小说人物进行品评、定位的诗作在作品中还有很多：三十三回赞郭嘉诗："运谋如范蠡，决策似陈平"，又六十一回叹荀彧诗云："后人漫把留侯比，临殁无颜见汉君"等皆为此类。

----

　　① 　参见《三国志·魏书》裴注引《魏武故事》，第 19—20 页。

　　② 　参见刘博仓：《三国志演义艺术新论》，中国社会科学出版社 2008 年版，第 75 页。

　　③ 　此诗对白居易《放言五首》后四句略有字词变动，原诗作"周公恐惧流言日，王莽谦恭未篡时：向使当初身便死，一生真伪复谁知？"（参见《白居易诗选注》，吉林文史出版社 2000 年版，第 122 页）

　　④ 　参见郑铁生：《〈三国演义〉诗词鉴赏》，第 163 页。

　　评点者在细读小说过程中也发现了诗词典故对小说产生的跨文本参照作用。如针对小说二十九回的仿咏史诗，毛宗岗就有明确点评。该回叙许贡门客为家主复仇而刺杀孙策事，叙述者插入诗作云："许客三人能死义，杀身豫让未为奇。"引入豫让为报智伯知遇之恩刺杀赵襄子未果自杀之事，是以历史上舍身护主的家臣事迹进行参照对比，颂扬其知恩图报的忠义之举。对于这一旨趣，毛氏评曰：

　　　　智伯之客只一，许贡之客有三。未知许贡之待此三人，亦能如智伯之待豫让否也；又未知此三人之事许贡，其先亦如豫让之曾事他人否也。乃豫让伏桥入厕，吞炭漆身，未尝损赵襄子分毫，但能斩其衣袍而已。若三人之箭能射枪搠，孙策盖以身亲受之，其事比豫让为尤快，其人亦比豫让为更烈。虽其姓名不传，固当表而出之，以愧后世之为人臣而忘其君者。①

　　如果说诗歌还只是以客观展现的方式将同类参照背景一一列出，那么评点者的分析则对小说与典故之间的内在关联进行了详细注解。小说、诗词、典故、评点，多项因素相互作用，共同为读者提供一个网络解读的审美对象。在历史人物、历史故事的参照之下，小说故事的叙述会显得更富韵味，历史故事的重复上演，人物遭遇的惊人相似，也带给读者一种深刻的哲理反思。

　　人物诗词、名家咏史、作者代拟（或改作）是《三国志演义》诗词

---

① 《毛宗岗批评本三国演义》，岳麓书社 2006 年版，第 222 页。

韵语的三大来源。前两者主要以直接引用的方式进入小说，由于本身具有完全的独立性，进入小说之后更通过在两种不同文本之间构筑跨文本联系丰富着小说的内涵意蕴。而作者代拟诗词虽在外部指涉性上略逊于前二者，却能在小说内部建立起情节的参照互文。如果说人物诗作、名家咏史与小说的互文关联更符合西方互文理论的所指，那么通过代拟（或改作）诗词所建构的情节互文则与我国本土固有的互文修辞更为一致。"互文性"概念虽为西方学者提出，但译者能在古代汉语中找到一个现成的修辞概念与之对应，说明中、西文艺批评思想存在客观的相通之处。事实上不独这种"参互成文，合而见义"的微观修辞与互文性理论有暗合之处，传统创作论、阐释学中的"交相引发"、"秘响旁通"也与之神似。[①] 诗词韵语擅长使用的典故之法，即通过与历史文本建立特殊关联为读者提供广阔的意义参照空间，无疑为中、西互文思想的沟通提供了有力线索。而一旦这些频繁使用典故的诗词韵语大量进入小说，其丰富的外部指涉性必然对小说文本意义的生成方式产生影响。如此，则韵散结合并不只是一种简单的叙述习惯，它更是我国古代小说所选择的一种独特的审美呈现方式。

---

① 参见史忠义：《中西比较诗学新探》"管窥篇"第二节"互文性与交相引发"，河南大学出版社 2008 年版，第 343—368 页。

第三章　插图本中的语—图互文现象 [1]

第一节　语—图互文的具体所指

在我国传统文化之中，图像与文字的关系密切，"图"、"书"二字的正式结合在《史记》中已有表现。"左图右史"、"左图右文"是古代书籍早已采用的表现形式，[2] 有学者曾将我国插图艺术的起源追溯至战国秦汉的帛书插画，[3] 而木刻版画的出现，则一般以晚唐《金刚般若波罗蜜经》扉画为开端。[4] 具体到小说插图，学界普遍认为唐代的佛教活动——"变相"对之产生了直接推动。[5] 胡士莹先生论述"变文中的图画，往往在故事情节关键处加以提示，图，显然是为了加强故事气氛而

---

① 本章内容发表于《四川师范大学学报》2015 年第 5 期。

② 参见程国赋：《论明代通俗小说插图的作用》，《文学评论》2009 年第 3 期。

③ 参见祝重寿：《中国插图艺术史话》，清华大学出版社 2005 年版，第 17 页。

④ 但郑振铎先生也认为"王玠施刻的东西，不会是第一幅木刻画"，版画出现的时间可能更早。（参见郑振铎：《中国古代木刻画史略》，上海书店出版社 2006 年版，第 5 页）

⑤ 参见 ［美］梅维恒：《唐代变文》，杨继东、陈引驰译，中国佛教文化出版有限公司 1999 年版，第 93—105 页。

展开"。表演者"指出某'处'画面让观众看，同时开始将画上的情景唱给观众听，加深了观众的印象。这对话本中散文叙事之后，插入一些骈语和诗词来描绘景物，是有直接影响的，而后世小说插图的来源和意义，也可以从这里得到一些启示"①。文与图的关系如此密切，只因在传递信息、表达情感、创造意境等方面各有优势，二者结合方能让读者获得最为丰富的阅读体验。自 20 世纪鲁迅、郑振铎等学者开始关注文学插图以来，学界对明清小说的插图研究已经积累相当成绩，不过，传统的插图研究多从我国版画发展史或书籍出版印刷史角度展开，② 集中从小说文本意义及接受视角切入插图还是相对晚近的事。西方叙事学、图像学理论的引入为传统小说研究带来新的活力，"读图"作为近年流行起来的文化视野也推动了小说插图研究的繁荣景象。③ 不过，我们对语言与图像之间的相互作用所涉及的一个重要命题——互文性仍然所论不多，④ 有学者甚至认为"中外学者几乎都忽略了中国古代叙述中这一十

---

①　胡士莹：《话本小说概论》，中华书局 1980 年版，第 34—35 页。

②　如郑振铎《中国古代木刻画史略》、《中国古代版画丛刊》，阿英《中国连环图画史话》以及线装书局 1996 年出版的《古本小说版画图录》等皆属此类。

③　新世纪以来涉及古代小说图像主题的专业论文不下百篇，宋莉华《插图与明清小说的阅读与传播》、汪燕岗《古代小说插图方式之演变及意义》、程国赋《论明代通俗小说插图的功用》、陆涛《图像与叙事——关于古代小说插图的叙事学考察》、刘文玉等《图像时代下的中国古代插图研究》等可为代表，其中又以颜彦《中国古代四大名著插图研究》(中国社会科学出版社 2014 年版) 及金秀玹《明清小说插图研究》(北京大学 2013 年博士毕业论文) 论述最为系统。

④　直接以语—图互文切入明清小说研究的论文只有寥寥数篇，其代表有张玉勤《论明清小说插图中的语—图互文现象》、陆涛等《明清小说插图的现代阐释——基于语图互文的视角》、《明清小说出版中的语—图互文现象》等。而除陈平原《看图说书——小说绣像阅读札记》对古代小说语—图关系有所论述之外，目前尚无此方面专著。

分明显而独特的现象"，而这"不仅有违中国古代叙述的原初形式与阅读交流状况，而且也难以全面揭示中国古代叙述独特的叙述原则与叙述风格"①。

　　学界对互文性的界定分广义和狭义两种，以热奈特为代表的狭义互文观认为互文性指一个文本与可以论证存在于此文本中的其他文本之间的关系；而以罗兰·巴特和克里斯蒂娃为代表的广义互文理论则认为，互文性指任何文本与赋予该文本意义的知识、代码和表意实践之总和的关系，而这些知识、代码和表意实践形成了一个潜力无限的网络。②互文性涵盖文本的意义生成与意义接受两个维度，是文学研究中难以回避的理论话题。互文性理论否认文本边界的存在，认为每个文本都向其他文本开放，作品意义的生成及解读完全依赖于文本之间的相互作用。在这种泛文本化的互文视野中，"其他文本"既有可能是完全独立于该作品之外的另一部具体作品，也可能是与作品有着密切联系，甚至本身从属于作品的特殊部分（如插图）。插图是画家在忠于作品的思想内容基础上进行的创作；是"用图画来表现文字所已经表白的一部分意思"③的艺术；"是对文字的形象说明，能给读者以清晰的形象概念，加深对文字的深刻理解"④。尽管古代小说的文字文本与图像文本出现各有早晚，但二者作为共时存在呈现给当代读者却是不争事实，语言叙事与图像叙事之间相互参照、互为背景的特殊关系因此也就成

---

　　①　于德山：《中国图像叙述学：逻辑起点及其意义方法》，《社会科学战线》2004年第1期。

　　②　参见程锡麟：《互文性理论概述》，《外国文学》1996年第1期。

　　③　郑尔康编：《郑振铎艺术考古文集·插图之话》，文物出版社1988年版，第3页。

　　④　钱存训：《中国纸和印刷文化史》，广西师范大学出版社2004年版，第234页。

为小说读者了解作品的必然途径。对于文学作品中文字与插图之间的关系，热奈特曾将其归入"跨文本性"中的特殊类型——"副文本性"。①事实证明，作为小说插图的副文本不仅能为阅读"提供一种氛围"，从而引导读者的接受，而它本身也表现出对小说作品的独特理解。文字与图像之间究竟是"因文生图"还是"以图解文"？也许只有"互文"这一"中西结合"的特殊概念才足以囊括这奇妙关系的全部所指。下文就以插图本《三国演义》为具体考察对象，对古代小说中的语—图互文现象做一尝试性探讨。

　　作为明清时期最重要的白话长篇之一，《三国演义》拥有该时期小说的典型文本呈现特点。明代出版业的繁荣曾对小说的创作、传播造成巨大影响，二者形成良性互动，插图本（绣像本）的出现便是出版商针对读者趣味做出迅速反应的表现之一。万历年间的小说出版已达到"无书不插图，无图不精工"的程度，②这些以营销为直接目的插图本小说不仅以其形象、直观的优势成功吸引了读者眼球，还通过图像的叙事、抒情功能从不同角度引导着后续读者把握文字内容；同时这类作品也从另一侧面向我们传达了以绘图者为代表的读者群对作品的理解，成为我们了解小说接受情况的重要参考资料。《三国演义》的故事内容历来深受大众欢迎（从说书活动的繁荣即可见端倪），而出版商更希望迎合读

---

　　①　副文本性意谓"一部文学作品所构成的整体中正文与只能称作它的'副文本'的部分所维持的关系。""副文本包括标题、副标题、互联性标题、前言、后记、告读者、致谢等，还包括封面、插图、插页、版权页、磁带护封以及其它附属标志，作者亲笔或他人留下的标志。""副文本处于文本的'门槛'——既在文本之内，又在文本之外，它对读者接受文本起一种导向和控制的作用。"它最主要的功能是"为阅读提供一种氛围"。（参见王瑾：《互文性》，广西师范大学出版社2005年版，第116—117页）

　　②　郑振铎：《中国古代木刻画史略》，上海书店出版社2010年版，第51页。

者口味来获得更大利润，因此在插图上颇用心思，也就造成了大量插图本存世的局面。现存插图本《三国演义》中，叶逢春本出现最早。该本采用常见的上图下文版式，每页一图（现存1500余幅），内容详尽；汤学士本插图形式与之类似，也是上图下文。周曰校本（即万卷楼本）为双面连式对叶大图（每则一图，存160幅），插图标题书于右侧，此外插图左右各有对联一句。根据图中所题刻画者姓名可知插图属金陵版画。此外，李卓吾评本存图200幅；英雄谱本为崇祯年间建阳雄飞馆所刊，是《三国演义》和《水浒传》的合刻本，插图形式为半叶大图，共100幅，《三国演义》62幅。诸如此类，不可遍举。

　　文字叙事依赖语言符号，读者通过阅读文字生发联想与想象，在脑海中勾勒出故事情景，由此完成对作品的理解；而图像叙事则具体可感，它通过线条、图形、色彩等直接诉诸视觉而为读者带来感官体验。莱辛在《拉奥孔》中论及诗与画的界限，认为诗叙述的是"时间上先后承续的动作"，而画则描绘"空间中并列的物体"。有学者因此指出"图像叙事是叙事媒介由时间艺术向空间艺术的转变"[①]。在表现故事时间性（或情节性）方面，文字叙事颇占优势，而在表现故事的空间性上，图像叙事亦拥有独特方便。以万卷楼本《三国演义》图十六为例，该图配合连环计王允谋董卓情节，绘图者选取了最精彩的吕布戏貂蝉片段，插图右侧为仙鹤古树掩映之下的董卓双手扶冠，左侧为吕布与貂蝉在亭中缠绵，画戟被置于吕布身后。双页合并，画面场景的空间感极强，两个分镜头并置，呈现出突出的戏剧

[①]　陆涛：《图像与叙事——关于古代小说插图的叙事学考察》，《内蒙古社会科学》2011年第6期。

性效果：太师入后园之前先正衣冠，庶几暗示其对貂蝉的用心；而貂蝉与吕布的私会则对此形成解构。文字叙述遵循线性时序，先述吕布趁董卓与献帝议事而入后堂寻貂蝉，后述貂蝉与吕布在凤仪亭私会，再述董卓因不见吕布在侧而生疑遂入园寻找。带给读者的是清晰的时间—因果线索。而插图的优势不在于交代故事发生的因果逻辑，而是通过对瞬间场景的捕捉为读者呈现一个富于张力的意义世界。如果说直观的自然环境画面营造出的是扑面而来的现场感，那么人物微妙却又复杂的神态表情却传达出无比丰富的内心世界，引发读者的想象和思考。

万卷楼本图十六

第二节　因文生图：文字对图像的决定作用

小说插图原为配合文字内容而来，表达的是"特定文本中的特定故事"，① 因此天生具有依附性，"因文生图"也就成为古代小说语—图互文关系中最基本的层次。明袁无涯《忠义水浒全书发凡》曾针对小说插图有云："此书曲尽情状，已为写生，而复益之以绘事，不几赘乎？虽然，于琴见文，于墙见尧，几人哉？是以云台、凌烟之画，《豳风》、《流民》之图，能使观者感奋悲思，神情如对，则象固不可以已也。"② 可见插图的首要功能是配合文字内容、通过图像的直观性感染读者。那么，如何有效地捕捉小说的文字信息，并将之以生动可感的画面呈现，不同的绘图者会做出不同的选择。

一　挑选"孕育性的顷刻"

在将文字叙述的时间艺术转化为图像符号的空间艺术过程中，绘图者必须首先对内容做出选择。莱辛指出，"（绘画）艺术由于材料的限制，只能把它的全部摹仿局限于某一顷刻"，因为"最能产生效果的只能是可以让想象自由活动的那一顷刻。"③ 最富于"孕育性的顷刻"并非故事情节的高潮，

---

① 参见王逊：《论明清小说插图的"从属性"与"独立性"》，《中南大学学报》2012 年第 6 期。

② 朱一玄、刘毓忱：《水浒传资料汇编》，南开大学出版社 2002 年版，第 133 页。

③ ［德］莱辛：《拉奥孔》，朱光潜译，《朱光潜全集》第 17 卷，安徽教育出版社 1989 年版，第 23—24 页。

而往往是事物到达高
潮之前的某一瞬间。
这是因为事物"到了
顶点就到了止境，眼
睛就不能朝更远的地
方去看，想象就被捆
住了翅膀。"①而透过
最富"孕育性的顷
刻"，读者则可以充
分发挥想象推测、认
识事物的前后语境。

在众多《三国》
版本之中，插图的密
集程度各不相同。有
每页配图者（称"出
相"），如采用上图下
文版式的叶逢春本
每三百左右文字配

叶逢春本卷一图五十八〔左〕

叶逢春本卷一图五十九〔右〕

叶逢春本卷一图五十九〔左〕

合插图一幅，密度极大。在凤仪亭吕布戏貂蝉一段情节之中，单是吕布与
貂蝉在太师府中相见情景就配有三幅插图：一幅绘貂蝉初入府中为吕布所
窥（卷一图五十八〔左〕）：吕布于帘外偷望，梳妆中的貂蝉似有所觉，遂

_____

　　① 〔德〕莱辛：《拉奥孔》，朱光潜译，《朱光潜全集》第17卷，安徽教育出版
社1989年版，第24页。

转身做忧郁状与吕布眼神互动）；一幅为吕布与貂蝉在董卓榻前眉目传情
（卷一图五十九〔右〕：吕布于董卓榻前张望，貂蝉则掀开帷帐一角与之迎
合，娇媚之态尽显）；一幅为吕布与貂蝉凤仪亭幽会（卷一图五十九〔左〕：
吕布在亭边右手执戟，左手似做推阻之势，而貂蝉于亭内身体左倾，大有
追扯吕布之势）。三幅插图皆着意模仿和再现文字内容，且排列密集，故
能相对完整的表现故事情节，呈现出与连环画类似的连贯动态效果。按小
说所述，吕布担心董卓发觉而急于离开凤仪亭，而貂蝉则欲巩固矛盾故
以柔情激怒吕布："貂蝉牵其衣曰：'君如此惧怕老贼，妾身无见夫面之期
也。'……'妾在深闺闻将军之名如轰雷贯耳，以为当世一人而已，谁想
亦受他人之制乎？'言讫泪如雨下，两个偎偎倚倚不忍相离。"貂蝉为离间
董卓父子而表现出的心思细密，吕布惑于女色而应对的愚笨无谋，皆在这
段文字中得以发挥。然而插图仍然无法复制人物之间的对话，它只能选取
一个特殊的情景片段表现所有。图三以吕布将去未去、欲留不得的瞬间为
构图中心，人物的动作、神情成为刻画重点。吕布的留恋之态表现了勇夫
的好色单纯，而貂蝉的挽留之举却暗示了殚精竭虑的谋略心机。图像与文
字在此表现出一种上下呼应、相与阐发的共存互动关系。同一情景在汤学
士本中以吕布与貂蝉二人亲热携手瞬间为构图中心，虽可见吕布对貂蝉之
迷恋，却难见吕布
之无谋与貂蝉之韬
略，在意蕴的丰富程
度上与叶逢春本尚存
差距。①

汤学士本《三国志传》

① 　参见《三国志传》上册，《古本小说集成》，汤学士本，第83页。

万卷楼本"长坂坡赵云救主"

　　万卷楼本 240 幅双面连式对页大图（称"全图"或"全相"①），平均每图配合万字左右内容，其画面所需承载的信息量更高，也就对绘图者选择和把握"孕育性顷刻"的能力提出了更高要求。如果说上图下文版式插图侧重于帮助文化层次不高的读者理解故事情节，其主要功能尚在叙事，那么整版插图则除了叙事功能之外更具审美意味。以"长坂坡赵云救主"为例，插图以赵云为护阿斗而与敌军奋战为中心：画面一侧赵云怀抱阿斗挺枪于战马之上，枪头所及一人扑倒于战马上奄奄一息，

　　① 　关于"出相"、"全图"的解释参见鲁迅《连环图画琐谈》，《鲁迅全集》第 6 卷，人民文学出版社 1973 年版，第 33 页。

一人已身首异处，另一人则颈部流血不止。该本插图表现战场景象多采用交战双方各一战将对峙交手的构图形式。人物周围亦有刀剑林立、军士混战痕迹。该回文字从众人误会赵子龙投奔曹操叙起，至张飞掩护赵云撤离结束，环境涉及正面战场及后方，场景甚广。选择怎样的瞬间既能充分传达战争信息又强调主人公的英勇形象，成为绘图者要解决的首要问题。从细部观察，插图中赵云腰间佩剑，时机当在杀夏侯恩夺曹操"青釭"宝剑之后；又阿斗被赵云庇护在怀，当为晏明、张郃追赶赵云之时。其实在此段混战中，最惊险的瞬间发生在赵云为张郃追赶连人带马颠入土坑之时，红光罩体的宝马发挥神力从土坑中跃起方使赵云摆脱困境。插图选择了高潮发生的前段，使读者既对故事发展有充分认识，又有后续的紧张情节可供联想，颇具意味，而子龙的忠心护主与神勇难挡也在这简单的画面中得以传神表现。

二 共时性叙事：时空场景的分割

古代小说在叙事视角选择上习惯采用第三人称全知视角，以此可居高临下事无巨细讲述情节发展的方方面面，对此前人论述已多。与这一特点颇相契合的是我国古典绘画艺术在构图中也擅长使用所谓"散点透视"原则，即通过移动视点（或谓多视点）进行观察，将各个不同立足点上观察所得全部组织到画面中来。[1] 正因为这种与西方"焦点透视"

---

① "散点透视"与"焦点透视"是两种绘画结构方式，前者是指"在有两个或两个以上的视点状态下，人们对景物的综合透视观察方法和表现方法，也称多点透视。它是相对于一个视点的焦点透视而言的"（李峰：《中国画构图法》，上海人民美术出版社2013年版，第7页）。

不同的处理技巧，古人才能绘出如《清明上河图》、《富春山居图》之类的鸿篇巨制。相对来说，"散点透视"不追求与描述对象的形似，而更求神韵与意境。这种传统绘画技巧自然影响到小说插图的绘制，在时空表现形式上，既有对小说情景"一时一地"的反映，更有利用简单的线条、山石、云团、屋宇等作为分割界线，以表现"同时异地"、"同地异时"以及"异地异时"的场景。① 运用巧妙的处理技巧，就可轻易完成文字无法实现的共时性叙事，不能不说是图像的神奇之处。当然，明清小说的插图绘制也经历了一个由简单、朴拙到复杂、精致的过程。在早期上图下文版式中，画面空间窄仄，人物与景物多在同一高度，构图效果极为平面化，叙事信息量有限，也难有意境可言。② 但随着插图制作艺术的改良，尤其是单页或对页大图的出现使得画面空间开阔，画工们更有条件合理安排构图，除了通过对象的高低错落营造立体效果之外，还可通过将不同场景进行浓缩和融合以增加叙事信息量，并配合文字内容创造特殊意境。

万历双峰堂刊本《三国志传评林》图"周瑜喝斩曹公来使"将周瑜斩使的场景由"大帐"移至"船上"，目的就是为了将曹操遣使渡江送书与周瑜斩使两个场景同时容纳到画面中来。崇祯雄飞馆《英雄谱》本赤壁之战一节插图则囊括孔明借箭、蒋干中计、曹操赋诗以及阚泽诈降四个经典场景，时间、空间的跨度更大。清两衡堂刊本《李笠翁批阅三

---

① 参见颜彦：《明清小说插图叙事的时空表现图式》，载《中国文化研究》2011年春之卷，第81—90页。

② 但也有例外情况，如《三分事略》图24表现督邮问责刘备太守被杀之事，尽管画面狭长逼仄，但仍用线条分隔出两个空间，同时表现室内和室外情景。《三国志平话》沿袭《三分事略》，插图亦与此同。

国志》八十一回插图中既有范疆、张达蹑手蹑脚进入张飞寝室的情景，亦有二人靠近张飞床前行刺的瞬间；一百五十回插图"魏拆长安承露盘"亦将马钧建议曹叡拆取承露盘与马钧带领军士于柏梁台拆取铜人金盘两个场景合二为一，皆是按照时间流动表现情节进程的实践。这些插图通过独特技巧尽力体现时间和空间的延展性，其根本的目的仍是更加真实、传神地再现文字信息的内容。

《李笠翁批阅三国志》第八十一回、一百零五回插图

三 自然环境、绣像的静态表现

除以上所论动态色彩较强的出相、全相插图之外，《三国》小说中还存有少量的静态环境插图，由于不表现具体情节，其主要功能不在叙事。

如叶逢春本卷六图
六十三〔左〕描绘
"曹操御园"景致，
画中仅有神鹿、仙
鹤及参天古树等自
然风物，全无人物，

叶逢春本卷六图六十三〔左〕

亦无情节信息可言，所配合的文字内容却是许芝向曹操介绍管辂善卜之
事。紧随其后的图六十四〔左〕亦绘曹操宫室殿宇之貌，文字内容却仍
叙管辂神算救人。这可能是因为管辂生平事迹内容繁多，又属情节次叙
述层，加之图六十三〔右〕已绘许芝推荐管辂情景，画工为避免重复才
以自然景物作为描绘对象。当然也不排除绘图者的个人喜好等因素。又
"耿纪韦晃讨曹操"一节，文字乃叙耿纪、韦晃二人饮酒密谋讨操之事，
插图则配殿宇宫室严整之状。庶几因为单页篇幅有限，文字叙述信息量
较少，又紧接此页就有表现"耿纪、韦晃、伟德论操"之画面，则此图
亦为避免重复所设。类似情形还出现在"曹兵杀主簿杨修"一节，前四
图分别对杨修猜中曹操"鸡肋"之意、杨修命军士做撤退准备以及杨修
破解曹操"门活而阔"之谜题进行了刻画，卷六图八十九〔左〕则仅绘
曹操驻兵之地斜谷溪山之自然风貌。不过，将这山峰、松树所构成的清
冷之境置于杨修之死的文字之侧，是否也暗示了画工对杨修命运的些许
悲伤与惋惜？此外还有卷四图四十九〔左〕、图五十六〔左〕等也属类似
情形。这类景物插图一般多出现在图像密集的版本之中，从整体上来看
也能起到调节和舒缓叙事节奏的作用。

　　人物绣像插图（主要人物肖像）多在小说正文之前或之后集中出现，
此类作品在清代大量涌现，如清光绪年间刊印的《增像全图三国演义》、

《三国演义图画》等，书中皆有近百个人物绣像。与一般情节性插图不同，绣像插图的叙事功能下降，有时甚至连人物所处的环境背景也被省略，仅凸显人物的服饰装扮、样貌体态。有学者认为，绣像插图的大量出现实际是出版商节省出版成本的结果。因为插图虽能招徕顾客，但毕竟耗费成本，而人物在插图中又无论如何不能省略，于是只好独存人物要素，"谋求最小限度上'俱全'的插图本"①。从某种程度上来说，绣像插图的大兴实则是版画发展走向低潮的表现。绣像在表现人物时具有"类型化"特征，人物容貌神态多有雷同，能使形象之间区别开来的重要标示是衣着武器等外在装备，画工一般会依据小说的描述选择最能代表人物特征的装束表情，或者根据经典场景为人物安排动作。如在清贯华堂《四大奇书第一种》、光绪桐荫馆刊本《三国画像》以及光绪同文书局《增像三国演义全图》中，孙夫人都是一身戎装、手执宝剑造型，以此对应小说对其飒爽英姿的描述。而个性迥异的糜夫人在《三国》画像中则多是怀抱阿斗的慈母之态（如贯华堂本、光绪同文书局本等），显然是针对她舍身护子的牺牲之举。这类插图虽然其本身的艺术成就有限，却能直观地反映小说人物在当时的接受情况，具有一定的文学研究价值。

第三节　以图解文：图像对文字的反向回应

小说插图虽力图对文字信息进行全面的模仿再现，但两种不同艺

---

① 金秀玹：《明清小说插图研究》，北京大学 2013 年博士毕业论文，第 47 页。

术形式在转换中仍不可避免出现信息的遗漏、溢出或错位等情况，这正是有学者所指出的图—文转化过程中不可忽略的意义"缝隙"，[①] 实则也是语—图互文关系中的另一层面。这种"缝隙"很大程度由绘画者主体意识所致——插图是经过绘图者主观视角过滤的小说信息，是绘图者首先作为普通读者对小说进行个体解读的结果，所以从某种程度上来说，插图是对小说文本的二度创作。这种二度创作对后期小说读者能产生直接影响，插图在此就对原始小说文本形成了一种反向回应。

一　场景选择与审美取向

陈平原先生曾论及"（小说插图）的功能并非只是便于民众接受；选择什么场面、突出哪些重点、怎样构图、如何刻画等，其实隐含着制作者的道德及审美判断"[②]。绘图者的主观意识决定了插图的价值取向及审美风格，我们可从不同阶段的《三国》小说插图中得到印证。以对曹操形象的表现为例，叶逢春本插图总是选择对人物有利的观察视角或场景瞬间进行描绘，即便作品内容对曹操有明显的贬斥之处，绘图者也会避重就轻。比如针对曹操杀吕伯奢情节，绘图者故意将表现时机安排在"曹操陈宫见吕伯奢"瞬间，将曹操行凶的场景轻轻抹去。又小说曾述曹操征讨袁术过程中下令军士不得践踏麦

---

① 参见张玉勤：《"语—图"互仿中的图文缝隙》，《江苏师范大学学报》2013 年第 3 期。

② 陈平原：《看图说书：小说绣像阅读札记》，生活·读书·新知三联书店 2003 年版，第 136 页。

田，百姓因此感戴之事，虽然在作品中只是一笔带过的简单叙述，但在插图中却得以大力表现：曹操等一众军马行过，百姓虔诚跪拜，感戴之情流露于神色举止之中，插图题曰"百姓感激曹操遮道拜送"，更强化了曹操受百姓爱戴的仁主形象。又陈宫被杀情节之侧小说配图一为"曹操差使讨陈宫家小"，一为"陈宫父母见曹操"，皆为表现曹操宽仁之心。与叶逢春本情况不同的是，汤学士本插图对曹操的态度就没有如此宽容，杀害吕伯奢的血腥场面就得以强调和特写：

叶逢春本"曹操陈宫见吕伯奢"

汤学士本"曹操杀吕伯奢"

曹操拔出的长剑尚未回鞘，吕伯奢已身首异处。这样的描绘虽与文字内容略有出入，但却恰好透露了绘图者有意表现曹操凶残之用心。更有意味的是画面中仅有曹操和吕伯奢而不见陈宫，显然出于对这位不屑与曹操为伍者的维护。此外，周曰校本插图也对曹操许田射鹿、重勘吉平、缢死董妃、杖杀伏后等场面进行了正面特写（尤其是对吉平、董妃、伏后临刑之际血肉模糊惨状的刻画足令观者动容），贬斥之意自不待言。有学者将各本插图对曹操的表现进行对比，发现叶逢春本插图对曹操的态度是维护和美化，而诚德堂本插图对曹操不褒不贬，双峰堂及明后期各刊本插图则极尽指责与批评。① 这也可见不同时期读者对小说人物的看法和态度。

如果说对曹操形象的不同描画反映的是绘画者们并不一致的价值取向，那么对"庞统理县事"情节的不同表现则告诉我们绘图者们还拥有各自不同的观察视角和审美习惯。针对这一内容，叶逢春本、周曰校本、李渔评本（两衡堂刊本）等插图皆以庞统审案现场为表现重点：堂上正中坐庞统，旁坐张飞、孙乾，堂下跪二至三名涉案人员，另有衙役伺候在侧。画面表现出典型的明清公案风格，绘图者将小说对人物才能的笼统描写具体场景化，试图通过一个特定案件的庭审现场再现庞统的过人才智。② 不过，与其他各本正面表现庞统才能不同的是，在汤学士本中，此段情节所配合的插图却是"张翼德怒责庞士元"，显然是以先抑后扬的方法从侧面反衬人物的才智。汤学士本的这一处理方式不仅不会让读者感到意犹未尽，相反表现出更多的戏剧意味。因为紧连于此的前两幅插图分别表现的是庞统在孙权处遭冷遇以及在玄德处遭疏远，再加上在张飞处遭责骂，恰好形成一个小小的冲突高潮，为接下来的情节逆转做好了充足的铺垫。除绘图者本身的价值取向、审美习惯之外，时代风尚也对小说插图的绘制产生一定影响。如有学者研究发现，明中期之后的小说插图在构图形象上表现出对园林文化的热衷、对人居环境的

①　参见张玉梅、张祝平：《明代〈三国〉版画对曹操的褒与贬》，《乐山师范学院学报》2011 年第 6 期。

②　在 1994 年拍摄的《三国演义》电视剧中，庞统理县事也通过一个具体的审案过程加以表现（借用民间流传的包公审案故事），可见将文字概述转化为具体情节，是插图和影视改编艺术中比较通用的处理技巧。（参见王凌：《三国演义影视改编的互文策略，《西安工业大学学报》2015 年第 5 期）

关注等特点，而这都与当时社会风尚的浸润不无关系。① 总之，不同风格的插图代表了不同时代的《三国》解读视角和审美取向，插图不仅是小说文字内容的镜像反映，它更是绘图者在解读文本基础上的二次创作。

二　图题的褒贬寄寓

图像之侧用简短文字对画面内容进行概括介绍或补充说明，是白话小说插图的另一重要特点，如"孔明百箭射张郃"、"孔明出师"、"将星坠孔明营"（《全相平话三国志》）等。图题虽以文字形式表现，但直接配合画面而来，仍属插图范畴。图题由产生之初的四字短语或五字、七字单句，发展至整齐的双句对偶，经历了一个缓慢过程。相对而言，短语或单句图题的叙事功能较突出，而对偶诗句则更偏重于意境、氛围的渲染。图题的发展促成了章回小说回目的形成，在章回小说文体成熟的过程中发挥了重要作用，对此已有学者进行深入讨论。② 小说正文内容与插图及图题之间的关系复杂：一方面，插图的直接目的是为方便读者理解作品，以直观的空间形象诉诸读者视觉，使其通过不同的感观体验在瞬间了解故事信息；但另一方面，插图本身也可能存在"图不达意"的缺陷（很大程度上是由于插图在表现时间过程上受到诸多限制所致），

---

　　①　颜彦认为，《三国演义》早期上图下文式插图"往往以微观写实的手法再现战争中身首异处的暴戾场面，体现战争的血腥性与残忍性，而对战争以外的生活常态的描绘则大而化之。发展到单页大图，图像在描绘战争场面的同时，亦对人居环境的刻画给予了极大关注。"（参见颜彦：《明清小说中的社会风尚影响——小说文本中插图形象的演变解读》，《北京科技大学学报》2011 年第 3 期）

　　②　李小龙：《试论中国古典小说回目与图题之关系》，《文学遗产》2010 年第 6 期。

事实也证明确有许多小说插图离开图题而令人费解。① 这也就是说，插图的表意功能并不一定超越文字，它有时仍需文字对其进行直观的意义补充或说明。如此一来，小说语—图之间就绝非简单的谁影响谁，谁解读谁，而更多是彼此依存、相互参照或互为补充的特殊互动。

　　早期图题比较强调叙事功能，其主要目的仅限于为插图提供信息补充，而字数的限制也妨碍了绘图者主观意识的表达。随着图题的表现趋于自由（比如周曰校本图题内容就发展为两大部分，一是概括小说内容信息的单句；二是表现绘图者针对情节所作褒贬评价或感慨的对偶诗句），绘图者主观意识的传达也就更加方便。如周曰校本"吕子明智取荆州"插图图题"计出阴谋犬吠鸡鸣非将帅，兵行诡道獐头鼠耳岂男儿"，明白透露着绘图者对东吴白衣渡江军事行动的不满。其实，乱世之中战争的正义与否本来就很难界定，兵不厌诈简直就是各军事集团为求生存所应具备的基本素质，更何况当初刘备夺荆州同样也是诸葛亮的智谋巧取，绘图者在此若不是出于对关羽之死的惋惜而迁怒于东吴骄兵之计的制定者，又何至于厚此薄彼？尽管关公的大意轻敌才是吕蒙与陆逊计划成功的关键，然而关羽形象在民间已成为神化的偶像，绘图者作为一般小说读者只能通过自己独特的方式表达对于英雄的追念与叹息。又如"董卓议立陈留王"一图，画面仅列举董卓等人席间饮酒交谈的场景，

---

　　① 　比如叶逢春本卷四图六十三〔右〕表现周瑜与刘备对坐，云长侍立在侧的场景，配合的是周瑜设鸿门宴欲杀刘备，但因顾虑云长而最终取消暗杀计划的情节。插图虽对三个重要人物皆有描绘，但本应特加强调的人物表情却表现平平，三人神情淡定且非常雷同，根本谈不上反映各人暗自盘算的复杂心理。这种插图的表现效果显然不够精彩，但加上"周郎欲害玄德，云长辅佐莫能"的图题，就相当于将读者无法从画面中一眼获知的情节信息以另一种更加直接的方式出来补充传达出来，这就及时弥补了插图的不足。

读者本来难以窥见绘图者的主观意图，但加上"轻议立君建极殿前云气惨，妄谋废主温明园内鸟声凄"的图题，读者便能很强烈地感受到绘图者对王室衰微的同情、感慨，以及对董卓悖行逆失的愤怒、谴责。① 与周曰校本情况不同的是，上图下文版式的汤学士本其图题形式古拙、重

周曰校本"吕子明智取荆州"

于叙事，在褒贬寄寓上表现得较为客观和含蓄。同是针对吕蒙、陆逊计取荆州画面，其分别题为"孙权封吕布为都督"、"吕蒙用白衣人摇橹"、

---

① 参见胡小梅：《论周曰校本〈三国志演义〉插图的情感倾向》，《广西师范学院学报》2014 年第 3 期。

"荆州百姓迎接吕蒙"等。这些图题并未表现出对失败英雄的惋惜留恋，从叙述语气来看似乎还流露出对吕蒙妙计的默默赞许。图题经过发展逐渐与小说回目合一，也是白话小说版本发展中的重要现象，[①] 清两衡堂刊本《李笠翁批阅三国志》其图题除在个别字词上与回目略有出入之外，基本与回目一致；而文英堂刊本图题则完全取回目上半句。以上两个版本皆属毛本系统，毛氏父子极力提倡拥刘反曹的立场，经其修改的回目用于图题，进一步丰富了插图的褒贬寄寓。

三　图文不符的背后

插图的最初目的既然是"用图画来表现文字所已经表白的一部分的意思"[②]，那么首先应该忠实地传达作品内容。但两种不同的表意符号各有擅长，在转化过程中无法完全做到一一对应；又或者是绘图者认识、理解能力有限，甚至是绘图者的某种主观愿望，都容易造成局部的图文不符。有学者甚至指出"图像叙述的图形变形程度越大，其表现的叙述主体意图就会越明显"[③]。这些特殊的图文不符现象反映的也许是绘图者对小说文本的某种"误读"，但也可能对后续读者产生某些"歪打正着"的影响。小说文本中的图文不符，主要存在以下几种情况：

人物的更改。如叶逢春本卷四图四十七〔右〕"孔明见孙权以问曹

---

① 参见李小龙：《试论中国古典小说回目与图题之关系》《文学遗产》2010 年第 6 期。

② 《郑振铎艺术考古集·插图之话》，文物出版社 1988 年版，第 3 页。

③ 于德山：《"语—图"互文之中叙述主体的生成及其特征》，《求是学刊》2004 年第 1 期。

操事"描绘孔明与孙权对坐商议、鲁肃等人侍立在侧场景，但实际该图对应的文字内容却是鲁肃劝说孙权联合刘备以抗曹操，插图将文字内容中的关键人物鲁肃改换为孔明。而紧接于此的"孙权与孔明同行诚问智略"插图对应文字内容则为张昭言挑孔明，插图将主要人物张昭改换为孙权，亦与小说内容不符。可能是绘图者意识到孙权与孔明在决定战、和问题上的关键作用，因此将二人之间的互动作为构图中心反复表现。这一更改看似无意，却能对读者造成一种阅读导向，加深其对情节重点的理解。当然也不排除有的更改是绘图者的粗率大意所致，如叶逢春本卷四图三〔左〕题为"玄德问牧童卧龙何往"，画面中却显示中年农夫；又卷四图十八〔右〕"张顾欲杀甘宁，孙权自休"，改凌统为张顾，是很明显的理解错误。若不仔细阅读原文，读者也可能被插图的直观印象所误导。

场所的变换。多属绘图者的有意为之，往往能反映其独特的叙事习惯及审美取向。如周曰校本将关云长刮骨疗毒的场所由帐中改为亭阁间，粗看似无意，细较之下我们就会发现这实际是周曰校本插图普遍重视环境描绘，并追求室内装饰的审美习惯所致。相比早期上图下文版式中插图的狭窄局促，周曰校本的双面对页大图显然为绘图者提供了更多发挥的空间，而绘图者趋于精细化的创作态度和审美追求也成为该本插图重视场景氛围的直接因素。此外还有的场景更换是为了整合叙事信息。如双峰堂本《三国志传评林》将"周瑜喝斩曹公来使"的发生地从帐中移于船上，目的是将两个情节片段（曹操遣使渡江与周瑜斩使）同时容纳于画面，也是绘图者为发挥图像的共时叙述功能而采取的特殊手段，对此上文已有分析，此不赘论。

时序的错乱。如叶逢春本卷五图一〔左〕表现"孔明令鲁肃造七星坛"景象，而实际对应文字内容却是周瑜因顾虑火攻无法实施而吐血犯病，孔明造七星坛祭风情节当在后两页位置，插图将叙述时序进行了调整。而此前的图一〔右〕"周郎山顶观风"则直接承接上卷"曹兵被风吹折旗帜"而来，是典型的延迟叙述。两幅插图一缓一快拉长了读者对情节的体验过程，同时也强调了东风在战争中的重要作用，实际是为诸葛亮的多智形象进行渲染。又熊佛贵刊本"关羽独行千里"插图绘关羽骑马荷刀造型，实际当为前两页内容，也是典型的插图预叙。

细节的错漏。如叶逢春本卷五图七十四〔左〕表现"韩遂与曹操叙旧"场景，画面中二人对面站立交谈甚欢，身后则有贴身侍卫牵马等候。插图看似正常，实则背离了小说原意。按小说所叙，曹操特意邀请韩遂"轻衣匹马"而出、二人"马头相交各按辔对语"，只有在马上的位置、距离才最适合曹操对韩遂进行各种含糊的问候，而旁无他人的私密性更足以引起马超的疑心。插图将情节原意按个人理解直观化，却在最关键的细节上出现了漏洞。又卷一图七十五〔右〕绘"李相求见孔融"，实际文字内容却叙孔融求见李膺，且孔融此时年仅十四，不应是图中所示中年模样。当为绘图者大意所致。这些错漏说明绘图者对小说作品的理解是有限的，而插图也确实无法做到与文字叙述完全同步。

"因文生图"反映的是插图对小说文字文本的直观再现，是同一内容在两种符号之间的转换，在这个维度上，插图是文字直接作用的结果，处于被动地位。在《三国演义》的各色插图中，绘图者们通过挑选"孕育性顷刻"、特殊的时空分割方式以及颇具意蕴的静态绣像描画，试图达到最真实、准确再现文字内容的目的。"以图解文"则指向插图对文字文本的主观解读，插图既反映小说在画工群体中的接受情况，同时也对后续读者产生引导，进而影响小说在更大范围内的接受和传播，在这个维度上说，它又具有某种主体性。罗兰·巴特认为后人对前人的理解反过来构成并不断地构成前人文本的一部分，即当指此。从各本《三国演义》插图表现出的对故事场景的挑选取舍、插图图题的褒贬寄寓以及有意无意中流露的图文不符等现象中，我们也感受到三国插图绘制者试图对小说做出自身解读的努力。

第四章　叙事结构中的"互文"美学[①]

在克里斯蒂娃的互文性理论中，"互文性"强调的是独立文体之间存在的各种外部联系，即跨越文本的"文际关系"，"任何作品的本文都像许多行文的镶嵌品那样构成的，任何本文都是其它本文的吸收和转化"[②]。基于这一所指，互文性才被译作为"文本间性"或"文本互涉"。而在中国传统的互文修辞中，"两个相对独立的语言结构单位，互相呼应，彼此渗透，相互牵连而表达一个完整的内容"[③] 即为互文，发生联系和呼应的双方处于同一文本之内。在性质和规模上，克里斯蒂娃的互文观与我国古代的互文修辞存在显著差异；不过，二者又都强调语言结构或语义上的参照、互补，因此也表现出明确的相通之处。这正是intertextuality 一词能够找到"互文性"作为对应翻译术语的基本依据。我国古代小说（尤其是明清作品）中有大量作品经历了世代累积的过程才最终成书，民间数百年的流传、演变为作品融入丰富的历史文化内涵提供了机会。进入文人独创期之后，小说"文备众体"的审美要求、"有所本"的传统意识又为小说文本提供了广阔的意义参照空间。此外，读

---

①　本章内容发表于《浙江学刊》2014 年第 5 期。

②　转引自朱立元：《现代西方美学史》，上海文艺出版社 1996 年版，第 947 页。

③　戚雨村等编：《语言学百科辞典》，上海辞书出版社 1993 年版，第 39 页。

者的广泛参与也对小说文本的形成产生极大影响，书场听众对故事内容的现场反馈、职业文人对小说的细读点评等都直接影响到文本的最终呈现方式。① 凡此种种，为古代小说提供了巨大的外部指涉空间，亦为我们进行小说互文研究提供了基本前提。不过，除了广泛的文际关联之外，小说内部还存在丰富的隐含互涉（即文本自身的对称、呼应现象），阅读中只有将这些对应部分进行相互补充和参照方能深入破解作品的隐含意蕴。英国当代著名翻译理论家哈蒂姆和梅森在将互文性定义为符号学概念的同时还具体区分了互文性的三种具体表现，即外互文、内互文、反互文，② 其中内互文（intratextuality）侧重的就是作品内部特殊上下文语境对文本整体意义产生的影响。③ 内互文概念的提出不仅恰恰契合了古典小说中大量存在的内部呼应现象，而且为西方互文理论与中国古典互文修辞提供了进一步沟通的可能。

事实上，对小说文本内部出现的这种特殊上下文关系，不少理论家都曾在研究中涉及，只不过未直接从互文角度加以系统总结。比如耶鲁学派的希利斯·米勒就曾提出小说中的各种"重复"现象"组成了作品的内在结构，同时还决定了作品与外部因素的多样化关系"④。这种小说内部的"重复"其实就是文内互文关系之一种。美国学者浦安迪也在我

---

① 在互文性理论视阈下，一切语境（包括政治的、社会的、心理的、历史的等等）都是互文本，一切外在影响和力量都被文本化。（参见程锡麟：《互文性理论概述》，《外国文学研究》1996 年第 1 期）

② 参见秦文华：《翻译研究的互文性视角》，上海译文出版社 2006 年版，第 227 页。

③ 有学者也将这种文内互文形式称之为"被动互文"。（参见［英］Basil Hatim，Ian Mason：《话语与译者》，王文斌译，外语教学与研究出版社 2005 年版，第 191 页）

④ ［美］希利斯·米勒：《小说与重复》（朱立元"前言"），王宏图译，天津人民出版社 2008 年版，第 7 页。

国古典小说中发现了一种特殊的"结构对仗",并将其归因于我国传统的"对偶美学"。① 随之,周建渝先生又提出了古典小说中的"平行结构",他认为:"所谓'平行',指的是两个或两个以上的事物在相似或相反的基础上构成的某种平行(parallelism)现象,以及平行双方之间产生的相互对应的关系。在文学作品中,它表现为两个或两个以上的部分在句法结构或语义等方面构成的平行状态,这种平行状态通常以两者间具有相似或相反性质为表现特征,然而,正是这种特征使两者被联系起来,并相互对应(相互呼应或相互说明),犹如一体之两面。"② 无论重复、对仗还是平行,其实质都是小说内部一种相互呼应、互为补充的上下文关系,是叙事结构的特殊表现形态。这种结构技巧与我国传统修辞中的对偶、互文手法存在相通之处。当然,从古典诗词的微观修辞出发,对偶更强调齐整的韵律美(侧重在形式),互文则强调文意的互补(侧重在内容);但若将之扩展到小说等散文文体之中,意象、情节、人物的"对偶"必定对小说内容产生互补影响,因此二者实难分解。尤其值得重视的是周建渝曾经专门撰文分析了《三国志演义》对吕布与关羽的互涉性描写,当为将"内互文"观念运用于古典小说分析的代表。③

作为较早关注到结构问题的小说评论家,金圣叹与毛宗岗在《水浒传》、《三国演义》的细读中也已经注意到作品内部的文意互涉现象,尤其是毛宗岗父子虽未直接提及"互文"概念,却通过细致的归纳分析实

---

① 参见浦安迪:《中国叙事学》,北京大学出版社 1996 年版,第 48—54 页。

② 周建渝:《〈三国演义〉的平行式叙述结构》,载罗宗强、陈洪主编:《明代文学研究国际学术研讨会论文集》,南开大学出版社 2006 年版,第 551 页。

③ 参见周建渝:《多重视野中的〈三国志通俗演义〉》第三章第二节,中国社会科学出版社 2009 年版,第 60—63 页。

现了对互文性的诠释。① 在毛氏父子看来，《三国志演义》表现出奇特
的结构美感，巧收幻结、星移斗转、横云断岭等皆是作者匠心独运的章
法技巧。而其中更有四类与现代互文理论中的"内互文"现象不谋而合：
其一为结构及文意上的对称与呼应，与此相关的表述是"奇峰对插，锦
屏对峙"、"首尾大照应，中间大关锁"、"以宾衬主"等；其二为意象或
情节上的有意重复，表述为"同树异枝，同枝异叶，同叶异花，同花异
果"等；其三为"隔年下种，先时伏着"的伏笔叙事；其四为"将雪见
霰，将雨闻雷"与"浪后波纹，雨后霖霖"的弄引、獭尾之法。② 很明显，
毛氏父子在金圣叹的文法理论基础之上，将小说叙述技巧与结构理论紧
密结合，构建了一个相对完善的小说结构阐释系统。"文有后事胜于前
事者，不观后事之深，不知前事之浅，则后文不可不读；有后事不如前
事者，不观后事之疏，不见前事之密，则后文不可不读。"③ 超越故事情
节上的时间—因果关联，小说叙述的各个环节仍展现出相互依存、互为
参照的空间关系。它反映的乃是小说叙事中"相互指涉"、"互为文本"
的意义生成原则。

第一节　对照叙事与主题的强调

　　对照叙事是指作者为了保持结构的有机性，运用首尾呼应、前后对

---

　　① 　参见拙文《毛宗岗小说评点与"互文"批评视角略论》，《明清小说研究》
2013 年第 3 期。
　　② 　《读三国治法》，《毛宗岗批评本三国演义》，岳麓书社 2006 年版，第 5—10 页。
　　③ 　《毛宗岗批评本三国演义》一百四十回总评，岳麓书社 2006 年版，第 894 页。

照等手法交代故事的来龙去脉，并突显某种特殊主题。阅读活动中读者只有把握住这种照应痕迹，并将其合并起来进行参照解读，才能对作品结构及主题形成深刻认识。《三国志演义》在叙事中始终遵循这一原则，其对照表现在多个不同维度和层次，如作品宏观结构中的首尾呼应、具体情节单元中的前后照应以及局部细节之内的微观对应等。

一　宏观结构中的"首尾大照应"

毛宗岗认为《三国志演义》"有首尾大照应，中间大关锁"，指的是作品整体结构中的首尾呼应。因为对照痕迹出现在小说文本的前后关键位置，因此是一种容易被辨认的上下文关系。对长篇小说（尤其是宏大历史题材）而言，叙述头绪的纷繁芜杂、情节线索的枝蔓曲折一定程度上容易造成结构的松散，作品开头、结尾的对照叙事往往能将小说情节有机结合的同时对作品主题起到强调和突出的作用。在《三国志演义》中，小说首尾的对照叙事就表现得非常突出：首先，卷首词与篇末诗在叙述内容和情绪主题上就形成显著呼应。白话小说沿袭说书体制，诗起诗结（有时也可能是词、曲等其他韵文形式）的叙述模式虽是出于说书人逞才炫技的初衷，但前后诗意相通确可对小说主题起到相互发明、互为补充的作用，当然前人诗词的介入本身也是历史文本参与本文的一种方式，或者说小说作家通过重写文本将自己嵌入历史。① 毛氏父子在对小说进行修订时对作品中的诗词韵语尤为重视，明代杨慎咏史名作《廿

---

① 参见祝克懿、黄蓓编译：《主体·互文·精神分析——克里斯蒂娃复旦大学演讲集》，生活·读书·新知三联书店，2016年版，第148页。

一史弹词》第三段"说秦汉"开场词《临江仙》被引入作品，并置于开头。词作虽未对秦汉之事做任何实指，但"清空"之境却给读者带来无限遐想空间，旷达超脱的历史意识为即将上演的兴衰成败提供了特殊意境。不过，小说若仅有开卷咏史怀古词尚无法构成整体上的前后照应，于是小说结尾的"三国归晋"诗便担负起总结全篇、照应前文的重要任务。此诗为毛宗岗在嘉靖本基础上改作而来，全诗以 52 句的漫长篇幅在简述百年史实基础上传达了作者的历史结论——"纷纷世事无穷尽，天数茫茫不可逃。"看罢刀光剑影、尔虞我诈，历史的规律不过是分久必合，合久必分。诗作虽无警语奇句，但对卷首《临江仙》的词意进行了扩展演绎，使得小说无论在结构还是主题上都形成明确的前后呼应。毛宗岗将诗作进行局部修改，其目的正是令其与卷首词意更加相合，他还曾在此夹批：（诗作）"将全部事迹隐括其中，末二语以一'梦'字、一'空'字结之，正与卷首词中之意相合"①，历史的空幻感在诗、词的交相辉映中显得清晰明确。若去掉任何一处，这种结构的美感和主题的深意均会大打折扣。

　　如果说是由于咏史诗词评论古今的固有特点增强了小说这种前后对照、相互呼应的主题效果，那么在具体情节上的对照就更有可能是小说作者的有意为之了。比如作品开篇叙汉灵帝宠信宦官致汉衰，末回则叙孙皓宠岑昏致吴亡；又开篇十常侍之乱引出董卓，故"首篇之末结之以张飞欲杀董卓"，而卷末则叙孙皓讥贾充，盖贾充亦隐然董卓者。前后相对，可见作者既戒阉宦，亦戒乱臣的意图。作者匠心巧思，读者不可错过。对此，毛宗岗早有关注，其谓"卷首以十常侍为起，而末卷

---

① 《毛宗岗批评本三国演义》，岳麓书社 2006 年版，第 943 页。

有刘禅之宠中贵以结之，又有孙皓之宠中贵以双结之"，又"卷首以黄巾妖术为起，而末卷有刘禅之信师婆以结之，又有孙皓之信术士以双结之"[①]。这些事件在情节逻辑上本无直接关联，但对照解读却能让读者发现历史兴衰的规律，突显作者的褒贬意图。又卷首桓、灵二帝禁锢善类，宠信宦官而致一系列灾异之象，而一百十六回亦有后主宠中涓所致灾异之兆。对此毛氏亦评曰："即天子拜师婆，亦是朝中一大灾异，当与青蛇升御座同观"；"即师婆自称土神，亦是朝中一大灾异，当与雌鸡化雄同观"。[②] 只有在阅读过程中随时调动丰富的互文联想，方能多侧面开掘作品深意。

二 情节单元之间的前后"遥对"

与作品宏观结构中的首尾大照应略有不同，这种对照以相对完整的情节序列为单位，由于不是发生在作品开头和结尾等醒目之处，需要读者更加细心的对比联想方能体会深意。以曹丕逼迫献帝禅让为例，此事发生在小说第八十回，作者详述华歆等威逼献帝禅让，符宝郎祖弼因不从被杀的过程。与此形成互涉的是，小说第一百十九回又上演了一出司马炎逼退魏帝曹奂的剧情，在此过程中，贾充等人扮演了华歆角色，黄门侍郎张节因不从而被乱瓜打死于殿下，与祖弼之事形成互涉。前后两次变故如出一辙，具有明确的对照意味。历史故事的重复上演为小说对照叙事提供了依据，而作者的强调更加深了二者的指

---

① 《毛宗岗批评本三国演义》，岳麓书社 2006 年版，第 10 页。
② 《毛宗岗批评本三国演义》，岳麓书社 2006 年版，第 909 页。

涉关联；评点者毛宗岗深谙于此，将嘉靖本的回目"司马复夺受禅台"改为"再受禅依样画葫芦"，① 并一再提示"此处受禅台与八十卷之受禅台，正是依样葫芦。""即用献帝初时名号，一发分毫不差。""与华歆叱献帝语，前后一辙。"如此频繁的提醒读者将二事对比，其目的既是指责曹丕当日篡汉行为的不合理，也强调了天理轮回、因果不爽的天命观。又小说第一百十三回"丁奉定计斩孙綝"与一百零八回诸葛恪之死亦存在显著互涉。诸葛恪与孙綝皆为东吴权臣，二人生前皆引起吴主及诸大臣不满，因此孙亮与宗室孙峻谋划、孙休则与老将丁奉定计铲除二人。政治斗争波谲云诡，历史进程中本就有许多相似故事发生，二人地位处境相当，走向相同的命运本不足为奇，但值得重视的是在小说家笔下二人走向死亡的过程也显得极为相似，似乎是在有意暗示。诸葛恪被杀之前遭遇众多奇异景象，如深夜"忽听得正堂中响如霹雳。恪自出视之，见中梁折为两段。恪惊归寝室，忽然一阵阴风起处，见所杀披麻人与守门军士数十人，各提头索命。"又"次早洗面，闻水甚血臭"，"连换数十盆，皆臭无异。"又"方欲出府，有黄犬衔住衣服，嘤嘤作声，如哭之状……"② 诸如此类不一而足。孙綝与诸葛恪遭遇相似，遇害前亦目睹诸多灾异之兆，如"狂风大作，飞沙走石，将老树连根拔起"；又（孙綝）"方起床，平地如人推倒"等等。③二人皆应君王之诏出门，临行前家人皆以灾异之兆劝阻，但二人未能听从劝告。又二人皆在席间饮酒之时被杀，毫无防备，死后亦牵连宗族等等。毛宗岗在一百十三回的夹批中就一再提示读者将孙綝之死与

---

① 参见嘉靖本《三国演义》，岳麓书社 2008 年版。
② 《毛宗岗批评本三国演义》，岳麓书社 2006 年版，第 856—857 页。
③ 《毛宗岗批评本三国演义》，岳麓书社 2006 年版，第 888—889 页。

前诸葛恪之死进行对照，诸如"与诸葛恪家黄犬衔衣，孝子入门之怪，仿佛相似"；"与诸葛恪入朝时仿佛相似"；"与诸葛恪饮酒时仿佛相似"；"令人追想孙峻杀诸葛恪时"云云，皆是此意。

三 局部情节之内的微观"自对"

除了小说前后的首尾大照应，以及相隔数回的情节遥对之外，《三国志演义》中还存在局部情节之内的微观对应。这种形式的对应互文与周建渝先生所总结"同一回中人物与人物（或事件与事件）的平行叙述"颇相契合，并被认为是构成整个作品"平行结构"的基础。周建渝先生曾以小说七十四回对于禁与庞德的设置为例，分析作者在叙述中有意采用的反向对比策略，其目的是使读者在对比参照中逐步颠覆此前的认识，即对于禁忠心为主与庞德怀有二心之表象的解构。① 在三国纷繁复杂的斗争形势中，将士的军事才能与忠心为主的品行操守同样重要，而领导者对于各类将士的清醒认识与合理任用就成为战争胜负的关键。通过于禁与庞德行为的互文指涉，作者庶几正要传达这样的主题。又八十三回小说以"黄忠不服老"与"陆逊不服少"进行对举，目的亦在于通过黄忠年老力衰中箭身亡与陆逊"广布守御之策"的不同结局暗示蜀汉与东吴不同的前途。谋事在人，成事在天，尽管作者（或评改者）对蜀汉正统怀有强烈情感，其奈天命何？以此

---

① 庞德本为马超部将，后降曹，其兄尚在西蜀为官；而于禁则跟随曹操多年，深得曹操信任。二人同时被派救援曹仁，于禁怀疑庞德忠诚，遂建言曹操；庞德为破除曹操疑心，造木榇以示决心。战争之中，于禁因私心故意阻止于禁与关羽酣战。后樊城为关羽所破，庞德与于禁同时被捕，庞德引颈受戮，于禁则投降偷生。

观之，即便只是发生在局部情节之内的微观对应，亦包含了作品的主题深意。这些情节虽无逻辑上的因果关联，却在彼此参照中发生了奇特的互涉关联，并由此传达出任何对应一方都不能独立支撑的主题意蕴。

第二节　重复叙述与隐喻的传达

此处的"重复"与通常所说之"雷同"有别，后者常指创作中由于内容相同（或相似）所导致的负面效果。面对作品中的雷同之处，接受者容易心生厌倦，因此成为创作者极力避免的现象。重复叙述则不然，它是作者试图达到特殊审美效果所采用的创作技巧，与明清小说评点家所总结的"犯笔"稍有相似。金圣叹总结《水浒传》叙述技法时就盛赞其"正犯"与"略犯"之妙，[①] 盖《水浒传》叙事中虽常有相似情节出现（如淫妇偷汉、好汉劫法场等），但作者却有能力做到叙述不落窠臼，达到"特犯不犯"的效果。"犯中求避"固然是小说作者的精湛技巧，但在毛氏父子的解读之下，《三国志演义》中的重复叙述却似乎另具一番意图，即利用意象、场景或情节本身的相似性，传达某种特殊隐喻。而要窥探此番深意，首先就要求读者对各种重复现象之间所存在的互涉关联进行破解。耶鲁学派的希利斯·米勒曾致力于此，他将小说中的重复分为三种类型：细小处的重复（如语词、修辞格、外

---

① 　金圣叹：《读第五才子书法》，载朱一玄、刘毓忱编：《〈水浒传〉资料汇编》，南开大学出版社 2002 年版，第 223—224 页。

观、内心情态等），事件和场景的重复，以及一部作品与其他作品在主题、动机、人物、事件上的重复。并认为这些重复现象的结合"组成了作品的内在结构"，还"决定了作品与外部因素的多样化关系"。[①] 重复的本质其实就是一种特殊的互文。耶鲁学派的解构阅读观与克里斯蒂娃的互文性批评存在渊源关系，我们从米勒的重复理论中可见一斑。由于小说与其他作品之间的重复关联甚为复杂，拟专文论述，本章仅着重讨论《三国志演义》内部的几种重复形态（即米勒所总结的前两类）所造成的文意互涉。

一　意象重复

重要意象能暗示和透露人物的个性特征，寄予作品某种象征和隐喻，在情节发展中还可承担叙述线索的功能，因此受到作者重视，对重要意象进行反复描写也就成为一种常见的小说叙述技巧，《金瓶梅》中潘金莲的小脚与绣鞋、紫石街房屋中的帘子，《水浒传》中武松的哨棒等都曾得到作者反复强调，正是此意。[②] 浦安迪先生曾总结中国古代小说中的"形象迭用原则"，亦是指此。[③]《三国志演义》第五回十八路诸侯齐讨董卓，孙坚头上所戴赤帻连续出现八次之多，将这些密集的重复意象结合起来理解，我们就能发现作者的隐含深意：一为

---

① 参见［美］希利斯·米勒：《小说与重复》（朱立元"前言"），王宏图译，天津人民出版社 2008 年版，第 7 页。

② 参见拙文《〈金瓶梅〉重复叙事与潘金莲形象新解》，《名作欣赏》2012 年第 23 期。

③ ［美］浦安迪：《明代小说四大奇书》，沈亨寿译，中国和平出版社 1993 年版，第 259 页。

凸显战争的激烈和孙坚的勇猛；二为此后温酒斩华雄的展开提供线索（后华雄正是挑着孙太守赤帻挑战群雄）。又第八回连环计中吕布所带的画戟也得到重复描述，从吕布"执戟相随（董卓）"到"提戟入后堂"，再到董卓"掷戟刺布"、"拾戟再赶"，同一意象在一回之中连续出现十次之多。这是因为画戟在卓、布交恶过程中起到颇为关键的见证和催化作用，王允更以一句"掷戟之时岂有父子之情"彻底激怒吕布，直接导致董卓被杀。而画戟在人物塑造中的作用还不止于此，它见证了人物经历的每一个重要阶段，如吕布首次出场画戟便正面亮相："李儒见丁原背后一人，生得气宇轩昂，威风凛凛，手执方天画戟，怒目而视。"而自此之后，作品每每叙及吕布亦总不免提及画戟，如"卓按剑立于园门，忽见一人跃马执戟，于园门外往来驰骤。"（第三回）又"三英战吕布"中，"（吕布）弓箭随身，手持画戟，座下嘶风赤兔马。"（第五回）亦不忘交代画戟下落。十六回中吕布以"辕门射戟"之法令刘备与袁术暂时罢兵，画戟更成为决定战争双方命运的重要道具。十九回中，宋宪等趁吕布熟睡盗走画戟，直接导致吕布成为曹操的阶下之囚。至此，方天画戟才伴随历史人物的退场而完成使命。① 吕布英勇，画戟和赤兔是他于乱世中安身立命的重要依凭，二者不仅跟随主人经历了南征北战的峥嵘岁月，更有幸见证了诸路英雄的兴衰成败。以此观之，画戟的每次出现并不单纯指向一件毫无情感

---

　　① 乱世英雄大都拥有独特的武器配备，久而久之这些武器也成为英雄的象征，如关羽的青龙偃月刀。武器的丢失将直接导致英雄失败，三国中的吕布与典韦、《封神演义》中的赵公明、《说岳全传》中的普风等都经历了相似的结局。这些故事模式也可视作互文本参照。（参见王凌：《中国古代小说的兵器书写》《西安工业大学学报》2018 年第 6 期）

的冰冷武器，而是被赋予了所有者各阶段的个性命运等深层隐喻。

二　场景重复

场景即人物活动的空间环境，对于一部优秀的小说而言，不论自然环境还是社会环境，都直接为表现人物性格、心理，展示人物命运服务。"空间是作品中的人物与事件的存在形式。"[①] 正因如此，刘勇强先生认为小说作品中的"场景"总免不了带有一定主观性，[②] 作者在安排场景时或多或少都会融入相应的暗示和象征之意。而当同一种场景在故事中反复出现，则往往意味着更为丰富的隐含深意。《三国志演义》本来多关注历史争战的宏大场景，对一时一地的自然环境着墨不多，但也正因如此，有限的几处场景描写就显得颇有意蕴。以小说中数次提及的月景为例：十八路诸侯讨贼联盟几近瓦解之时，孙坚至洛阳救灭宫中余火，并宰太牢祭祀。"是夜星月交辉，（坚）乃按剑露坐，仰观天文。"（第六回）英雄感国家之衰月下落泪，其景其情令人感慨。又第八回王允为董卓专权之事烦恼不堪，动情之际亦在月夜，"至夜深月明，策杖步入后园，立于荼蘼架侧，仰天垂泪。"又十五回孙策困厄于袁术处，亦于月下大放悲声，"（策）心中郁闷，乃步月于中庭，因思：'父孙坚如此英雄，我今沦落至此！'不觉放声大哭。"月是我国古代文人在诗词歌赋反复表现的特殊意象，古老神话与人类对大自然的美好想象为其在文学作品中传达某种神秘情感提供了前提，而文学作品的反复演绎又为该意

---

① 黎皓智：《俄罗斯小说文体论》，百花洲文艺出版社 2002 年版，第 84 页。

② 参见刘勇强：《中国古代小说的叙事学研究反思》，《明清小说研究》2011 年第 2 期。

象注入更加丰富的人文内涵。在文学作品中，无论游子去国怀乡还是思妇离愁别恨，都可以通过月夜这一经典场景得到演绎。三国英雄忧国忧民的伤世情怀、建功立业的遗憾与渴望，借着美好月色尽情展露。① 毛宗岗一再夹批"月色愈好，人情愈悲"（第六回）；"孙坚、王允一样月下洒泪"（第八回）；"我有一片心，诉与天边月。月之感人，甚矣哉！"（第十五回）正是看到了这本来没有任何关联的月夜场景之间所存在的潜在关联。

三　情节重复

小说因涉及政治军事斗争中的尔虞我诈，谋略的相同导致局部情节出现重复也是常见现象。赤壁之战中，蔡中、蔡和试图以曹操杀蔡瑁为借口骗取周瑜信任，不料周瑜识破其诈降之意，反而将计就计利用二人传递虚假消息，为大败曹操创造了条件。无独有偶，一百十四回中，魏参军王瓘也以司马师杀王经一家为由于姜维处行诈降之计，亦为姜维识破并利用，为大败邓艾创造了条件。此二事在情节逻辑上并无直接关联，过程上却存在惊人相似。重复叙述不仅能使兵不厌诈的三国谋略更显丰富，而且能突显二位主将在识破敌人诡计方面表现出的相同睿智；而读者的参照阅读则易于深入体味乱世之中战争双方主帅决策的重要性，加强对作品内容的理解。又七十八回曹操临终前"气冲上焦，目不见物"，却偏偏"见伏皇后、董贵人、二皇子、伏完、董承等，立于阴

---

① 　参见拙文《古代白话小说"重复"叙述技巧谫论》，载《西安工业大学学报》2013 年第 9 期。

云之中"。颇有意味的是司马师死前亦"目痛不止，每夜只见李丰、张缉、夏侯玄三人立于榻前"。作者对二人死状也运用了重复叙述的技巧，其目的自然不止给读者传达似曾相识的直观感受，而是尊汉为正统以及因果报应不爽思想的有意表露。按此思路，我们还能发现董承之事与伏完之事、魏张缉之事；董妃、伏后之死与魏张皇后之死等。其过程也皆有重复之处。这些重复之间的相互指涉直接促成了善恶有报之隐含深意的生成。

第三节　伏笔叙事与情节的暗示

毛宗岗总结《三国》叙事有"隔年下种，先时伏着"之妙，其如"善围者投种于地，待时而发。善弈者下一闲着于数十回之前，而其应在数十着之后"[1]。这种技法其实就是我们通常所谓之"伏笔"。通俗说来，伏笔是指文章中前文为后文所埋伏的线索，或前文为后文所作的提示或暗示。[2] 从毛宗岗的总结来看，《三国志演义》的伏笔叙事具有含蓄巧妙、有伏必应等特点，前者保证了故事的讲述自然流畅，不露斧凿之痕，后者则保证了作品结构的一丝不乱和意蕴丰富，此二者是《三国》叙事取得不俗效果的重要保障。伏笔的运用为小说叙述创造了一种独特的上下文关系，使得两处本来相对独立的情节之间形成巧妙的内在呼应，以此构成作品内互文的另一种形式。伏笔叙事在古代小说中运用非常普遍，

---

① 《毛宗岗批评本三国演义》，岳麓书社 2006 年版，第 8 页。

② 参见《现代汉语词典》，商务印书馆 2012 年版，第 397 页。

众多点评者在细读过程中都对之有所关注，如金圣叹所盛赞《水浒传》之"草蛇灰线"法，①张竹坡评《金瓶梅》之"长蛇阵"法，②脂砚斋所谓之"千里伏线"、"伏脉千里"等。③ 具体名称虽不尽相同，实质则基本一致。其中毛宗岗的"常山率然"之说更与现代互文理论中的"互涉"思想若合符契，其谓"文如常山蛇然，击首则尾应，击尾则首应，击中则首尾皆应"④。小说中一些初看并无深意的细节，一旦被与其他相关细节勾连起来参照理解，往往能展现出超越二者之和的隐含深意。"牵一发而动全身"庶几能从某个侧面诠释伏笔叙事所营造的结构效果。伏笔的设置总是伴随一定的预示功能，与古代小说中常见的"预叙"手法略有相似。不过，前者表现更为隐蔽，读者往往要跟随叙述者走到伏笔对应之处方能明了作者用意，其运用的目的在于通过情节上的互文营造出结构严谨的叙事效果；而预叙则往往是叙述者将故事的最终结局以各种方式明确告知读者，旨在通过"大跨度、高速度的时间操作，以期和天

① 如十一回针对小说的时令描写金圣叹评曰："有意无意，所谓草蛇灰线之法也"。又第十四回小说叙及吴用为引诱阮氏兄弟入伙而假意劝酒，圣叹夹批："不惟照顾吃酒，有草蛇灰线之法"。又第十四回针对小说的景物描写，金批亦曰："非写石碣村景，正记太师生辰，皆草蛇灰线之法也。"（《金圣叹批评本水浒传》，岳麓书社2006年版，第136、162页）

② 《金瓶梅》第四十五回多处叙及李桂姐与西门庆商量回家之事，张竹坡"读法"曰："内中一路写桂姐，有三官处情事如画，必如此隐隐约约预藏许多情事，至后文一击，首尾皆动。此文字长蛇阵法也。"（黄霖编：《金瓶梅资料汇编》，中华书局1987年版，第160页）

③ 如二十七回夹批："且红玉后有宝玉大得力处，此为千里外伏线也。"又三十一回总批："后数十回若兰在射圃所佩之麒麟，正此麒麟也。提纲伏于此回中，所谓草蛇灰线在千里之外。"（《脂砚斋、王希廉点评红楼梦》，中华书局2009年版，第198、225页）

④ 九十四回总评，《毛宗岗批评本三国演义》，岳麓书社2006年版，第736页。

人之道，历史法则接轨"，传达"对历史、人生的透视感和预言感"①，同时也能勾挑起读者的阅读兴趣，引导其迅速完成阅读活动。② 总的来说，《三国志演义》中的伏笔叙事主要存在两种情况，一类是对人物命运进行的预言或暗示，另一类则是对重要情节走向所进行的提示。

一　对人物命运的暗示

九十八回孙权称帝，任命诸葛瑾长子诸葛恪为太子左辅，诸葛恪首次正面出场，小说叙其"身长七尺，极聪明，善应对。权甚爱之"。紧随其后更列举两事以对其聪明进行详细刻画。一百零八回诸葛恪为孙峻所杀，小说叙之曰："昔诸葛瑾存日，见恪聪明尽显于外，叹曰：'此子非保家之主也！'……至此果中其言。"将两处参照解读我们就不难明白前文着意强调诸葛恪的聪明其实是为人物此后不得善终的结局埋下伏笔。又作品九十九回，孔明与司马懿交手，战场之上张郃表现极其勇猛，孔明见状乃谓左右："尝闻张翼德大战张郃，人皆惊惧。吾今日见之，方知其勇也。若留下此人必为蜀中之害，吾当除之。"这已对一百零一回中张郃中计身死木门道埋下伏笔，两处对看，文意的互涉非常明确。评点者深谙此意，故一再夹批："极写张郃之勇，正为后文射张郃伏线。"又曰："木门道之箭已伏于此。"于评点者而言，这显然是通读全书之后对小说结构作出的深刻总结，目的在于引导其他后续读者对文本的把握。

---

① 杨义：《中国叙事学》，人民出版社1997年版，第152页。

② 关于古代小说中的预叙技巧，可参见拙著《形式与细读：古代白话小说文体研究》第四章第二节"白话小说叙述顺序类型"，人民出版社2010年版，第199—215页。

二　对重要情节走向的暗示

九十四回叙曹叡重新启用赋闲在家的司马懿，圣旨到达宛城之时正值懿与二子讨论时局，作品就此非常自然的插入"懿长子司马师，字子元；次子司马昭，字子尚。二人素有大志，通晓兵书"一段文字，对二人的评价看似无意，其实早已伏下司马氏后来篡权、篡国的情节线索。毛氏夹批"此处忽写二子，为晋代魏张本"，正是看到此处提前铺垫的用意。又作品对有关姜维情节所埋下的伏笔也表现极为突出。九十二回诸葛亮用计取天水、南安等郡，"马遵正欲起兵，忽一人自外而入曰：'太守中诸葛亮之计矣！'众视之，乃天水冀人也，姓姜名维，字伯约。父名冏，昔日曾为天水郡公曹，因羌人乱，没于王事。维自幼博览群书，兵法武艺无所不通；奉母至孝，郡人敬之；后为中郎将，就参本部军事"。此是姜维首次出场，作者运用全知视角不厌其烦进行整体介绍，"奉母至孝"作为重要特点受到关注。紧接于此，九十三回作品又透过南安人视角写姜维："此人姓姜名维，字伯约，天水冀人也；事母至孝，文武双全，智勇足备，真当世英雄也。"除对姜维的兵法韬略赞赏不已之外，"事母至孝"再次作为重要特点受到强调。而我们只要结合下文诸葛亮收服姜维的计谋就能明白作者的特殊意图。盖诸葛亮正利用姜维的孝心，虚张声势攻打翼城（姜母所在地），逼姜维请兵前往救母，又趁机用反间之计令马遵、夏侯楙等认定姜维已经投降蜀兵，姜维走投无路只得归降。于此可见前文的铺垫并非无的放矢。姜维在小说后三十回中意义重大，继承武侯遗志带领蜀兵继续北伐者正是此人。对如此重要的情节转折，善设伏笔的小说作者绝不会放过。九十二回孔明出兵北伐时拒绝魏延所进暗渡陈仓之计，其理由就是不能"欺中原无好人物"。

而姜维与孔明初次交手就深得赞赏，诸葛亮甚至表示愿将平生所学尽传与之，可见伯约才智。也只有如此浓墨重彩的出场才能与人物在后文中的重要作用相匹配。而伏笔叙事在情节上所造成的相互指涉效果由此也可见一斑。

第四节　"弄引"、"獭尾"与结构的完善

小说叙事的弄引、獭尾之法最早为金圣叹评点《水浒传》时提出，所谓弄引即"有一段大文字，不好突然便起，且先作一段小文字在前引之。如索超前，先写周瑾；十分光前，先写五事等是也"。獭尾则指"一段大文字后，不好寂然便住，更作余波演漾之。如梁中书东郭演武归去后，知县时彬升堂；武松打虎下冈来，遇着两个猎户；血溅鸳鸯楼后，写城壕边月色等是也"①。毛宗岗继承这种文法理论，在《三国志演义》中又总结了"将雪见霰，将雨闻雷"以及"浪后波纹，雨后霡霂"的叙事技巧。前者如"将叙曹操濮阳之火，先写糜竺家中之火一段闲文以启之。将叙孔融求救于昭烈，先写孔融通刺于李膺一段闲文以启之。将叙赤壁纵火一段大文，先写博望、新野两段小文以启之"。后者如"董卓之后又有从贼以继之；黄巾之后又有余党以衍之；昭烈之三顾草庐之后又有刘琦三请诸葛亮一段文字以映带之"②。其实际所指与金批之弄引、獭尾一致。

---

① 《金圣叹批评本水浒传》，岳麓书社 2006 年版，第 4 页。
② 《毛宗岗批评本三国演义》，岳麓书社 2006 年版，第 7—8 页。

一 "弄引"与叙事铺垫

"弄引"之法也好，"将雪见霰，将雨闻雷"的叙事技巧也罢，其实质都是小说情节高潮来临之前的一种有意铺衬。[①]这种铺垫与伏笔不同，伏笔中留下的线索往往与其后情节发展具有实际的逻辑关联，所伏之笔与所应之处形成明确的互涉关联。而弄引铺垫则并不对后面情节构成直接推动，它的目的只是在情节高潮到来之前给读者心理先涂一层底色，其呼应效果更多体现在结构和隐喻层面。以毛宗岗所举"糜竺家中之火"与"曹操濮阳之火"为例：小说十一回，曹操攻打徐州，糜竺为陶谦献求救于孔融之计，文中插叙糜竺小传，言及糜竺因品行操守感动火德星君而逃脱家资尽毁于火的命运。该故事旨在介绍糜竺为人，与十二回曹操在濮阳城中陈宫之计、"手臂须发尽被烧伤"而狼狈逃窜之间没有任何直接联系。但二事都涉及"火"，"糜竺家中之火，天火也；濮阳城中之火，人火亦天火也。糜竺知烧而避其烧，天所以全君子也；曹操不知烧而亦不死于烧，天所以留奸雄也。全君子是天理，留奸雄是天数"（毛批）[②]。从天命角度来进行理解，二火皆为"天火"，糜竺烧而不失与曹操烧而不死俱为天命。二事在隐喻上构成相互指涉，参照理解读者就能捕捉到一种神秘的宿命情绪。于濮阳之火不绝曹操而言，糜竺家中之火不过是抛砖引玉的叙事铺垫。前后一略一详、一简一繁的安排造成了结构上的弄引美感，颇有意趣。俄国汉学家李福清认为《三国志演义》中存在一种内部类比，即按前一个形象或场景的类型构建下一个形象或场

景，此种类比主要基于类比双方之间具有的相同或相似性质，比如作品中有关"火"情节的类比等，[①] 这与毛宗岗此处的点评也是神理相通的。除此之外，《三国演义》中还存在多次类似的弄引铺垫，如"三大国将兴，先有三小丑为之作引"（第二回"读法"），"将有南阳诸葛庐，先有南漳水镜庄以引之，将有孔明为军师，先有单福为军师以引之"（三十五回"读法"）等，[②] 皆可为证。

二　"獭尾"与叙事余波

与在情节高潮发生之前就进行起势、铺垫相对，"獭尾"法是指在情节高潮结束之后安排的余波尾韵。獭尾法的运用涉及对读者审美心理的认识：面对激烈的情节冲突，读者往往保持高度亢奋的心理状态，而随着高潮逝去，读者紧张的阅读情绪尚未完全纾解，需要一个适当的缓冲过程。此时作者若能安排一些特殊情节，在契合读者审美心理的同时保证故事的完整性，就能使作品保持余韵荡漾的审美效果。金圣叹所谓之獭尾法与毛宗岗所谓之"浪后波纹、雨后霡霂"法虽是针对小说作品而言，实际却是从古典诗文的创作经验中继承得来，比如古文家对"文势"的变化就特别留意，韩愈《张中丞传后叙》、方苞《左忠毅公逸事》等就都在全文高潮之后加上余波摇漾的几笔，有意舒缓文势。[③] 这与我国传统审美观重视艺术作品圆融、完满的整体美也基本一致。不过，小

---

　　① 　[俄] 李福清：《〈三国演义〉形象结构中的类比原则》，载《关公传说与三国演义》，（台北）汉忠文化事业股份有限公司 1997 年版，第 264—279 页。

　　② 　参见《毛宗岗批评本三国演义》，岳麓书社 2006 年版，第 10、273 页。

　　③ 　参见陈洪：《中国古代小说艺术论发微》，南开大学出版社 1987 年版，第 113 页。

说对文势的舒缓具有自己的特点，即獭尾处安排的情节要与高潮部分在结构上保持某种潜在的指涉关联。以作品三十七至三十八回为例，随着诸葛亮出山，"三顾茅庐"的情节高潮结束，而读者被调动起来的阅读热情尚未完全消退，作者于是适时安排"荆州城公子三求计"的情节以舒缓文势。毛氏父子将嘉靖本中"孔明遗计救刘琦"的回目改为"荆州城公子三求计"，其目的就是强调以"三"为单元的情节在结构上的对应性。①"三顾"强调明君求贤的诚意，"三求"则表现公子刘琦对孔明才识的尊重，二者在文意上存在互涉。孔明尚未为刘备建功，先为刘琦出一小计。于隆重之对的高潮而言，"公子三求计"显为獭尾；对于此后火烧新野、火烧赤壁的高潮来说，又何尝不是一次弄引铺垫？作品对诸葛亮"六出祁山"与姜维"九伐中原"的安排同样具有此意："六出"时的殚精竭虑与"九伐"中的斗智斗勇形成呼应；"六出"以孔明病逝五丈原结局，"九伐"以姜维兵败邓艾收束，结构齐整、文意相对。但在文势的强弱上前后则表现出显著差别，"六出"的高潮之后有"九伐"的余波荡漾，使作品表现出圆融完满的结构美感。

当我们从一部作品中读到其他文本的相关叙述，或者看出一部作品是如何依赖其他作品而存在（通过吸收和转化其他文本而建构自身意义），我们实际已经进入互文性批评的视野。"互文性"为我们解读作品提供了最广阔的参照空间，使我们得以最大限度扩展文本意义。然而就在我们强调最大化地关注文本意义的外部指涉性同时，也不能忽略文本

---

① 诸葛亮的政治生涯中曾多次出现以"三"为单元的故事情节，如三气周公瑾、三拒归还荆州、三条锦囊妙计破东吴美人计等，均表现出结构上的对应。

内部同样存在的各种指涉关联（对话不仅发生在文本之间，也存在于文本的不同部位之间）。"互文性"不仅是一种文本解读方式，同时也是一种意义生成方式。在我们的古典小说中，作者试图通过各种或隐或显的方式（包括对照、重复、伏笔等叙事技巧），在文本不同位置之间构建独特的空间关联；而我们的评点者则通过有意识运用"对看"原则破解这些技巧，并进而对文本意义作出颇具文人色彩的个性化阐释。从这个意义上来说，我国古典小说评点家也许进行了世界上最早的互文性批评实践。

第五章 毛批中的"互文"解读视角 [①]

第一节 小说评点与互文性理论的沟通基础

评点是我国古人进行小说批评的主要方式，是评点者在细读文本基础上对作品内容、审美风格以及创作方法等进行分析、判断和评价，并借此表达文学主张、抒发自身情感的活动。小说评点的产生跟我国史著的论赞体例、传统阐释学的笺注、集解方法等渊源甚深，同时也与文学选评活动（文选学）自身的发展密切相关。[②] 由于契合了古代通俗小说平民化、商业化的需求，这种批评方式一出现就受到小说爱好者的热烈欢迎。明、清是小说评点的发展繁荣期，优秀评点的受欢迎程度几乎不亚于原作。毛宗岗父子的《三国志演义》评点就是众多优秀作品之一，在它出现后的很长一段时间，评点文字与原著一起组成"评本"流传，至今仍是我们研读作品的重要参考

---

① 本章部分内容以《毛宗岗小说评点与互文批评视角略论》为题发表于《明清小说研究》2013 年第 3 期。

② 参见谭帆：《中国小说评点研究》第一章"小说评点之源流"，华东师范大学出版社 2001 年版，第 6—10 页。

资料，① 罗兰·巴特认为"后人对前人的理解反过来构成并不断构成前人文本的一部分"，正是对此现象的经典概括。在学界对古代小说评点进行的系统研究中，理论价值一直是关注的热点，其中又以小说评点的叙事学贡献最受认可。不过，小说评点所创造的理论价值并不仅限于叙事学，在细读毛氏父子关于《三国志演义》的评点时，我们发现评点者试图通过建构某种对应关系来阐释文本意义的努力。这种对应关系既可能被建立在《三国志演义》文本之内，也可能建立在小说与其他历史、文学文本之间。这种解读方式恰恰契合了互文性理论认为文本意义存在于文本之间的观点，如里法泰尔就指出互文性是"读者对一部作品与其他先前的或后来的作品之间关系的感知"，并把这种感知看作是构成一部作品文学性的基本因素。② 互文性理论最大的魅力在于强调文本的开放性，克里斯蒂娃认为"任何作品的本文都像许多行文的镶嵌品那样构成的，任何本文都是其它本文的吸收和转化"③。意谓任何文本都不是孤立存在，其意义的产生取决于"作家主体、接受者主体和已经成型的大量文本共同作用于某具体文本空间"④。如果将作品产生与传播的整个文化背景理解为广义文本，那么任何文学作品都将以"互文本"形式存在。基于这样的认识，

---

①　我国古代小说地位不高，作品的创作归属不明确，评点之人在阅读中不仅有评论的举动，时不时还会对正文动笔删改，金圣叹对《水浒传》的腰斩，毛宗岗对《三国演义》咏史诗的替换等皆为此类。对这些作品而言，评点不仅仅构成原文的副文本，他们甚至直接参与了创作。

②　秦海鹰：《互文性的缘起与流变》，《外国文学评论》2004 年第 3 期。

③　转引自朱立元：《现代西方美学史》，上海文艺出版社 1996 年版，第 947 页。

④　史忠义：《中西比较诗学新探》"管窥篇"第二节"互文性与交相引发"，河南大学出版社 2008 年版，第 343 页。

一旦我们破解了作品中的多种互文现象，势必也能更加真实地还原作品创作时的情况，并创造性地理解其丰富内涵，这也正是当代学者热衷于以互文性为武器进行文学批评的根本原因。而在古代小说评点中发掘互文视角，也并非迷信西方理论的简单套用，而是基于二者之间所存在的沟通基础。虽然我国古代并没有系统的互文理论，但概念术语的缺席并不意味观念、思想的空白，毛宗岗在《三国志演义》评点中表现出明确的"互文"解读视角，庶几可作为中西文艺理论的某种沟通之证。

在我国，"互文"最早作为一种修辞手法存在，指"两个相对独立的语言结构单位，互相呼应，彼此渗透，相互牵连而表达一个完整的内容"①。既要求语言结构上的对称性，也要求意义内容上的互补性。汉儒解经时已关注到此，郑玄在其《毛诗笺》、《三礼注》中就曾以"互言"、"互辞"、"文互相备"等说法揭示互文辞格的奥秘。② 此后，在训诂学基础上发展起来的以笺注、集解为主要特征的古代阐释学，逐渐与现代意义上的"互为文本"观念取得实质性一致。古人阐释经典善将与注释对象具有渊源关系或疏证关系的文献资料进行汇聚，以此为阅读活动提供广泛的参照空间，③"诗无达诂"的命题就是在这种较为开放的阐释视野之下得以诞生。如果说此时的互文观念还多侧重于小学、经学研究，那么在刘勰等人的笔下，"互文"则逐渐具备了特定的文学批评内涵。刘勰

---

① 《语言学百科辞典》，上海辞书出版社 1993 年版，第 39 页。

② 参见何慎怡：《〈诗经〉互文修辞手法》，《第四届诗经国际学术研讨会论文集》，学苑出版社 2000 年版，第 675 页。

③ 参见焦亚东：《钱钟书文学批评的互文性特征研究》，华中师范大学 2006 年博士学位论文，第 23 页。

虽然没有直接提出"互文"理论，但他的"秘响旁通"思想却与今天的互文批评颇为神似。刘勰认为"文之英蕤，有秀有隐。隐也者，文外之重旨也；秀也者，篇中之独拔者也……夫隐之为体，义生文外，秘响旁通，伏采潜发，譬爻象之变互体，川渎之韫珠玉也。"[①]借用《周易》卦象的相生变化之理阐发文学作品的互体成文现象：一方面从创作论角度总结了文学作品"隐"的特质，所谓"伏采潜发"即指作品的隐含文采会在不知不觉中散发光芒；另一方面也针对该特质对文学解读活动提出了相应要求，即读者应该在广阔的参照背景之下，借助于"旁通"的方法，揭示作品的多重"秘响"。现代学者叶维廉先生曾针对"秘响旁通"有过一段专门论述，他认为"秘响旁通"的实质是指文学作品中每一个字的出现都不是全新独立，而是重叠而多意，"其回响所穿行的时空更广阔无涯"。"诗不是锁定在文、句之内，而是进出历史空间里的一种交谈"，"打开一本书，接触一篇文，其他书的另一些篇章，古代的、近代的，甚至异国的，都同时被打开，同时呈现在脑海里，在那里颤然欲语。……这是我们阅读的经验，也是创作者在创作时必须成为一个读者的反复外声内听的过程"[②]。"秘响旁通"的提出意义甚大，因为自此之后，通过引入其他文本参照来破解作品多重意旨的思路一直在文学批评中表现强势。作为诗词批评主流形式的"诗话"、"词话"，无不善于将与批评对象相关的各种作家、作品信息进行综合整理，并展开由此及彼、互相发明式的分析。如果说"知人论世"是文学批评中重视主体

---

① （南朝・梁）刘勰著，周振甫译注：《文心雕龙译注》，江苏教育出版社 2005 年版，第 553 页。

② 叶维廉：《中国诗学》"秘响旁通：文意的派生与交相引发"，生活・读书・新知三联书店 1992 年版，第 66、72、65 页。

信息的理论源头，那么"秘响旁通"则引导批评者的解读视野进一步走向历史文本、社会文本。有学者将我国传统文学批评的这种特点总结为"交相引发"，其内涵包括了触类旁通、广征博引等十个方面，[①]并认为这种"交相引发"式的批评实与西方互文理论相呼应，二者实为"世界诗学发展史上一对名称相异、精神实质一致"[②]的孪生儿。其实，无论"交相引发"还是"秘响旁通"，都对"文本意义间的交响、编织、叠变的活动"[③]表现出兴趣，其实质也就是要通过广泛的参照探求文本意义的形成过程，最终对文本形成一个更加客观、丰富而又富于创见的新认识。

了解互文观念在我国传统文学批评中的发展渊源，意味着为小说评点中的互文视角寻找存在的可能。小说评点在传统诗文批评的基础上产生并成熟，不仅笺注、集解方法对之产生过直接影响，"秘响旁通"、"交相引发"的批评思想也是其理论源头。评点者借助自身丰富的知识储备对文本意义进行既符合原作，又富于文人色彩的个性阐释，正与我国传统文学批评的思路一脉相承。在毛宗岗的《三国志演义》评点中，评点者一方面积极建构小说与其他历史、文学文本之间的联系，通过设置强大参照系来对人物形象、作品主题进行定位；另

---

① 这十个方面具体是：触类旁通、兴观群怨；以意逆志、知人论世；广征博引、互相发明；原道、征圣、宗经；追求言外之意、味外之味；有本之者、有原之者、有用之者；讥弹与辩护、评选与品第；象征与比况批评；多义与应和、关联与互济；"极人物之万途，攒古今之千变"以及写形追象的创作论。（参见史忠义：《中西比较诗学新探》，第349—367页）

② 史忠义：《中西比较诗学新探》，河南大学出版社2008年版，第343页。

③ 闫月珍：《叶维廉与中国诗学》，中国社会科学出版社2010年版，第117页。

一方面，又通过在文本内部寻找规律性重复、对应，对作品叙述结构加以解析。在解读作品过程中，评点者还不断透露自己的小说美学主张。这种评点观，正是我国传统文学批评中"秘响旁通"、"交相引发"思路在小说研究上的具体表现，而这也正好与西方"互文"批评中视文本为开放主体的看法不谋而合。在以下几节内容中，笔者将就毛氏父子小说评点中所表现出的互文意识（或者称为互文批评技巧）进行逐一分析论述。

第二节　史实参照建构人物品评模式

作为我国第一部演义体的长篇章回之作，《三国志演义》与正史文本有着直接关联，事实上小说的"演义"之名已经透露了它与历史文本之间的互文关系，① 小说的成功很大程度上亦得益于整理者对文学与历史关系的准确拿捏，这一点已无须赘论。也许是由于我国丰厚的历史文化积淀为评点者提供了批评灵感，也许是作品本身的历史情绪感染了评点者，毛宗岗在小说解读过程中表现出极强的历史参照意识，值得关注。评点者有意在历史文本与小说文本之间建立跨文本互文联系，通过历史人物、历史事件的对比和参照，以形成对小说人物言行的看法评价，几成模式。

---

① 所谓"历史演义"，就是用通俗的语言将争战兴废、朝代更替等为基干的历史题材，组织、敷演成完整的故事，并以此表明一定的政治思想、道德观念和美学理想。（参见袁行霈主编：《中国文学史》第四卷，高等教育出版社1999年版，第21页）

一　历史事件的参照

以第二十回"曹操许田打围"为例，毛氏在回前评语中曾有这样一番见解：

> 赵高以指鹿察左右之顺逆，曹操以射鹿验众心之从违。奸臣心事，何其前后如出一辙也！至于借弓不还，始而假借，既而实受，岂独一弓为然哉？即天位亦犹是耳。河阳之狩，以臣召君；许田之猎，以上从下：皆非天子意也。然重耳率诸侯以朝王，曹操代天子而受贺，操于是不得复为重耳矣。①

故事发展至"许田打围"，曹操"挟天子以令诸侯"的野心已昭然若揭，评点者大可就此直接表明态度，但他摆脱了常规做法，通过引入"指鹿为马"和"重耳朝王"两段历史故事对曹操形象进行参照判断：先以赵高之奸比曹操之奸；后以重耳对周天子之拥护反衬曹操对献帝的不敬。正反对照、以史证史，一方面让读者更加清晰地了解故事复杂的情势背景；另一方面也又让读者明确感受到评点者的道德取向，在历史人物的参照之下，曹操的奸臣形象从此在读者心中定型。这种借历史人物批评曹操的情形在毛批中反复出现，如第三十七回夹批，"汉武习水战于昆明池，是天子穷兵外国；曹操习水战于玄武池，是权臣黩武中华"，② 第六十回夹批："好言太平而恶言盗贼者，秦之赵

---

① 《毛宗岗批评本三国演义》，岳麓书社 2006 年版，第 150 页。
② 《毛宗岗批评本三国演义》，岳麓书社 2006 年版，第 289 页。

高、宋之贾似道则然，不谓曹操亦作此语"云云，① 皆为此类。

二 历史人物的参照

以小说第五十五回中毛宗岗评孙夫人为例：

> 孙夫人之配玄德，如齐姜之配重耳，皆丈夫女也。重耳不欲去而齐姜遣之，玄德欲去而孙夫人从之。齐姜听重耳独去，不独去恐去不成；孙夫人与玄德同去，不同去也去不成。重耳之去，齐姜不告其父；玄德之去，孙夫人不告其兄。一则杀采桑之女，是英雄手段；一则退拦路之兵，亦是英雄手段。②

齐姜助重耳返国与孙夫人助玄德逃离东吴皆英雄之举，评点者将二者对照，得出二人皆"丈夫女"的结论，赞誉之情溢于言表。评点者的人物品评由于引入了古今对照，比就事论事更具说服力。其实，在评点文字中借助历史事实以作参照的批评方法，与传统诗文中的"用典"手法略有相通之处。因为从本质上说，用典也是在一个文本中插入、镶嵌其他文本内容的过程。在我国古典诗词中，典故的使用频率极高，江西诗派甚至将用典作为创作必需的修辞手段而加以强调。无论是诗文创作对典故的钟爱，还是评点文学对历史参照的重视，都涉及国人特殊的文化认同机制和对历史记忆的认识观念。既然"典故的使用可以在瞬间使

---

① 《毛宗岗批评本三国演义》，岳麓书社 2006 年版，第 471 页。
② 《毛宗岗批评本三国演义》，岳麓书社 2006 年版，第 431 页。

所有的历史记忆即刻复活，从而使现实与传统、个人经验与历史记忆迅速联通"，那么，评点中对历史事件的参照也可以"使读者在阅读过程中对历史的记忆或碎片进行温习，从而将新与旧、现实与历史融为一体"①。从这个意义上讲，历史参照不仅为评点者的人物品评提供了说服力，而且本身也构成一种特殊创作。历史素材的介入增加了评点文字的信息含量，还能让读者从中读出历史的厚重感，不能不说是评点者的另一功劳。

据粗略统计，借史实参照以品评小说人物的例证在毛批中不下百处，可见运用之广。同时，我们也注意到在毛氏笔下，作为参照的历史人物大多来自春秋战国与汉初，如第十五回夹批，"孙策为小霸王，太史慈亦一小英布也。但项羽不能用英布，孙策能用慈。"②第二十一回夹批"邵平种瓜是无聊，玄德种菜是有意"③，同回夹批"与鸿门会樊哙排盾而入一样声势"④，等等，不可遍举。庶几三国时代离先秦两汉较近，而各军事集团相互混战的历史形势相似，因此更易于评点者联想，当然评点者本身的喜好也可能是原因之一。

第三节　诗文引用与小说意趣的个性化解读⑤

引用是文学创作中的一种积极修辞格，指对现存典故、成语、诗

---

①　格非：《文学的邀约》第二章之"典故与互文"，清华大学出版社 2010 年版，第 95 页。

②　《毛宗岗批评本三国演义》，岳麓书社 2006 年版，第 112 页。

③　《毛宗岗批评本三国演义》，岳麓书社 2006 年版，第 159 页。

④　《毛宗岗批评本三国演义》，岳麓书社 2006 年版，第 162 页。

⑤　该节内容已发表于《理论月刊》2014 年第 1 期。

文、格言等进行摘引、借用，以达到某种特殊效果的行为。引用同时也是文学作品中最易被感知的"互文"表现之一，孔帕尼翁甚至认为"引文其实是一切写作行为的雏形或隐喻，写作本身就是一种引文工作"[①]。从人类文化发展的连续性来看，任何文学作品都不可避免受到历史文本影响，"引经据典"是这种影响最为直观的表现。互文性理论的倡导者罗兰·巴特在《大百科全书》"文本理论"词条中指出："每一篇文本都是在重新组织和引用已有的言辞。"[②] 当然，互文理论中的引用并非单指原封不动的摘录，作品中一切可以辨识的历史文本痕迹皆可归于此类。从修辞学角度来说，陈望道先生认为引用又分"明引"和"暗用"两种形式，[③] 前者是对已知文本做直截了当的摘录，后者则表现为化用、借用、仿拟等灵活形式。

文学创作离不开引用，文学批评亦然。这是因为，一方面文学作品中本来就留存了大量历史文本的痕迹，辨识并解读这些痕迹对文本意义生成所造成的影响是批评活动的重要内容，在此过程中引用原文本以为参照不足为怪；另一方面，文学作品的阅读并不仅是被动接受的过程，是读者将自身阅读经验、生命体验投入作品之中的主动参与过程，批评者引入对理解此文本产生影响的文本已合情合理。现代互文理论认为，文学作品的意义总是建立在与其他文本的联系之上，这正是其要求构建跨文本互文联系以破解作品隐喻的根本出发点，更为引用修辞在文学批评话语中的广泛存在提供了理论

---

① 秦海鹰：《互文性的缘起与流变》。

② 转引自 [法] 蒂费纳·萨莫瓦约：《互文性研究》，邵炜译，天津人民出版社2003年版，第12页。

③ 陈望道：《修辞学发凡》，复旦大学出版社2008年版，第86页。

支持。不过，通过引入前文本以作参照，在此基础上深入探究作品意义的生成过程，并作出富于文人色彩的个性化阐释，这种思路在我国古人的文学批评活动中已经得到尝试：以笺注、集解为主要特征的传统阐释学尤其善于将与解读对象具有渊源关系或疏证关系的文献资料进行汇聚，以此为阅读活动提供广泛的参照空间。[①] 这在诗话、词话中皆有表现，作为我国古典小说批评主流形式的小说评点同样也具此特点：脂砚斋在《红楼梦》评点中就经常赞赏作者善将前人诗词意境化入小说情景的能力，还一再摘引前人诗文以作参照；金圣叹对《水浒传》进行评改时也一再强调小说从《史记》等作品中所借鉴的叙事技巧，并广为征引。毛氏父子在小说美学问题上的某些看法颇具现代学术意味，[②] 对于引用修辞与互文阐释策略，毛氏父子虽未及理论总结，却通过批评活动中的大量实践表明了自己对其的重视。毛氏父子在对《三国志演义》进行细读点评时大量运用"引用"手法：通过前人诗文的广泛介入形成情景参照，一方面通过或隐或显的文本联系引导读者展开艺术联想，破解作品深意；另一方面则以个人视角为作品提供新的解读方式，展示个人才情。具体说来，通过引用诗词提供情境参照以延伸文本解读空间；通过简单提及名作标题以在小说有限篇幅之内提升作品情韵内涵；通过征引古人之议论以抒发自身之感受；通过借用、戏仿等灵活形式适时调节读者情绪。这四大方面基本代表了毛氏小说批评中通过诗文引用来进行互文解读的策略。

---

① 参见焦亚东：《钱钟书文学批评的互文性特征研究》，华中师范大学 2006 年博士学位论文，第 23 页。

② 参见鲁德才：《毛宗岗批评本三国演义·前言》，岳麓书社 2006 年版。

一　情境参照扩展解读空间

通过引用前人诗文来形成情景参照，对作品特定场景的意趣氛围做出延伸解读，是毛批的一大重要特色。这既是评点者通过批评活动展现个人才情的需要，也与小说本身的特点有关。作为一种相对晚出的文学体裁，小说从产生开始就受到诗歌、散文、史传的广泛影响，"文备众体"并不是唐传奇的独有形式，而是所有成熟小说的共同特点。形式上的包容性反映的其实是小说对文本效果丰富性的追求，这正为评点者通过引用诗文来扩展作品解读空间提供了用武之地。以第四十一回夹批为例：刘玄德携民渡江，战争情势危急。小说叙当日情景："时秋末冬初，凉风透骨；黄昏将近，哭声遍野。"惨戚之状，令人不忍卒读，评点者更于此批注："尝读李陵书曰：'凉秋九月，时闻悲风萧条之声。'又读李华《吊古战场文》曰：'往往鬼哭，天阴则闻，未尝不愀然悲也。'今此处兼彼二语。倍觉凄凉。"① 评点者通过直接引用在小说与前人作品（汉李陵《与苏武书》、唐李华《吊古战场文》）之间建立联系，试图以前人创作为参照，展示自身独特的阅读感受，是一种颇具创造性的解读方式：在《与苏武书》中，边地的苦寒已让作者饱受摧残，现实的无情更让"故乡"成为李陵心中永远的痛楚，兵败家亡、流落外邦，种种不幸集于一身，兵败之下的刘玄德，所遭受的身心煎熬亦不过如此吧；而在李华笔下，那个曾经充满厮杀与喧嚣的战场，在战争结束之后呈现的竟是亡魂悲哭的凄凉之象，此情此景，与刘备正感受着的"黄昏将近，哭声遍野"又何其相似乃尔？战争惨烈，古今一例，伤痛所及，又何止一

---

① 《毛宗岗批评本三国演义》，岳麓书社 2006 年版，第 325 页。

个刘玄德。小说的战争场景在评点者看似信手拈来的名作参照之下得到了时空上的延伸，顿时显得意蕴丰富起来，不仅刘备当日的狼狈，百姓当日的悲苦，皆因这简单数字画出、道尽，历史的沧桑感、厚重的人文情怀亦由此而生。

接受美学学者霍恩达尔认为，在审美过程中，接受主体总是以"经验"的方式去感知和理解艺术作品。[①] 评点者对小说中战败场景的理解，其实是建立在他此前的阅读经验基础之上。《与苏武书》、《吊古战场文》本来与《三国志演义》并无关联，但散文对恶劣自然环境的描写，对英雄失路之悲的反映，以及对战场惨状的表现却给评点者留下极其深刻的印象，当他在小说中再次遇到类似场景，心中原有的印象就能被瞬间激活，这也就是评点者能在本来毫不相关的作品之间建立联系的根本原因，亦是典型的互文解读视角。事实上，评点者不止一次提及李华的作品，早在作品第三十一回袁绍官渡之战兵败时："绍于帐中闻远有哭声，遂私往听之。却是败军相聚，诉说丧兄失弟，弃伴亡亲之苦，各各捶胸大哭……"此情此景就已令评点者联想到李华笔下的战场惨状，因此评道："李华《吊古战场文》是闻鬼哭，袁绍此处是闻人哭。"又第九十一回孔明大祭泸水，则谓"往往鬼哭天阴则闻，方信李华《吊古战场文》不是虚话"等。现代学者认为："文艺素养和阅读—接受的积累是互文性发挥作用的重要因素之一。"[②] 毛氏父子此处的评点恰好为这一说法提供了例证。当然，这种解读方式也烙上了典型的文人印迹，对于通俗小说的一般读者而言，他们未必会产生如此诗意的联想，因为他们可能既

---

① 参见林一民：《接受美学：文本·接受心理·艺术视野》，江西高校出版社1995年版，第19页。

② 王瑾：《互文性：理论与批评》，首都师范大学2005年博士论文，第139页。

未读过《与苏武书》也不熟悉《吊古战场文》，评点者的联想为作品提供了新的解读空间，亦对小说的审美风格起到雅化的作用。

二　"简单参考"增加情韵内涵

除直接摘引原文之外，毛批中还存在一种更简化的引用方式，即只出标题，不引内容。由于评点话语毕竟要受到篇幅限制，过于频繁地征引原文并非最佳选择，但提及一些脍炙人口的佳作标题，却可让读者自觉将小说情景与评点者所提之名篇意境相参照，同时避免了引用原文的烦琐，不失为更合理的方式。法国学者蒂费纳·萨莫瓦约将这种引用归纳为"简单参考"，即通过"提到一个名字（作者的、神话的、人物的）或一个题目可以反映出若干篇文本"[①]。有了这些名篇佳作的"参与"，小说的文化品位得到明显提高，评点者的解读活动也由于富含大量文化信息而更具文人色彩。

小说第三十六回，徐庶母被曹操拘禁，徐庶救母心切，不得已转投曹操。与玄德分别之时，"玄德哭曰：'元直去矣！吾将奈何？'"评点者于此批注："只此二语，抵得上江文通《别赋》一篇。"[②] 此处虽只提及篇名，效果却与摘引原文一致。《别赋》在文学史上为写情名篇，为历代文人广为传诵，作品通过化抽象为具象的手法分别描述了七种离别之情，种种动人心扉。结合小说中的情景，玄德自谓得徐庶如鱼得水，二人本欲共图大事，不料中途生变，此一别不独相见无期，他日更有可能

---

① 　［法］蒂费纳·萨莫瓦约：《互文性研究》，天津人民出版社 2003 年版，第50 页。

② 　《毛宗岗批评本三国演义》，岳麓书社 2006 年版，第 285 页。

对战沙场。友情、亲情于乱世之中难以两全，玄德纵有万般不舍亦难强留，临别数语既有伤感亦含无奈，颇能反映人物处境与性格。评点者有意提及江华名作，强化了离别的感伤气氛，是对人物情绪的一种延伸解读。而作品接下来的描写亦颇有诗意："（玄德）凝泪而望，却被一树林隔断。玄德以鞭指曰：'吾欲尽伐此处树木。'众问何故。玄德曰：'因阻吾望徐元直之目也。'"玄德对元直之情，于此达到高潮。配合这种诗意，评点者又引《西厢记》曲云："'青山隔送行，疏林不做美'，玄德之望元直也似之。"中国文学中从来不乏对离别感伤之情的表现，我们完全不必作机械的"影响研究"，江淹的正面描写也好，王实甫的侧面烘托也罢，作品能为大众接受的主要原因是它们表现了人类最美好的一种共同情感。"悲莫悲兮生别离，乐莫乐兮新相知"，从几千年之前的文学活动开始，"离别"就已经作为最敏感的情感话题之一存在。而在这部以战争、权谋为主旋律的小说之中，作者对朋友之情、兄弟之义的重视也给读者留下了足够的解读空间。评点者这种点到即止的"简单参考"恰恰成为引发读者文学联想的关键，经过这一参考，作品的文化品位也得到提升。"简单参考"在毛批中的运用远比摘录原文广泛，如评王修对袁谭的劝解"数语抵得一篇《棠棣》之诗"①，评作者对甄氏美貌的描写"二语包着一篇《洛神赋》"②，评曹操征乌桓时行军的艰难"四句抵得一篇《塞上行》"③，评作者对铜雀台的描写"八言可抵一篇《阿房宫赋》"云云④，皆为此类。经过沉淀的文学经典以某种特殊方式不断复活在其他文本之

---

① 《毛宗岗批评本三国演义》，岳麓书社 2006 年版，第 251 页。

② 《毛宗岗批评本三国演义》，岳麓书社 2006 年版，第 258 页。

③ 《毛宗岗批评本三国演义》，岳麓书社 2006 年版，第 262 页。

④ 《毛宗岗批评本三国演义》，岳麓书社 2006 年版，第 439 页。

中，从一定程度上来说，阅读小说同时也就是在阅读诗歌、阅读散文。经典之名的出现，不仅透露了评点者的才情学识，也代表了国人对于文学记忆的集体认同。

三 借古人之论抒个体感悟

除对作品意境、情韵进行联想式解读，对人物形象进行对照式分析之外，就故事本身发表看法，表达某种价值取向，也是毛宗岗小说评点的重要内容。中国自古就是重史之国，观照古今的历史情怀作为一种必备素质被读书人所重视。针对重大历史事件，历代文人都会表现极大兴趣，这就在客观上为评点者提供了借鉴的可能。具体来说，评点者在对《三国志演义》中的重要情节发表个人感慨时，总习惯于在丰富的咏史之作中寻找参照，通过引入前人之论来表达个体感悟。

第二十四回，献帝衣带诏事败，曹操行凶杀董妃。评点者于回前评语中多次引用前人之作以抒个体之情。如"尝咏唐人吊马嵬诗曰：'可怜四纪为天子，不及卢家有莫愁。'其言可谓悲矣。然杨妃之死，死于其兄之误国；董妃之死，死于其兄之爱君"①。明皇目睹爱妃被杀而不能庇护，四纪天子情何以堪？李义山诗作既有对明皇的同情亦暗含指责。而在小说中，献帝求告曹操免有孕之董妃一死，竟不能得，其情其境更为可叹，评点者借李义山对唐明皇的看法，抒发的其实是自身对董妃之事的激愤。又同回评语："读徐文长《四声猿》，有祢衡骂曹操一篇文字，将祢衡死后之事，补骂一番，殊为痛快。今恨不将陈琳檄后之事，再教

---

① 《毛宗岗批评本三国演义》，岳麓书社 2006 年版，第 183 页。

陈琳补骂一番也。"《四声猿》为明徐渭杂剧代表作，其中《狂鼓史渔阳三弄》专叙祢衡死后于阴间再次击鼓骂曹之事。徐渭以曹操影射当时权臣严嵩，是借他人酒杯浇胸中之块垒，而毛宗岗在此却正用其意，以祢衡骂曹明确表达自己对作品人物的道德评价。这些感悟看似为评点者即兴而发，实为评点者一贯的道德取向所决定，《读三国志法》一开篇就强调了所谓"正统、闰运、僭国"之别，对汉帝的同情、对董承的赞赏、对曹操的痛恨无不由此而来。当然，评点者的态度始终表现得理性与客观，并没有因"拥刘反曹"的价值取向而随意贬低作为反面人物的曹操。如作品第十六回，曹操贪恋张济之妻，张绣不堪侮辱降而复反，混战中曹操痛失长子曹昂、爱将典韦。但出乎读者意料的是，评点者并不以好色为曹操之弱点而大加指责，相反还提出了兴亡成败只在能用人与否，而不在好色与否的观点，并引前人之作云："袁中郎先生作《灵岩记》曰：'先齐有好内之桓公，仲父云无害霸。蜀宫无倾国之美人，刘禅竟为俘虏。'此千古风流妙论。"[1] 前人咏史之论在此为评点者的个人观点提供了有力支持。通过广征博引以证个人观点的做法在我国传统古文中运用非常普遍，无论先秦诸子还是唐宋八家，他们的文章都非常重视对前人之作的吸收和运用，庶几也是国人特殊的审美习惯。

四　借用、戏仿调节阅读情绪

借用、戏仿属于陈望道先生所言"暗引"一类，不是对前人作品进行一字不差的摘录，而是相对灵活地将历史文本"割截成文，以资谈笑"。

---

① 《毛宗岗批评本三国演义》，岳麓书社 2006 年版，第 117 页。

在毛氏评点文字中，借用、仿拟的运用极其普遍，它虽有断章取义之嫌，却不乏轻松、风趣之效，能缓解读者关注情节所带来的紧张感，又能多方位展现评点者的个人情趣，因此颇受欢迎。以下略举几例：

第十九回回前评："《伐柯》诗咏成破斧，待大媒的是刀锯不是酒浆；血光星犯着红鸾，战通宵的是疆场不是枕席。"①《伐柯》来自《诗经·豳风》，全诗以伐柯必斧起兴，强调婚姻嫁娶必须通过媒妁之言的礼仪；"红鸾"、"血光"之说则见于《封神演义》，②两处暗引均与婚姻之事有关，实际是评点者讽刺吕布在与袁术结亲问题上反复无常所造成的决策失误。在小说中，先是袁术遣韩胤为使向吕布求亲，布始允诺，后悔婚，半路将女抢回，媒人韩胤亦为曹操所杀。后陈珪父子用计夺徐州，吕布被困，势危之下欲再与袁术结亲以求帮助，但此时情势大变，吕布力图冲出包围亲送女送至袁术处，竟不得，终为曹操所俘。吕布之败，败在其性格上的优柔寡断，在与袁术结亲问题上又不听陈宫忠言。评点者针对这段情由，用戏谑的口吻借用了"伐柯"、"红鸾"之典，既表达了对吕布愚蠢行为的嘲讽，又显得轻松幽默，大大舒缓了读者紧张的阅读情绪。

又第二十一回，评点者针对袁术兵败身亡情节进行夹批："昨日'推位让国'，无复'垂拱平章'。不得'具膳飧饭'，只得'饥厌糟糠'。"③

① 《毛宗岗批评本三国演义》，岳麓书社 2006 年版，第 140 页。

② 据《封神演义》的叙述，龙吉公主本为昊天上帝与瑶池金母之女，因思凡被贬下界，后助武王伐纣过程中收服商将洪锦。洪锦与公主有前世姻缘，二人遂在月老撮合下结为夫妇。龙吉公主后被子姜子牙封为"红鸾星"，后世则用"红鸾星动"暗示有婚姻之喜。（参见许仲琳：《封神演义》第六十六回、六十七回、九十九回，中州古籍出版社 2009 年版）

③ 《毛宗岗批评本三国演义》，岳麓书社 2006 年版，第 163 页。

戏仿的是古代蒙学读物之一《千字文》中的部分文字。原文对尧舜行禅
让之事大加赞赏，遂有"推位让国，有虞唐陶"、"垂朝问道，垂拱平章"
等语，而小说中的袁术霸占玉玺一心称帝，与尧舜之举背道而驰，评点
者戏仿这段文字评价袁术，显然是正话反说。袁术平日生活骄奢，兵败
粮绝之日尚嫌饭粗不能下咽，命疱人寻蜜水止渴，评点者遂借"具膳餐
饭，适口充肠"、"饱饫烹宰，饥厌糟糠"等语进行反讽。结合具体情节，
评点者的戏仿句句落到实处，用笔老辣，又意趣横生。类似夹批还出现
在作品第二十七回："不是'逢僧话'，却是叙乡情，不是'浮生半日闲'，
却是旅况几年阔。如唱《西厢》曲者，不是'随喜到'，却是'望蒲东'
耳。""此僧大通，是惠明不是法聪。"① 借用《西厢记》中的相关情节、
人物来对普净长老救关公事进行调侃，亦显得颇有意趣，令读者在紧张
的情节进展之中亦享受到些许轻松，如此张弛有度，读者将持续享受阅
读的快感。不过，这种点评方式对评点者的知识储备及文本感悟能力均
提出一定要求，看似轻松随意，实则颇显功力。

第四节　寻找情节互文与小说结构的文人化阐释

　　毛氏父子在评点中所建构的互文批评模式不仅表现在通过参照重要
历史人物和事件来建立小说人物的品评模式，以及通过引入前人诗文对
小说意境进行延伸解读，他还非常擅于在小说内部寻找结构上的对称或
呼应，并给出极具古典文法意味的总结。在毛氏的批评话语中，我们随

---

　　①　《毛宗岗批评本三国演义》，岳麓书社 2006 年版，第 209 页。

处可见"××与××闲闲相照"、"遥遥相对"、"映射成趣"、"前后又出一辙"之类的批语,"相照"、"相对"、"映射"等批语明确了《三国志演义》各情节单元之间的结构对称性。不仅如此,这些"相照"、"相对"的情节在意义上还具有某种内在关联,将其合而解之,就能品读出更为丰富和深刻的意味。在克里斯蒂娃等人的论述中,互文性作为文本存在的客观方式主要体现在不同文本之间或隐或显的关系上,"是一个文本(主文本)把其他文本(互文本)纳入自身的现象,是一个文本与其他文本之间发生关系的特性"①,具有明确的跨文本特性。而从我国本土的互文观念出发,作为积极辞格之一的"互文"手法,旨在通过建立一种对称的语言结构以达到"参互成文,合而见义"的阅读效果。这种语言结构既可以是短语也可以是句子,但都局限在单个文本之内,并不存在所谓"跨文本性"。古典诗歌终的"秦时明月汉时关"(王昌龄《出塞》)、"将军百战死,壮士十年归"(《木兰诗》)等皆为典型例证。不过,文学作品中是否还存在一种既超越句子,又局限在单个文本之内的互文结构呢?毛宗岗的评点为我们提供了肯定答案。

一　对应结构的发现

作品第三十二回,袁绍病故,袁谭与袁尚兄弟不睦,终致兵戎相见。袁谭兵败,情急之下欲遣平原令辛毗为使向曹操诈降,②不料辛毗一心向曹,诈降竟成真降。在辛毗出场之时评点者意味深长地夹批"又

---

① 秦海鹰:《互文性的缘起与流变》,《外国文学评论》2004 年第 3 期。
② 辛毗为袁谭谋士辛评之弟,辛评初为袁绍谋士,与审配等人不和,绍死,辛评遂辅佐袁谭。

是兄弟二人，映射成趣。"①"又是"、"映射"等关键字暗指辛评兄弟与
袁谭兄弟之间的对应特征。紧接着，辛毗为曹操出谋划策，评点者又批
道："（辛毗）其言全不为袁谭，竟是为曹操。辛氏兄弟，各怀一心，与
袁氏兄弟正复相似。"②进一步将辛评、辛毗兄弟与袁谭、袁尚兄弟，袁
绍、袁术兄弟对应。评点者的批注在此强调了作者局部结构的精巧，更
引导读者进入作品的深层主题：

首先，评点者的互文意识帮助我们认识作品中的对应结构。在我国
古典文论中，虽有不少学者提到"结构"概念并强调其重要性，如刘勰
《文心雕龙·附会》篇所论之"基构"、李渔《闲情偶寄》所论之"结构
第一"等，但明确以结构论小说者，则当以毛宗岗为开端。③在毛宗岗
为《三国志演义》所总结的数种结构技法中，有一种"奇峰对插，锦屏
对峙"之法，④强调的就是作品内部情节单元之间或显或隐，或近或远的
对称呼应。评点者强烈的互文意识为我们认识并解读这种结构提供了极
大方便。其实，早在三十二回的回前评语中，评点者已有这样的概述：

　　　　君子观于袁氏之乱，而信古来图大事者，未有兄弟不协而能有
　　济者。桃园兄弟，以异性而如骨肉，固无论矣。他如权之据吴，则
　　有"汝不如我，我不如汝"之兄；操之开魏，则有"宁可无洪，不

①　《毛宗岗批评本三国演义》，岳麓书社 2006 年版，第 252 页。
②　《毛宗岗批评本三国演义》，岳麓书社 2006 年版，第 252 页。
③　参见拙著《形式与细读：古代白话小说文体研究》第五章第一节，人民出版
社 2010 年版，第 250—254 页。
④　毛宗岗云："《三国》一书，有奇峰对插，锦屏对峙之妙。其对之法，有正对
者，有反对者，有一卷之中自为对者，有隔数十卷而遥为对者。"（《毛宗岗批评本三
国演义》，岳麓书社 2006 年版，第 9 页）

可无公"之弟。同心同德，是以能成帝业。彼袁氏者，绍与术既相左于前，谭与尚复相争于后，各自矛盾，以贻敌人之利，岂不重可惜哉！ ①

如果说辛评、辛毗兄弟各投其主是作为袁谭、袁尚兄弟反目的正面映照，那么刘关张兄弟、孙策孙权兄弟以及曹操曹洪兄弟之事则正好作为反面映照，证明了兄弟齐心方可成就霸业的事实。辛氏兄弟与袁谭兄弟之事发生在同回之中，二者之关联尚易被发现，但刘关张、孙氏兄弟及曹氏兄弟之事，则在此数回之前已经出现，极易被读者忽略。从认知心理上说，互文其实就是一种记忆的关联，② 正是由于评点者自觉的互文意识，他在此处的提示也就是要唤醒读者对相关对应信息的记忆。

二 对应结构的解读

一旦明确了小说中对应结构的存在，读者就会在评点者的引导之下有意进行前后参照。《三国志演义》通篇讲述乱世英雄逐鹿中原的兴衰成败，评点者欲透过故事情节总结战争规律，并借此挖掘故事背后的道德观念。出于这一目的，评点者抓住作品中的每一处兄弟事件加以参照，如在接下来审配之侄投降曹操的情节处，评点者不忘夹批："袁氏兄弟相左，审氏兄弟亦相左：俱是骨肉之变。"③ 曹洪杀袁谭之时，评点者亦感慨："杀袁谭者是曹操之弟。何曹氏有兄弟，而袁氏无兄弟

---

① 《毛宗岗批评本三国演义》，岳麓书社 2006 年版，第 248 页。
② 参见甘莅豪：《中西互文概念的理论渊源与整合》，《修辞学习》2006 年第 5 期。
③ 《毛宗岗批评本三国演义》，岳麓书社 2006 年版，第 255 页。

耶?"① 评点者按照"兄弟"主题将一系列本无直接关联的事件罗列,为其赋予特殊的逻辑意义,令其相互发明,也是对文本的一种创造性阐释。其实,毛氏的这种互文批评方法,其关键之处就在于对同主题(或曰类型)情节的集中梳理。除了上面所举"兄弟"情节之外,《三国志演义》中被评点者强调的还有"奉诏讨贼"② 情节、"英雄与道士"③ 情节等。评点者先是敏锐地捕捉到这些本无直接关联情节之间的某种内在联系,然后加以归纳分析,并在此基础上得出相应结论。这些结论有时只是评点者一时感叹,如"刘表屏风后之一人是玄德难星,孙权屏风后之一人是玄德救星";④ 有时则出于对小说结构的独特认识,如"孔明为玄德画策,便有周瑜为孙权画策以配之;孙权为孙坚报仇,便有徐氏为孙翊报仇以配之。又玄德得贤相,孙权亦得良将;孔明欲图荆、益,甘宁亦请荆、益。凡此种种,皆天然成对,岂非妙文?"⑤ 在此,毛氏的互文视角为我们理解作品提供了一种新的线索和思路。一旦把握了作品中的互文结构,之前被泛泛读过的内容也许会重新活跃起来,成为我们理解作品的关键之所在。以此为观照视野,《红楼梦》中关于铁槛寺和馒头

---

① 《毛宗岗批评本三国演义》,岳麓书社 2006 年版,第 260 页。

② 第六十六回,伏完受诏讨曹操,评点者将其与董承受衣带诏讨曹操事对应,并一再批注"照应二十三卷中事"(《毛宗岗批评本三国演义》,岳麓书社 2006 年版,第 525 页),"带中诏,发中书,前后遥遥相对"(第 525 页),"董承事泄得迟,伏完事泄得快,前后又自不同"(第 526 页)等。

③ 第六十八回,曹操受左慈戏弄,评点者将之与孙策受于吉戏弄对应,并夹批"曹操之遇左慈,与孙策之遇于吉仿佛相似,而实有大不同者……"(第 537 页)第六十九回,管辂出场,评点者又夹批"左慈能取石中之书,管辂能猜盒中之物,又相映成趣……"(第 549 页)等等。

④ 《毛宗岗批评本三国演义》,岳麓书社 2006 年版,第 466 页。

⑤ 《毛宗岗批评本三国演义》,岳麓书社 2006 年版,第 297 页。

庵的描述，《金瓶梅》中有关玉皇庙与永福寺的情节，何尝不也隐藏着某种特殊的互文之意呢？

　　以上所论几个方面其实并不足以涵盖毛氏评点的全部互文特点，无论在评点中借助历史事件或前人诗文来进行互文参照，还是通过建立情节内互文来加强意义阐释，无不反映我国古人在文学批评中所具备的大视野和大智慧。在"互文性"作为当代最时髦的文本理论之一而被大加运用的今天，我们也许更不该忽略它在古典文学批评中就曾经历的辉煌。

　　评点作为我国古代小说特殊的批评形式为互文解读提供了实践场所，而评点结果本身却也在不知不觉间与原作构成一组特殊的互文本，这也许是小说评点留给我们的另一个互文话题。显然，评点与原作之间互文关系的形成跟评点自身的特点以及我国通俗小说独有的传播方式有关。晚清学者俞明震曾经分析《三国志演义》流传颇广的原因，得出了"三得力"结论，他认为：

　　　　《三国演义》一书，其能普及于社会者，不仅文字之力。余谓得力于毛氏之批评，能使读者不致如猪八戒之吃人参果囫囵吞下，绝未注意于篇法章法句法，一也。得力于梨园弟子，……粉墨杂演，描写忠奸，足使当场数百人同时感触而增记忆，二也。得力于评话家柳敬亭一流人，善揣摩社会心里，就书中记载，为之穷形极相，描头添足，令听者眉色飞舞，不肯间断，三也。①

　　①　俞明震：《觚庵漫笔》，载阿英：《晚清文学丛抄·小说戏曲研究卷》中华书局1960年版，第437页。

　　觚庵将毛批的影响置于首要位置，尤其肯定了评点在总结小说叙事技巧（即篇法章法句法）方面的突出贡献，足见对其的重视程度。正是我国小说评点"融批、改于一体"，并与原作一起组成"评本"流传的独特个性，^① 对作品的普及推广起到关键作用。其实对于相当一部分读者而言，《三国志演义》与毛宗岗的评点早已作为一个不可分割的完整主体存在：在评点者循循善诱的引导之下鉴赏作品作为中国读者的独特习惯被长期保存；而即便抛开评点文字，尊刘抑曹思想的确立、咏史诗的选择与插入等这些我们原本以为伴随作品与生俱来的东西，其实也都与毛氏父子的批、改直接相关，因为呈现在今天大多数读者面前的，都是经毛氏父子增饰、删改后的版本。在一定程度上，我们甚至可以说正是小说评点活动带来了小说文本的不确定性，因为一经评改，小说的文本意义就再也不是由面世之初的作品本身所决定，而是在原作与评点文字的相互作用之下形成。评点对小说文本这种有迹可循的"介入"，恰恰从另一个角度印证了文学作品的意义总是以互文方式存在的命题。

---

　　① 　参见谭帆：《中国小说评点研究》"导言"，华东师范大学出版社 2001 年版，第 11—12 页。

第六章 《三国演义》影视改编的互文策略①

　　影视改编是指将文学作品中适合于影视艺术表现的元素进行解析、再创造以及技术处理之后转化成镜头语言的编创性活动。文学作品（尤其是小说）为影视改编提供了丰富素材，影视改编则为观众了解文学作品提供了另一种方式途径。作为大众化的综合传媒手段，影视通过声、光、影等手段所营造的观赏效果往往在极短时间内引起观众兴趣，相比之下，文字阅读则需要更多想象与思考。在一个崇尚娱乐的时代，影视在人们认识经典、了解经典的过程中扮演着越来越重要的角色，这也正是针对名著的影视改编活动在当下社会渐趋频繁的原因。有学者甚至指出文学名著改编成影视，实际就是对名著的当代解读。② 作为我国优秀古典名著之一的《三国志演义》，现代社会对它的解读自然打上了鲜明的时代烙印。对大部分国人而言，他们对三国故事的了解也许正是通过影视而非小说或正史。③ 罗兰·巴尔特认为："任何文本真正成为文本

---

　　① 本章部分内容发表于《西安工业大学学报》2015 年第 5 期。

　　② 戴锦华：《文学和电影——电影改编理论和时间指南·前言》，北京大学出版社 2006 年版，第 5 页。

　　③ 一个颇有意味的巧合是我国诞生的第一部电影（1905 年谭鑫培表演京剧的《定军山》）就是取材于《三国志演义》的七十至八十回内容。对于当时的观众来说，他们对三国的印象很可能主要来自于戏曲舞台。

时，四周已是一片无形的海洋，每一文本都从中提取已被写过、读过的段落、片段或语词。""文本的'复数'特征导致文本意义的不断游移、播撒、流转、扩散、转换和增殖。"①也就是说，文学作品其实并不仅仅存在于纸张墨迹或作者的原始意图之中，它同时也存在于读者对它的理解之中。这正是互文理论对文学本质的基本看法。改编自古典名著的影视文本作为一个特殊存在拥有双重身份：对文学经典而言，改编者首先作为文本的接受者对作品进行了消化、吸收和过滤，改编后的影视作品其实是改编者解读经典的结果（二级文本）；而另一方面，对影视观众而言，改编后的影视作品又作为独立文本成为信息的发出者，它虽然直接在原著基础上派生而来，一旦完成却能以平行的姿态与原著形成互文，并最终与原著一起作用于观众，影响着他们对经典的认识。对相当一部分《三国志演义》的当代读者而言，光影世界中的三国纷争已经成为他们理解小说的固定背景。

"三国"题材在影视文化市场中的持续升温体现了大众对经典的需求，产量增加必然导致残酷的市场竞争。影视改编需要准确把握原作的思想内涵，同时也要充分考虑镜头语言在转换文字语言中的优、劣势，此外还要顾及当代受众群体的文化水平及观赏期待，三者充分协调方能达到比较理想的改编效果。显然，这对影视改编者的能力提出了较高要求。将小说经典放置在当代复杂的文化语境中进行参照解读，在小说的古典背景中寻找合适的当代阐释契机，以此引起更多观众共鸣，是很多改编者的基本思路。在众多三国题材改编剧作中，1994 年由王扶林执导的电视剧《三国演义》可谓开风气之先，此后 2008 年吴宇森执导

---

① 　朱立元主编：《当代西方文艺理论》，华东师范大学出版社 1997 年版，第 299 页。

的电影《赤壁》、同年由李仁港执导的电影《三国志之见龙卸甲》、2010年高希希执导的电视剧《三国》、2011年麦兆辉、庄文强执导电影《关云长》、2012年赵林山执导电影《铜雀台》等可称代表。虽然每一剧作面世之初无一幸免遭到了观众褒贬不一的评价，但却从不同侧面反映了古代经典在现代社会的传播和接受情况。本章将从四个方面对这几部影视作品展开讨论，具体解析影视改编者面对经典所采用的互文解读策略。

第一节　信息增值与集体记忆的复活

——以电视剧《三国演义》为例

与时下流行的颠覆经典、恶搞经典态度不同，20世纪90年代的影视导演对文学经典普遍怀有崇拜和敬畏之情。在众多三国题材的影视改编作品中，1994年由王扶林执导的电视剧《三国演义》无疑是对原著的忠实程度最高者。该片以84集长度再现了特定历史时期的征战风貌，一时被称为"史诗"性作品。剧作于播出之初就获得46.7%的收视率，[①]以街知巷闻来形容剧作当时受到的追捧程度都不为过。该剧能取得如此强烈的反响，与影片特殊的制播机制（政府拨款、制播单位合一、主旋律导向等）有密切关系，也与观众对经典作品大众传播方式的兴趣以及影视主创人员谨慎认真的改编态度直接相关。

现代阐释学代表人物伽达默尔认为，审美理解和接受不是消极的全

---

① 吴保和：《中国电视剧史教程》，文化艺术出版社2011年版，第75页。

盘吸收，也就是我们通常所说的，只是停留在欣赏和理解的层次上，看文本说了些什么，而是从审美主体的角度，看它对我说了些什么。因此，对文本的接受也包含着接受者对自我的肯定，是审美主体与被接受文本之间的一种积极对话。① 作为两种不同的艺术形式，小说与影视在表现方式上有着本质差别。前者通过文字语言叙事，后者则通过声音和图像进行叙事。即便最忠实于原著的导演也无法回避两种不同叙事手段转换所伴随的信息流失或增值。1994 年版的《三国演义》电视剧被称为史上最忠于小说原著的三国剧作，剧情的发展与小说完全同步，台词更是完全复制小说，背景介绍也多按照小说语言进行旁白……尽管如此，我们仍能看到编剧在小说基础上进行的扩充与增饰，而这些"增值"部分往往具有极强的参照性，有的是从小说形成及流传过程中积累的背景素材中摘取，有的是根据相邻民间故事附会改编，还有的是根据相关历史记载进行的丰富和再创作。总之，影视编剧充分调动了国人对于《三国志演义》小说的集体记忆，力图给观众呈现一种信息含量充足又形象生动的视听效果。它们的出现不仅满足了影视作品对戏剧冲突的需要，也体现了改编者对原著的独特解读和思考，更引导着影视观众的品位走向。

一　题材流传中的信息再现

在电视剧第一集"桃园结义"中，刘关张三人相遇相识的细节就得

① 参见伽达默尔：《真理与方法》（第二版）序言，载朱立元：《现代西方美学史》，上海文艺出版社 1996 年版，第 864 页。

到了增饰与扩充：市集之上，关羽轻松将井口的沉重磨盘掀开，接着拿出井中猪肉散与众人，其行为引出肉店老板张飞。为进一步试探，张飞故意挑衅将关羽所卖之绿豆捻为粉末，① 二人大打出手。此时刘备出手相劝，三人遂相叙为友。这段剧情由紧张的冲突代替了小说中概述性的人物出场介绍，既传达了小说原意又尊重了影视表现规律，因此取得不错的观赏效果。当然，这段在小说中并不存在的情节也绝非影视编剧独出心裁的原创，实结合了三国故事在民间的流传版本及古代戏曲的演绎，具有突出的互文意义。"一龙分二虎"的民间传说当是此段影视改编的直接依据。这个传说在清康熙三十九年（公元 1700 年）涿州知州佟国翼的《汉张桓侯古井碑记》中尚有记载，而一百年后梁章钜《归田琐记》转引《关西故事》亦记其事，可为印证。② 元无名氏杂剧《刘关张桃园结义》亦有类似叙述：蒲州州尹臧一鬼欲谋自立，关羽杀之，逃往涿州。张飞为当地肉店老板，为求相知，故意在店前设下巨石，扬言若有人搬开巨石，便赠肉与之。后巨石被关羽搬动，二人结为好友。后又遇刘备，三人遂结义共图大事。该故事在我国民间流传甚广，至今仍相当活跃。③ 毛本《三国志演义》小说第一回曾插入七绝云："运筹决算有神功，二虎还须逊一龙。初出便能垂伟绩，自应分鼎在孤穷。"说明"二虎一龙"的说法至迟在清代已经出现。该诗不见于嘉靖本，为毛氏所增。其安插的时机是刘关张为保青州大败黄巾之时，"二虎逊一龙"

---

① 该细节与 20 世纪 90 年代流行的武侠片中展现人物非凡内功的特写镜头颇为神似，亦形成互文。

② 参见田福生：《关羽传》，中国文史出版社 2007 年版，第 55 页。

③ 参见白庚胜主编：《中国民间故事全书·上海·松江卷》，中国水利水电出版社 2011 年版，第 14—15 页。

的所指在此似不明确。郑铁生认为，毛宗岗对诗词的增删是从小说整体叙事结构着眼，此处即针对刘备集团由于人才结构的不合理（缺乏顶级智囊）导致连连失败而发之感慨。①不过笔者更愿相信此诗是直接就"一龙分二虎"的传说而言。小说未取民间流传之事，是顾虑到演义的真实性，并不代表毛宗岗等人不熟悉这些传说，事实上他应该比一般读者更为了解。不论在哪个版本的三国故事中，桃园结义的精神领袖都是刘备无疑，笔者认为这才是"二虎逊一龙"的真正所指。而这一点在电视剧中得到了最直观的表现（刘备能将恶斗中的关长二人强力分开，明示其力量在二人之上），可见编剧敏锐的洞察能力。在小说、历史记载、民间传说、戏曲演绎的综合参照之下，影视观众得到更加丰富和精彩的故事信息，受到肯定也就在预料之中了。

二　民间故事的介入参与

除借鉴三国故事在民间及其他艺术形式中的不同演绎之外，其他类型的民间故事也为影视改编的增饰细节提供了丰富资源。如对"耒阳县凤雏理事"的表现，电视剧所添加之内容就明显受到民间公案故事的启发。庞统因不受孙权重用而转投玄德，不料亦遭冷遇，被刘备轻置为耒阳县令。不屑此任的庞统上任后终日醉酒误事，刘备派张飞前去督察。庞统片刻间将县中所积百日公事处理完毕，张飞大惊叹服。电视剧基本按照小说所述对这段情节的来龙去脉进行了交代，不过，面对小说对庞统处理公事的概括性描写，电视剧则做出了符合自身艺术规律的细节处

理。拍摄者选择张飞视角对庞统审案现场进行聚焦，不仅极大提高了内容的直观性和生动性，而且观众也可通过张飞前后态度的变化对庞统形象作出判断。电视剧特写了庞统审案的过程：堂上老妇状告男子因抢劫而打伤其子，男子拒不承认。僵持不下之际，庞统根据钱袋之上的咸味而判断男子有罪。盖因老妇之子为贩盐客商，钱袋为日常经营所带，容易染上咸味之故。男子无从抵赖而伏法，张飞叹服。这段具体场景为小说所无，却与我国民间广泛流传的公案故事——"包公审石"颇为神似：卖油条的小孩被人偷去铜钱，包公让围观者每人拿出一枚铜钱扔进清水中验看，出油者即为小孩所失之铜钱。[①] 故事雏形约出现于清代中晚期，情节具有极强的衍生能力，包公案、施公案中均有表现，可见其影响。这个故事被现代学者总结为"浮脂辨盗型"，[②] 重在表现官员通过赃物特点指认案犯的机智。情节虽然简单，却迎合了民众对清官智慧的想象，因此影响甚大。电视剧将这个故事移用到庞统身上，展示了题材的现代生命力，同时也因为激活了观众的清官断案记忆而给观众留下深刻印象。颇有意趣的是，与影视作品具有将概述性文字通过冲突性的具体情节形象化展现的需求相似，小说插图在表现作品内容时也表现出相似的特征，当然，静态插图只能表现冲突最激烈的故事瞬间。围绕凤雏耒阳县理事的情节，叶逢春本小说插图就绘制为堂下两人相争，堂上庞统智断的瞬间；而毛本更将堂下人物之一改为妇女形象，与今电视剧所增之情景恰好形成呼应。

---

① 兰建堂主编：《中国民间故事全书·河南·宛城卷》，知识产权出版社 2011 年版，第 146—149 页。

② 参见祁连休：《中国古代民间故事类型研究》第十一章，河北教育出版社 2007 年版，第 1075 页。

三 历史记忆的补充参照

由于题材的特殊性，正史资料也必然成为我们解读小说时的重要参考对象，几乎每一部三国题材的影视作品都会在片头打上"根据《三国志》、《三国演义》改编"之类的字样。历史记忆可为影视改编提供更加完整和真实的背景依据，使改编者在小说基础上获取更加丰富的信息，加强作品表现力。以电视剧 23 集为例：剧作开头，曹操一面为大败袁绍残部欣喜不已，一面又为郭嘉之死痛惜万分，编剧于此不失时机地增添了一段曹操面对大海吟诵名作《观沧海》的情节，以表现人物丰富的情感世界。演员鲍国安浑厚的嗓音配合壮美广阔的影视画面，将诗人这篇写景抒怀之作演绎得动人心肺，颇具感染力。这正是影视编剧在正史和文学史的双重参照之下对小说进行的创造性内容扩展。史载曹操于建安十二年（公元 207 年）北征乌桓追歼袁绍残部，"秋七月，大水，傍道不通，田畴请为乡导"；"八月，登白狼山，卒与虏遇"；"九月，公引兵自柳城还"；"十一月至易水"①……这场战争历时半年，惨烈异常，终于取得胜利。《观沧海》题有"秋风萧瑟，洪波涌起"之句，学者们据此推测其具体创作时间当在曹操北征乌桓回师途经碣石山之时或还师之后，② 其背景与电视剧此处的叙述十分吻合，因此内容的插入就显得非常自然。作为我国文学史上第一首正式的山水诗，其出现不仅为诗歌艺术的发展提供了方向，也为读者了解诗人自身的心胸气度提供了线索。谭元春谓"'水河澹澹，山岛竦峙'

---

① 参见陈寿撰，裴松之注：《三国志·魏书·武帝纪》，中华书局 2006 年版，第 17—18 页。

② 参见余冠英选注：《三曹诗选》，中华书局 2012 年版，第 18 页。

为此老诗品"(《古诗归》卷七);沈德潜亦谓此诗"吞吐宇宙气象","沈雄俊爽,时露朝气"(《古诗源》卷五)。曹操统一天下的雄心霸气以及旷达俊爽的诗歌风格透过该作展露无遗。在小说中,作者重点强调的是人物作为政治奸雄的谋略手腕,而对其作为建安风骨主要代表人物的诗人气质则有所保留。尽管作品也描写了赤壁战前曹操创作《短歌行》的情景,但诗酒唱和的雅集气氛终被刘馥之死的插曲破坏,作者的表现重点仍是人物的残暴与多疑。此版电视剧虽以忠于原著为基本改编原则,时代的进步毕竟为我们审视古人提供了更加客观的视野。曹操诵诗场景的介入即是影视作品在历史记忆的观照之下对小说的丰富。

第二节　故事改写与港式大片的审美需求

——以电影《赤壁》为例

相比以忠于原著为最高改编原则的"94 版"电视剧,2008 年由吴宇森执导的电影《赤壁》则开始摆脱小说的束缚,在表现历史、战争、计谋这些关键要素的基础之上注入更多现代电影人的理解。白云缭绕、群山环抱之下的清澈江水,浩荡战船随水流蜿蜒开赴战场,梦幻般的优美意境加上大气磅礴的战争场面,极易让人联想起好莱坞的史诗大片——《特洛伊》。事实上,吴宇森导演可能也有意将影片打造为东方"特洛伊"以适应更多西方观众的口味。从影片所得到的各种国际荣誉来看,导演的目的庶几达到。

一 转移叙事重点凸显"兄弟情谊"

将三国纷纭漫长的历史用有限的电影镜头呈现给现代观众，对编剧和导演的叙事剪裁能力提出了巨大挑战。赤壁之战是奠定汉末三足鼎立历史局面的决定性战争，通过选择这段故事来表现汉末纷争的宏大历史，透露了编剧眼光的准确。而即便只有一场战争，纷繁复杂的叙述头绪也足以令观众目不暇接。于是，在删减枝蔓情节的同时保持故事信息的完整，同时又迎合现代观众的审美喜好，就成为编剧导演需要重点考虑的问题。小说从刘玄德携民渡江叙至关云长义释曹操共历十回，其中涵盖的内容十分丰富：赵子龙单骑救主、诸葛亮舌战群儒、群英会蒋干中计、草船借箭、黄盖挨打、借东风、释曹操……每个单元都是观众既熟悉又期待的精彩看点。但电影的时长限制并不利于将所有重要内容作集中的正面表现，删减和浓缩便成为必不可少的改编手段。舌战群儒与智激吴侯就被合二为一，影片中再无东吴文臣被诸葛亮驳斥得哑口无言的潇洒场面，却突出了周瑜在东吴是战是和问题上的决策性地位；蒋干游说周瑜，也省略了见识东吴豪杰的情景，却通过二人饮酒共叙同窗往事的细节强调了周瑜自小就具备的兵法韬略；黄盖主动提出的苦肉诈降之计被周瑜以"不能这样对待优秀将领"的理由拒绝；孔明也不用跣足披发登坛做法……很明显，这种删节与浓缩转移了原来的叙事重点。相比小说，诸葛亮应有的戏份减少，而周瑜则得到了更多正面表现的机会。除了强调他在战争中举足轻重的地位之外，影片还对他生活中的一面有所表现。比如正在练军的周瑜听到远处传来的牧童笛声，通过笛声的细微变化就判断出笛孔的毛病，这显然是对史书"曲有误，周郎顾"的形象化演绎，① 这些与其后的抚琴、舞剑等场面结合，就为观众呈现了一个多才多艺、能文能武的立体儒将形象。在与鲁肃的对话中，周瑜还提及"你的另一半粮也该拿出来"，既是对鲁肃当年慷慨赠粮的回顾，也从另一侧面表现了周郎的交友荐贤。除此之外，电影还完全颠覆了周瑜对孔明又妒又恨的态度，不仅去掉了周瑜多次欲杀害孔明的企图，也删除了他宴请刘备欲图杀之的情节。而这样一来，诸葛的料事如神（如得知刘备过江的消息十分担忧，后见云长在侧即准确判断"吾主无忧矣"）也就被电影省略。周郎与孔明之间少了针锋相对的敌意，却多了惺惺相惜的情谊。影片最后，二人成为知己并和平分手的结局更将导演的"双雄"意图暴露无遗。有论者认为，影片叙事重点转移所伴随的人物关系改变实受吴宇森导演对"兄弟情谊"主题的偏爱影响。② 纵观吴氏拍摄过的江湖大片，诸如《英雄本色》、《断箭》之类，兄弟联手对抗敌人的情节确曾反复出现，古典小说遭遇港式大片的独特解读，注定要打上时代烙印。"一切历史都是当代史"③，克罗齐的这一论断其实也是文学经典现代解读的最佳说明。

二 时空错乱与"正邪不两立"的强化

在影片中，一场历史上本无正、邪之分的军事割据战争被导演重新

---

① 陈寿：《三国志·吴书·周瑜传》，中华书局 2006 年版，第 750 页。

② 参见陈可红：《吴宇森的三国"江湖"——评〈赤壁〉》，《电影新作》2009 年第 2 期。

③ 克罗齐：《历史学的理论与实际》，商务印书馆 1982 年版，第 2 页。

定位为侵略与反抗之战，于是，在吴宇森执导的众多江湖大片中反复出现过的"正义战胜邪恶"主题在此也得到全新演绎。这可能是电影主创一贯的审美追求所致，同时也与宋代以来特别是毛氏父子的"拥刘反曹"思想取得了某种一致。为了强化这种"正邪之争"的主题，影片就必须在小说和历史基础上进行巨大改造。

　　首先，在曹操伐吴的直接原因上，影片就作了特殊处理——将战争的爆发归因于曹操对小乔的追求（影片中由曹洪和华佗明确指出）。这很容易让观众联想到古希腊那场因美女海伦而引发的惨烈海战。因此，有观众戏称这是吴宇森导演借助三国题材表现自己的"海伦情结"。导演的创作初衷我们已不得而知，古老东方题材被置于世界文化背景之下发生了奇妙的互文反应却是不争事实。曹操对小乔的倾慕，在小说中本为诸葛亮智激周瑜的一句戏言，并无史实依据，但在影片中却得到一再强调。不仅二乔之父被等同于赏识曹操并托以妻女的乔玄，[①] 而且曹操还与当年正学茶艺的小乔有过一面之缘。影片强化小说这种时空错乱的处理方式，无非是要建构一段实实在在的乱世畸恋，为战争的非正义性寻找理由。酷似小乔的骊姬出现在曹操身边，更为这段奇特的倾城之恋增添了神秘浪漫的意趣。这位小乔的美女替身拥有着一个特殊名字，极易将观众的思绪带入数百年前的春秋战国时期。晋献公身边那位美丽的异族女子也叫骊姬，由于她的离间，献公的长子申生被迫自杀，次子重耳则不得已远逃他国。[②] 历史的进程似乎必定少不了这些美女红颜的参与，错乱的历史碎片在观众脑海中形成某种奇特的对照，让他们对这样

---

　　① 桥玄之女与曹操年纪仿佛，曹南下征吴时桥女已是半老徐娘，不可能是闻名天下的妙龄美女。（参见《沈伯俊说三国》，中华书局 2005 年版，第 143—146 页）

　　② 事见《春秋左传正义》卷十二，上海古籍出版社 1990 年版，第 204—207 页。

的判断根深蒂固：战争的发动是非正义的，孙刘联军的团结抵抗跟特洛伊城民誓死保卫家园一样，站在了道义的正方。

其次，在战争发动的具体细节中，影片也进行了时空错乱的处理。电影的第一个镜头是曹操北征乌桓得胜归来，上奏献帝逼请讨伐刘备，献帝欲不从，曹操怒斥："陛下可还记得当初蒙难，皇亲国戚谁肯出兵相救。要不是臣等扫荡逆贼，当今之世不知已有几人称孤几人称王。"此番言论在小说中亦有表现，但出现在火烧赤壁之后，刘备得荆州、曹操大宴铜雀台之时。这番表白实根据历史上曹操在建安十五年所作《让县自明本志令》而来，其后的建安十七年曹操方出兵伐吴，对此《三国志》有明确记载。① 电影与小说一样，有意对历史时空进行了错乱处理，不仅如此，二者还对文章的具体内容进行了断章取义的曲解，使得曹操不欲篡汉自立的表白反而成为行凶专权的证据。而紧接这一镜头，孔融又冒死进言反对曹操出兵伐刘，结果被曹操杀之祭旗。历史上孔融确曾因政见不合触怒曹操，不过最终被杀的直接原因是被郗虑告发，后被曹操定以不孝罪处死。② 小说所述与史实基本一致，电影却将孔融被杀的时间提前，突显了曹操在伐刘问题上与群臣的矛盾，强调了战争的非正义性和曹操性格的残暴。

三 重视次要人物展现"反战"主题

除了对小说故事情节进行或删减浓缩，或时空错乱的处理之外，

---

① 参见《三国志·魏书·武帝纪》，中华书局 2006 年版，第 19—22 页。

② 事见范晔：《后汉书·孔融传》，岳麓书社 1994 年版，第 979—981 页。

影片还表现出对次要人物的特别关注。孙尚香和小乔这两个小说中着墨甚少的角色不仅由两位华语一线影星担纲表演（赵薇与林志玲），得到了多次正面表现的机会，而且有关人物的情节改动也大大超出观众预期。小说给我们展现的本是一部男性英雄的历史，作品中的主人公清一色全是男性，几个有幸得到正面表现的女性形象（貂蝉、孙夫人、董妃、伏后等）不过是政治斗争中的棋子，最后无一例外都成为牺牲品为战争陪葬。男性作者的视野关注不到女性的内心，男权话语更对女性生存状态表现出极大漠视。在过去的几百年里，男性英雄的勇武阳刚几乎征服了所有读者。然而猛虎终有睡去的时刻，蔷薇也一定会在角落盛开，① 历史的进程其实从来也不乏女性的参与，从虞姬的生死相伴到昭君毅然决然地选择另一条人生之路，刀光剑影的英雄史诗中如何少得了这些红袖善舞的倩影？在倡导两性和谐的现代多元社会，文学经典中的单一色调无疑给读者留下了不小的改写空间。而孙尚香与小乔在影片中的表现还不仅限于为冰冷的战争增添一丝和谐的暖色，② 而是直接推动了剧情，将"反战"主题直接推到了观众面前。

作品对孙夫人的处理并没有过多关注她与刘备之间的纠葛，从历史背景来看，二人此时也不应产生过多交集，但影片还是借鉴了小说对其个性的定位："身虽女子，志胜男儿"（吕范语）；"极其刚勇"、"虽男子不及"（周瑜语）。性情豪爽、一心要为孙刘联军出力的孙尚香戎装亮相，

---

① 余光中先生在其散文《猛虎与蔷薇》中曾用猛虎和蔷薇代指文学作品中的壮美与优美两种气质。（参见《余光中散文》，浙江文艺出版社 2008 年版，第 170 页）

② 影片对人物处理也并未按照我们想象的那样走英雄美女、侠骨柔情的路子，虽然客观上仍带来了这样的效果。

这一造型与赵薇稍后扮演的另一个角色——花木兰有若干相似之处：在电影《花木兰》（2009）中，战争葬送了木兰与文泰之间的美好爱情；而在《赤壁》中，孙尚香的好友饭桶则死于自己参与的孙刘联军之手。在通过女性视角反映战争所带来的伤痛这一主题上，两部影片形成互文。潜入曹营的孙尚香不仅成功搜集到重要情报为孙刘联军赢得战争立下首功，而且还与佟大为饰演的饭桶发展了一段纯洁友情。胖猪（孙尚香乔装后所改之名）为了保卫自己的家园走上战场，饭桶只为填饱肚子而拿起武器，血腥杀戮只为满足邪恶者无限膨胀的一己之私，孙刘联军的正义性再次得到强调。影片中的小乔与孙尚香一样，欲为保卫家园尽一己之力，以有孕之身义无反顾走进曹营，试图阻止战争的发生。在说服无效的情况之下，又以献茶为名故意拖延曹军的出征时间，配合周瑜军队等待东南风起。在这场侵略与反抗之战中，孙刘联军始终保持着众志成城、同仇敌忾的精神面貌，两位女性的上场更是将这种面对强敌的团结和牺牲演绎到了极致。

第三节　形象重塑与当代接受的潜在期待

——以电视剧《三国》为例

继电影《赤壁》对《三国志演义》进行大尺度改造之后，2010 年由朱苏进编剧、高希希执导的 95 集电视剧《三国》对小说又进行了一次全新的银幕解读。与"94 版"电视剧播出时评论活动相对滞后的情况不同的，网络资讯的发达极大加强了观众与影视主创之间的互动。几乎与电视剧播出同步的鲜花与板砖齐飞现象体现了广大观众对经典改编活动的关注与热情，但同时也暴露了些许轻率，这是网络文化盛行所带来的相应后果。简单的批评与赞美并无实际意义，透过作品对原著的改编特点以及观众的反应观察文学经典在现代语境中的接受情况，是本节试图解决的问题。新版电视剧片名不提"演义"而单名《三国》，某种程度上暗示了编剧和导演力图突破原著的用意。动作镜头的逼真、场景画面的精致等无疑是新《三国》超越老版电视剧的最大亮点，冷兵器时代战争的惨烈被表现得质感十足。但人物形象偏离原著精神与观众的公共期待也为其剧作带来诸多诟病：① 造型失真（如诸葛亮的发髻就被观众讽为孔雀开屏）、台词雷人（如刘备口出"天下兴亡，匹夫有责"之语）、人物经历离奇（貂蝉真心爱上吕布，司马懿更上演黄昏恋）……诸如此类皆易招致非议。人物是小说的灵魂，对影视作品而言亦不例外。新《三国》对小说人物大都进行了相应改造，这首先是影视创作者对原著独特理解的表现，同时也反映了现代语境之下读者在文学活动中地位的加强，读者的参与既可能是对作者意图的忠实传达，亦可能是个体阅读经验和生活经验的对象化展现。《汉武大帝》、《康熙王朝》、《雍正王朝》等近年出现的优秀历史剧作为我们重新设计历史人物的银幕形象提供了方向和思路，也构成我们解读和接受历史小说的互文本。

一　卸下脸谱与角色翻案

脸谱本用于中国戏曲舞台演出时的化妆造型艺术，指用固定的色彩

---

① 公共期待视域是指在一定历史时期占统治地位的共同期待视域，它以隐蔽的方式影响着个人期待视域的构成，并决定着文学接受在一定历史时期的深度与广度。（参见朱立元：《当代西方文艺理论》，华东师范大学 1997 年版，第 290 页）

图案等表现人物性格和特征，是一套完整的符号系统。脸谱化被用于文艺批评则比喻作品人物的公式化、概念化和类型化特点。脸谱化人物在小说艺术发展的早期阶段运用较广，《三国志演义》可称典范。脸谱化的处理方法能极度强化人物特征，符合下层读者通过简单判断就能把握人物、记住人物的要求。另一方面，三国人物的脸谱化也是长期历史积淀的结果。民间说唱、曲艺等对三国故事的反复演绎强化了人物的某些单一特征，而民间的英雄崇拜意识、官方的忠义宣教思想又加强了这些人物的社会地位。这些信息一旦作为背景进入读者内心，就会使之形成"先入为主"的阅读期待，并难以撼动。伽达默尔的解释学认为这种"成见"为我们进入作品提供了特殊眼界，离开了这一视域或眼界，作为历史流传物的文本意义就无法显现和理解。① 旧版《三国演义》电视剧就基本沿袭原著的脸谱化方法展现人物，主要角色出场定型，而一旦亮相，人物的装束造型、性情品格等就不再变化，如关羽的绿袍绿帽造型就相伴始终，而曹操的奸绝、刘备的仁绝也得到了一以贯之的表现，影视作品与小说原著之间在此形成"共谋"。

在《三国演义》电视剧问世 16 年之后，新《三国》诞生。近二十年的时间里，中国社会经历了沧桑巨变，经济转型、城市化、民族复兴……社会进步带来了影视文化的繁荣，而与传统价值观在现代社会遭遇挑战又重被认识的经历同步，我们对经典的解读与接受也展现出新的时代特征。对历史人物作出合乎人性的解释，更多地展现历史人物生活化的一面，让神人回归常人，似乎已成为新时代影视作品塑造历史人物

---

① 参见朱立元主编：《当代西方文艺理论》，华东师范大学出版社 1997 年版，第 279 页。

的统一方向。于是，屠案贾对待政敌的阴险狠毒与对待妻子的柔情似水得到相同力度的展现（阎建钢执导《赵氏孤儿案》）；隋炀帝千古恶名背后的雄才大略也引起了足够正视（李翰韬执导《隋唐英雄》）①……这些作品虽与新《三国》并无直接联系，但却不可避免充当了影视解读小说经典的参照背景。在这种充满人本关怀的视野观照之下，影视对历史人物的认识更易摆脱意识形态的控制而回归理性与客观。当然，经过现代编剧视野过滤后的小说人物形象并不一定能得到所有观众的认可，新版曹操就遭遇了这样的尴尬。新《三国》开篇省略了桃园结义等经典场景，直接进入曹操刺董情节，随后的叙述也始终围绕曹操展开，对曹操的翻案意图非常明显，以致有观众将剧作戏称"曹操传"。剧中曹操虽未完全摆脱"奸雄"本色，但相比传统戏曲、小说中的白脸奸臣显然增加了更多的正面色彩，"奸雄"变身"枭雄"。此外，编剧和演员还合力对曹操性格的多面性进行了开掘，包括玩弄权术的阴险，面对敌人的智谋以及正视内心的坦率等等。摘下脸谱的曹操面对自己的翻案形象还常常给以解释，如"并非我曹操皮厚，而是我把世上那些庸俗不堪的纲常伦理早已不放在心上……如果当君子的代价就是被凌辱、被践踏、被消灭甚至被杀的话，我宁愿当一个能够实现自己抱负的奸雄。"（第18集）"自古以来就是大奸似忠，大伪似真，忠义和奸恶都不是从表面就能看出来的。也许你昨天看错了我曹操，可今天你又看错了，但是我仍然是我，我从来都不怕别人看错我。"（第73集）这番表白似乎并不只是针对陈宫所说，而是对千百年来"误解"他的读者所说。如此演绎，奸雄的坦

---

① 参见王凌：《〈赵氏孤儿〉在影视作品中的人性化改编》，《电影文学》2013年第12期。

诚可爱就超越了他的残忍多疑，作为政治首领的霸气奸猾、作为父亲的慈爱宽容、作为朋友的率真挚诚，甚至是作为普通男人的好色多情……种种身份支撑起一个立体曹操。这样的处理方式虽然也遭到了不少观众的质疑，但摆脱"显刘备之长厚似伪，状诸葛之多智近妖"的意图却是显而易见的。①

二　生活叙事与解构英雄

对传统英雄形象从人性化角度进行深入开掘，首先表现英雄作为凡人的七情六欲，其次才是某种特殊环境刺激之下得以爆发的不同凡响之处，这是当代影视艺术中处理英雄形象的典型方法，也是在"去英雄化"、"去崇高化"的现代语境中显著的文化解读特征。甚至有学者认为传奇题材生活化、历史题材言情化、政治题材世俗化是目前电视剧处理各类题材的常规手段。②互文性理论给文学阅读带来的最大启示是消解文本的所谓权威意义（或中心结构），即认为文本并没有一个固定、标准的中心意义，文本之所以产生意义是因为与周围其他文本发生了互文联系，当这种联系被读者不同程度地把握，文本意义就会以不同形式呈现。而与互文理论这种消解权威意义的思想相呼应，解构主义也拥有类似看法，事实上以罗兰·巴尔特为代表的很多批评家对这两种理论采取了兼收并蓄的态度。

在这样的背景之下再来理解刘备、诸葛亮等传统形象在新《三国》

① 鲁迅：《中国小说史略》，人民文学出版社 1976 年版，第 107 页。
② 参见周清波：《电视剧作艺术》，北京广播学院出版社 1997 年版，第 28 页。

中遭遇的颠覆与改写就顺理成章了：作为政治领袖，玄德的"仁绝"不时被演绎为野心和虚伪；面对兄弟与妻子，人物更有平民化的生活表演，如离开东吴之前对孙小妹情感的纠结，对不服安排的张飞的责骂等等（第35集甚者还出现了刘备扯张飞耳朵的镜头）。诸葛亮虽仍以智谋见长，却再也没有传统文学作品中那般潇洒淡定，反而经常被张飞气得抓狂。以作品55—56集刘备、诸葛破东吴美人计情节为例。刘备一改小说中懵然无知、只会听从军师锦囊妙计的被动角色，主动行韬晦之计以麻痹孙权，表现得极有主见。相比刘备的强势，军师的智谋就显得弱化，对待战局，他的表现已不如小说中那么绝对自信，而是经常充满不安与焦虑。不仅如此，关羽和张飞还对其一直不服，刘备滞留东吴之时二人竟意欲施兵谏迫诸葛出军，委屈、无奈、狼狈，种种复杂况味竟让这个传统文学中"多智近妖"的神人崩溃落泪，着实让观众感到意外，以此被网友戏称为"史上最忧郁诸葛亮"。剧中诸葛亮甚至还一度抱怨"天天受这屠夫的气"，最后更上演挂印辞官一幕，这与正史、小说、戏曲或历代读者心目中的诸葛亮形象形成不小反差。显然，导演试图对这一形象进行常态化、生活化的诠释，通过对日常生活细节的铺展为人物增添丰富的色彩。而在《三国志演义》这类以宏大历史叙事为主要特征的古典小说中，日常生活的细节在某种程度上则被有意回避。这首先是因为深受史传写作影响的古代小说为了追求叙述的客观真实性，往往以牺牲日常细节为代价；其次，在当时小说作者心中，鸡毛蒜皮的家常琐事恐怕也会损害英雄的光彩。然而在对艺术虚构有着自觉追求的今天，生活化叙事在人物塑造中承担了重要作用，尤其是伴随社会多元化的发展，不少读者甚至对所谓"平民英雄"、"草根英雄"表现出特殊偏爱。在这种背景之下，传统文学中那种不食人间烟火的超凡英雄自然需要得到相应改造。

　　展现人物的情感世界也是生活化叙事的重要内容。三国人物原是金戈铁马的传奇英雄，小说着重展现他们勇武阳刚之气的同时往往有意回避个人的内心情感。如果说关云长的秉烛达旦尚为强调兄弟之义，那么赵云正色厉辞拒绝赵范的嫁嫂之意则显得有些不解风情。毛宗岗曾于此接连夹批"道学"，[①] 虽是调侃之意，亦颇露讽刺之旨。观念化人物在清代既已遭遇质疑，更勿论当代语境对之的批评。我们总希望更多地走近英雄，更立体地观察他们的生活，更深入地窥探他们的内心，爱情于是成为理想的突破口。貂蝉与吕布爱情的铺展作为高希希导演改造三国人物的重要实践，得到了观众更多的关注。不过，古典文学中的"吕布戏貂蝉"在现代电视剧中被演绎为"琼瑶式"的爱情戏还是让观众感觉意外：一见钟情—两心相许—情敌出现—男女挣扎—女主失身—男主惊醒—夺回真爱，貂蝉与吕布的爱情之路走得很现代，明显与时下盛行偶像剧、爱情剧的固定套路形成互文。事实上，给历史人物加上颇具现代感的爱情经历，在高希希执导的其他剧作中也有表现，如继新《三国》之后的《楚汉传奇》中，项羽和虞姬的相遇也很浪漫，而卢绾和樊哙为了吕雉的妹妹吕嬃竟大打出手，这些情节亦被观众感叹"很琼瑶"。可见，在通过情感表现来丰富角色人物方面，新《三国》与《楚汉传奇》之间也存在潜在的互文关联。

三　台词穿越与人物戏说

　　穿越和戏说都是时下流行的影视编创手段。前者本指一种情节展开

---

　　① 《毛宗岗批评本三国演义》，岳麓书社 2006 年版，第 413 页。

方式，具有固定套路。① 不同时空的穿越经历为影视作品带来奇特的混搭效果，在一定程度上满足了观众的想象力和娱乐需求，因此受到热捧。不过笔者此处仅针对《三国》中人物台词的穿越，比如三国时人说的却是唐宋人的语言，用的也是现代人的思维方式等等。戏说则是指"附会历史题材、虚构一些有趣或令人发笑的情节进行创作或讲述"②。穿越与戏说之作盛行，契合的是多元社会中崇尚娱乐的文化心态。小说的本质也是一门虚构艺术，对此《三国志演义》的作者显然有着清醒认识。即便罗贯中面对历史题材采取了非常严肃和谨慎的态度，"七实三虚"的创作原则还是给天马行空的文学想象留下了发挥空间。《三国志演义》成书在元明之际，与三国历史也已相隔千年，以何种方式再现千年之前的战争兴废，罗贯中与陈寿恐怕早已经历了一场穿越古今的对话。如果说现代社会解构经典、崇尚娱乐的文化特质为历史人物的戏说提供了互文背景，那么元明社会对小说艺术的清醒认识也为其大胆处理历史人物提供了理论和现实依据。明谢肇淛就认为"凡为小说及杂剧戏文，须是虚实相半，方为游戏三昧之笔。亦要情景造极而止，不必问其有无也"③。可见时人对小说虚构本质及娱乐功能的看法。事实上，从某种程度来讲，演义对某些历史人物已经进行了穿越和戏说：周公瑾量窄而亡的悲情命运，蒋干盗书的猥琐之态，孔明空城弹琴的退敌之计……移花接木、张冠李戴、借题发挥，其本质都是艺术的虚构。也正是由于

---

① 一般是角色由于某一特殊契机来到另一时空，身份错位引发一系列矛盾纠葛，最后主人公找到真爱或大彻大悟之后回到原来世界。

② 中国社科院语言研究所词典编辑室编：《现代汉语词典》（第6版），商务印书馆2012年版，第1399页。

③ 谢肇淛：《五杂俎》卷十五，中央书店1935年版。

这些虚构，小说才会遭遇后代学者"七实三虚祸乱观者"的讥诮（章学诚《丙辰札记》）。这与今天的《三国》所面对的质疑庶几也是相似的。

台词的"穿越"一直是新《三国》人物受到争议的焦点，同时也是造成影片戏说效果的重要原因。电视剧对小说"文不甚深，言不甚俗"的叙述风格进行了颠覆性改造，人物对话几乎完全按照现代语言习惯进行。如此一来，小说的典雅气质必然受到影响，让习惯了小说叙述的观众感觉不适。除此之外，更让《三国》迷们感到无法接受的还有人物对话内容也遭遇了集体穿越。兹举几例：第三集刘备以"天下兴亡，匹夫有责"回应众诸侯对他的轻视（语出清顾炎武《日知录》），① 同集十八路诸侯会盟时公孙瓒称赞曹操"天下何人不识君"（语出唐高适《别董大》），十二集吕布醉后对刘备感慨"酒逢知己千杯少"(语出宋欧阳修《春日西湖寄谢法曹韵》），十五集周瑜鼓励颓废的孙策"大丈夫生为豪杰死为鬼雄"（语出宋李清照《夏日绝句》）……诸如此类，不可胜举。经过时间的沉淀，这些诗句已成为现代中文交际中的固定背景，运用极其广泛，透过将之附会在千年前英雄对话中的"雷人"之举，我们体会到的是古人与今人之间穿越时空的交流。当然，这种戏说的效果不一定会得到观众认可，事实上有相当一部分观众就认为这是编剧由于缺乏历史文学知识而导致的逻辑硬伤。不论编剧的最初出发点如何，呈现在观众面前的三国人物和故事早已经历了现代视野的解读和过滤却是不争事实，那么现代社会的各种文化需求，包括年轻观众对"穿越"带来的混搭刺激感的追求；对英雄美女偶像式浪漫爱情的想象（如吕布与貂蝉之间的

---

① 最早对三国故事的人物台词进行穿越性创造的应数电影《赤壁》，影片中赵薇饰演的孙尚香就曾说过"天下兴亡，匹女有责"的雷人之语，与电视剧《三国》相比，《赤壁》可谓有过之而无不及。

爱情）；对"宫斗"剧情的热捧（如曹丕上位的阴谋）……就都能在这部古典题材的影视作品中找到相应的满足。

第四节　主题颠覆与现实情感的投射

——以电影《关云长》、《三国之见龙卸甲》、《铜雀台》为例

历史小说的影视改编是一把双刃剑，利用经典在特定文化圈中耳熟能详的互文背景，影视作品仅通过标题就能轻易吸引观众；但另一方面，任何高明的导演也无法确保他的演绎就能与观众心中的期待视阈重合，而一旦出现偏差，观众则会感到失望。电影《赤壁》与电视剧《三国》虽在小说基础上进行了极大改造，但还是能让我们感受到影视主创们还原历史情境的努力。无论是塑造更立体的人物、营造更恢宏的场景还是讲述更曲折的故事，其目的仍是让观众更真切地触摸感悟这段历史。从某种意义上说，这种加工与罗贯中的小说虚构具有同质性。而接下来将要讨论的另外几部改编作品在创作理念上则与之表现出较大差别：历史只是一个任人打扮的小姑娘，历史人物与历史故事不过是改编者进行自我投射的承载体。历史可以被完全架空，而只保留人物符号与大致背景，造型、台词、布景、基本情节都可以超越历史常识与逻辑，而主题的颠覆却必不可少，因为电影所要彰显的不过是现代人的思想困惑、情感追求与艺术偏好，而这一切其实与历史无关。对待历史，这显然不是一种尊重和敬畏的态度，这也正是此类作品免不了饱受诟病的原因。不过，存在即合理，既然这类作品大量出现已经成为现代影视传播中的常见现象，与其人云亦云的对之口诛笔伐，不如平心静气地探寻作品背后

所投射的现实因素，从某种程度上说，影视作品记录的乃是社会心理的集体变迁。

一　《关云长》：迷失与突围

关羽拒绝曹操的挽留过关斩将回归刘备的故事在《三国志演义》二十五至二十八回得到了精彩演绎，这段经历为关羽民间崇拜地位的确立奠定了基础，也是所有三国迷们既熟悉又期待的情节。不过，电影《关云长》单独剥离出这段不完整经历对关云长形象进行塑造，则表现出与小说不同的立意。

爱情的迷失。在小说中，关羽形象受到的是概念化、符号化处理，在追求极致忠义的过程中人物不必经历任何的犹疑彷徨；但在电影中，云长则饱受情感与道义的冲突煎熬。关羽一直深爱的女子（关羽情愿为之杀人而逃亡）多年之后竟身份易位成为刘备未过门的小妾，千里走单骑的目的也正是要护送这位昔日挚爱回归刘备。将人物置于极度矛盾的情感两难境地，目的是要破除关羽形象的神化，挖掘最隐秘和真实的人性。喝下曹操准备的药酒，对绮兰（电影中虚构的女性）的爱恋情愫在幻觉中慢慢释放，铁骨铮铮的云长会迷失在对爱情的温柔渴望之中么？凭借坚强的意志，关羽最终放弃爱情而选择了道义。如果说影片中关羽经历过痛苦挣扎终于走出了爱情的迷失，那么接下来将要遭遇的一切则几乎让他无法突围。

信仰的迷失。"降汉不降曹"的关羽离开曹营之后遭到多方追杀，最大的幕后主使不是曹操，却是关羽一直效忠的大汉皇帝，就连执行任务者也是关羽在战场上舍身所救之人。誓言效忠汉室却遭到献帝的无情打击，心爱的女子成为陪葬；本欲保全无辜者性命，却反遭误解被荥阳百姓手中的石子无情砸中……信仰幻灭所带来的伤痛当远甚于爱情的迷失。然而就在这人生最失落的时刻，一次次解救自己、维护自己的竟只有小说中的奸人曹操。这一切使人物不得不迷失在自己一直坚守的仁义忠诚之中。影片对情节的处理也带有倾向性，刘备在整个过程中只出现一个镜头，而一旦省略刘关张的结义之情，关羽的忠诚就显得毫无理由，他最终选择也许就是一场愚忠的悲剧。影片最后还以字幕形式告诉观众，关羽是如何在一次战役中苦等援军不至而战败身亡，似乎也暗示了主人公选择的失败。

香港导演翻拍历史经典，有意无意间爱把香港类型片元素植入。千里走单骑的过程为表现江湖大片中的"暴力美学"提供了合适机会；人性深处义与情的较量，善良与杀人之间的矛盾纠结，忠诚、情义的价值迷失等警匪片中屡屡出现的主题也在电影《关云长》中找到了新的阐释方式。这些反复演绎的主题之所以不断受到观众追捧乃是由于契合了时下某种社会心理。事实上，关云长所遭遇的迷失之境不正是身处转型期复杂社会的现代人所面临困境的一种投射？

二 《见龙卸甲》：未奏响的"集结号"

2008 年由李仁港执导、刘德华主演的《三国之见龙卸甲》以赵子龙一生为叙述线索，在展现战争惨烈残酷的同时深入挖掘了绝境中人性之伟大。影片中的赵子龙从战场无名小卒成长为一身是胆的常胜将军，其间经历了牺牲也遭遇了背叛。但令主人公始料未及的是将自己直接推向绝境的竟是最信任的军师和大哥。最后，明白真相的老英雄选择了卸甲而战，英勇赴死的决心既为实现对先主的承诺，亦为维护自我的尊严。

电影对小说的改编具有重构性。《三国志演义》中的赵云确曾在与夏侯楙交手过程中被困凤鸣山，但终被孔明派出的关兴、张苞两支援军所救。而所谓"卸甲"云云亦不过是小说作者的一处闲笔，其谓："赵云从辰时杀至酉时，不得脱走，只得下马少歇，且待月明再战。却才卸甲而坐，月光方出，忽四下火光冲天，鼓声大震，矢石如雨，魏兵杀到……"①"卸甲"细节突显的是战事紧张不容少歇，此外并无过多隐喻，而电影与小说之立意完全相反。赵子龙的轻敌遇险被演绎为诸葛军师特意安排的诱敌之计，关、张的援军永远无法抵达，无论上将或走卒，都不过是战场上一枚普通棋子。不仅如此，战争的冰冷血腥给双方带来的伤痛也是同等的：诸葛亮虽将牵制敌人的自杀式任务交给子龙，但满含不忍，因此才有子龙请战前的一番劝慰。而与赵子龙命运形成对应，魏方的韩德也经历了相同遭遇：在战场上痛失四子的韩德被大都督以侍父之礼相待，情真意切，然而当大敌来临，曹婴却亲自将义父送上不归之路。当曹婴的箭支射向韩德胯下满载炸药的战马，韩德先是惊诧，但随即欣然受命；而此时的曹婴也经受着亲情与战局的冲突考验。二人最后一次四目相交，信任、托付、责任、牺牲……眼神中流露的种种复杂况味着实耐人寻味。战争残酷，只有经历绝境的人才能真正理解，但也恰恰因为惨烈，成就了英雄们的人格魅力。也许，"飞将军"李广在战斗的最后一刻也曾体会过这种感受吧？有战争就有牺牲，千古伤心英雄又岂止一个赵子龙？

---

① 《毛宗岗批评本三国演义》，岳麓书社 2006 年版，第 724 页。

《三国志演义》在表现人物时侧重刻画他们品格上的"忠"与行为上的"勇"，小说作者的政治倾向性在此具有决定性意义。而《见龙卸甲》则意图超越这种由政治倾向所决定的人物优劣，从个体本身出发展现英雄的人格魅力。从这个主题出发，我们就会发现《见龙卸甲》与冯小刚在2007年执导的《集结号》有着惊人神似。以探究人性为最终目的的贺岁大片《集结号》曾以耐人寻味的深刻主题、略带黑色幽默的表现方式感染无数观众。影片中的谷子地与赵子龙一样，接到的是一个永远无法撤退的自杀式任务。作为战争中唯一的幸存者，谷子地疑惑于集结号究竟是否吹响，艰难的探寻让他明白了残酷真相。于是，为牺牲的战友恢复荣誉就成为他继续生活的唯一动力。最后，战友们的烈士身份得到追认，谷子地在战友墓前吹响了集结号。小人物用自己的执着坚守了心中的正义与希望，张涵予的表演令观众落泪。与《集结号》略有不同，年迈的赵子龙在战争结束之前就已经明白真相，暮年英雄选择了卸甲而战。作为蜀国的大将，他用自己的坚守完成了使命；而作为独立的个体，他也在这人生的最后一刻悟到了许多：卸下盔甲意味着卸下世俗的一切，常胜将军的名号，五虎上将的身份，军师的诱敌之计，大哥的无情出卖，荣耀与耻辱、欣喜与失落，过往种种不过如浮云一般烟消云散。即便敌军强大，但面临生命中的最后一位对手，老英雄又岂会有丝毫胆怯？如同谷子地在战友墓前吹响久违的集结号一样，仪式化的卸甲而战不过是为了给老英雄内心一个交代。

三 《铜雀台》：英雄的孤独

《铜雀台》讲述的是一个复仇与情爱、误解与孤独的故事。吕布被曹操杀死之后，他与貂蝉的女儿灵雎流落民间，被神秘人物带至秘密基地进行残酷训练。长大之后的灵雎与青梅竹马的穆顺被派往曹操身边执行刺杀任务，灵雎在与曹操的接触之中对仇人渐生爱意，而挚爱她的穆顺最后选择了代替曹操赴死。神秘人物（深得曹操信任的吉太医）此时发动了对曹操的全面攻击，却不想其实一切尽在英雄的掌控之中。反对势力被曹操全部铲除，灵雎抱着穆顺的尸体跳下悬崖，只留下孤独的暮年英雄独自唏嘘。

影片借助小说和历史中的人物关系建构了一个全新故事，在历史和名著外衣的包裹之下我们看到的是现代社会中由利益冲突引发的信任危机和情感危机。如果说《三国志》与《三国志演义》是《铜雀台》的古典互文本，那么热衷于翻拍经典（尤其是近年兴起的"三国热"）的大陆电影市场，转型时期大众文化消费的特殊期待等综合语境则构成了《铜雀台》的当代互文本（社会文本）。影片中的曹操作为"天下最有权势的人"几乎遭到身边所有人的误解和背叛：他不欲废汉自立，懦弱的献帝却视他如"汉贼"，表面的感激背后暗藏仇恨与杀机；满朝文武大臣痛恨他，却并非出于什么崇高的正义目的，而是因为皇帝被其控制损害了自己的既得利益（事实上董卓横行之时满朝文武忍辱偷生，只有曹操以卑微的骁骑校尉身份行刺杀之计）；为自己诊治头风的吉太医颇得曹操信任，① 却是最阴险的幕后势力的首领；儿子曹丕觊觎大位，也盼望父亲遭遇不测；得曹操怜爱的灵雎虽然在相处中产生了复杂情愫，毕竟是仇人的女儿，更随时伺机报仇……而所有这一切都是由于曹操一统天下的雄心和理想所引起。影片沿袭了目前比较流行的"洗白"曹操思

---

① 这个人物似乎是从小说中伺机向曹操投毒，后事败被杀的吉平太医演化而来。

路（电影《关云长》、电视剧《三国》都有这样的倾向），对小说中的人物形象进行了创造性颠覆。曹操掌控一切的才能（从不动声色的识别灵雎身份到修建暗藏机关的铜雀台）得到夸张性表现，而面对天下人的误解与背叛表现出的强大内心，以及背后的孤独与无奈也得到了重点刻画。反对势力在小说中的正义面目也不复存在，皇帝的懦弱扭曲，国丈伏完的老态与无力，吉太医的狠毒阴险反而与曹操的精明强干、坦诚直接形成对照。

成功者必须付出常人不可想象的艰辛，也必定忍受常人无法想象的孤独，这并非曹操一人的遭遇。多元社会之中，成功的标准本不固定，在追逐自我梦想的过程中每个人都可能遭遇误解、面临孤独。人与人之间的相处，除去单纯的利益关系，是否更需要一些简单的情感？影片中的曹操是更接近历史上的真实形象还是小说中的演绎形象并不重要，在一部古典题材的电影中让观众读出自己，读出我们身处其中的社会，也许才是电影编剧的最终目的。

影视改编作为沟通影视与文学创作的桥梁，不仅为古典小说进入当代接受视野创造了条件，更为古代小说研究提供了新的观察角度。无论是出于对影视表现规律的实际运用，还是影视主创的自我审美追求，抑或是对时下影视观众接受期待的有意迎合，改编自古典小说的影视作品都表现出与原著巨大不同，却与时下流行的文化现象保持着密切联系。事实上，这类影视文本呈现的是一种与传统和现代均发生交集的双重互文状态。叙述方式的转换，故事情节的或删减浓缩、或扩充增饰、或重新剪裁，人物形象、作品主题的颠覆、解构等无不表现出现代读者对《三国志演义》的独特理解和阐释，同时也透露了小说文本在不同文化语境中所拥有的多重意义指向。现代互文理论认为，文本只有在与其他文本发生联系时才产生意义，不论是电视剧版的《三国演义》、《三国》，还是电影版的《赤壁》、《铜雀台》，都只有置于罗贯中的小说以及丰富多彩的现代文化语境的综合参照之下，才能展现出独有的魅力。

结　语

与结构主义将文本视为封闭自足的主体不同，互文性理论强调发现和建构文本之间的关联，这种互涉性的文本关联既能发生在作者的创作阶段，也可能发生在读者的阅读阶段，既可能表现为主体思想上的对话或继承，也可能反映在文本结构、修辞等形式上的引用与借鉴。互文理论的开放性视角综合了结构主义、接受美学的思想之长，又吸收了符号学、精神分析等的相关研究方法，在其特定的观照视野及批评实践之中，文本拥有了极大的包容性和生命力。现代学界从互文性视角出发对古代小说文本进行了一定程度开掘，但在对本土互文思想的总结、对形式互文性的全面理解、对读者反应的重视，以及研究的整体性、系统性等方面还有所欠缺，至少在小说版本中的"副文本"现象、作品中的各种"引文"形式、语言与插图之间的互文关系、小说内部的互文结构、小说评点中的互文意识、现代影视改编的互文策略等方面还存在深入研究的必要和可能。本书选择《三国志演义》这一经典小说进行互文性研究的尝试，从文本的外部指涉性、诗词韵语的互文性、插图本中的"语—图"互文现象、叙事结构中的互文美学、毛批中的互文意识，以及影视改编中的互文策略等方面分别展开论述，得出了一些粗浅结论。

以"互文性"视角审视小说作品的两个常见维度一是通过建立文本

之间的互涉关联深入探究小说的叙述策略；一是在语言的能指游戏中发掘作品的多重隐喻，并建构既符合小说实际、又颇具主体特色的接受和阐释模式。母题的继承、叙述方式的借鉴、情节场景的仿拟当然不足以涵盖《三国志演义》互文性研究的全部，但却分别从以上两个维度展现了这部经典小说如何在与其他作品发生的诸种联系中获得自身的独特意义。对《三国志演义》文本的外部指涉性进行分析，正是力图以历时性与共时性相结合的思路破译小说文本意义的动态效果。

作为白话小说的经典之作，《三国志演义》遵循了韵散结合的古老叙述传统。人物诗词、名家咏史、作者代拟成为小说诗词韵语的三大来源。前二者主要以直接引用的方式进入《演义》，由于本身具有完全的独立性，进入小说之后更通过在两种不同文本之间构筑跨文本联系丰富着小说的内涵意蕴。而作者代拟诗词虽在外部指涉性上略逊于前二者，却能在小说内部建立起情节的互文参照。如果说人物诗作、名家咏史与小说的互文关联更符合西方互文理论的所指，那么通过代拟诗词所建构的情节互文则与我国本土固有的互文修辞更为一致。

在《三国志演义》的各色插图中，绘图者们通过对最具"孕育性"顷刻的把握、特殊的时空分割方式以及独具意蕴的静态绣像描画，试图达到最真实、准确再现文字信息的目的。而从插图对故事场景进行的带有情感倾向的取舍、图题的褒贬寄寓以及有意无意的图、文不符现象中，我们又感受到三国插图绘制者试图对小说做出符合自身审美习惯的解读尝试。而与此同时，插图又与文字一起构成特定的文本形态，影响着小说作品的进一步接受和流传。这是插图本小说独特的语—图互文现象。

"互文性"为我们理解文学作品提供了广阔的参照空间，使我们得以最大限度地扩展文本的外部指涉性。然而当我们致力于寻找文本之间广泛而奇妙的各种联系的同时，我们不能忽略文本内部往往也存在一个充满各种指涉关系的神奇世界。① 在《三国志演义》中，作者试图通过各种或隐或显的方式（包括对照、重复、伏笔等叙事技巧），在文本不同位置之间构建独特的空间关联；而我们的评点者则通过有意识运用"对看"原则破解这些技巧，并进而对文本意义作出颇具文人色彩的个性化阐释，这也许是文学作品所遵循的另一种具有本土特色的互文美学原则。

评点作为我国古代独有的小说批评形式，其中充满了各种阅读见解和理论智慧。细读毛宗岗父子关于《三国志演义》的评点，我们能发现评点者试图通过建构某种对应关系来阐释文本意义的努力。评点者一方面积极建立小说与其他历史、文学文本之间的联系，通过设置强大参照系来对人物形象、作品主题进行定位；另一方面，又通过在文本内部寻找规律性重复、对应，对作品叙述结构加以解析。在解读作品过程中，评点者还不断透露自己的小说美学主张。这种评点观正是我国传统文学批评中"秘响旁通"、"交相引发"思路在小说研究上的具体表现，也正好与西方"互文"批评中视文本为开放主体的看法不谋而合。

除了在小说文本内部以及文本之间寻找千丝万缕的互文指涉关系之外，经典文本的影视改编也曾引起互文性研究者的关注。将古代小说经典置于当代复杂的文化语境中进行参照解读，在小说的古典背景中寻找合适的当代阐释契机，以此引起观众共鸣，是众多影视编剧面对名著的

---

① 这种指涉关系是指文本内部超越时间、因果等逻辑联系，而在空间上展开的特殊的上下文关系。

基本改编思路。在《三国志演义》的改编影视剧作中，主创们分别用自己的方式实现了对互文策略的理解和运用：通过信息增值唤醒观众的集体记忆；通过情节改写、人物重塑迎合特定观众的审美需求和接受期待；通过颠覆原作主题以投射观众的现实情感。凡此种种，为我们解读古典小说提供了不同的途径和视野。

参考文献

一、古籍类

[1]（汉）司马迁:《史记》,崇文书局2010年版。

[2]（汉）班固:《汉书》,中华书局2007年版。

[3]（晋）陈寿著,（南朝宋）裴松之注:《三国志》,中华书局2006年版。

[4]（晋）杜预注,（唐）孔颖达正义:《春秋左传正义》,上海古籍出版社1990年版。

[5]（晋）干宝:《搜神记》,中州古籍出版社2010年版。

[6]（南朝宋）范晔:《后汉书》,岳麓书社1994年版。

[7]（南朝宋）刘义庆:《世说新语》,凤凰出版集团2010年版。

[8]（南朝梁）刘勰:《文心雕龙译注》,江苏教育出版社2005年版。

[9]（南朝梁）萧统编:《文选》,人民文学出版社2008年影印宋刊明州本。

[10]（唐）李延寿:《南史》,中华书局1975年版。

[11]（唐）孔颖达:《毛诗正义》,上海古籍出版社1990年版。

[12]（宋）司马光:《资治通鉴》,中华书局1956年版。

[13]（宋）李昉等编：《太平广记》，中华书局 1961 年版。

[14]（宋）洪迈：《夷坚志》，中华书局 1981 年版。

[15]（宋）罗烨：《醉翁谈录》，（台北）世界书局 1972 年版。

[16]（宋）孟元老：《东京梦华录》，中华书局 1982 年版。

[17]（明）谢肇淛：《五杂俎》，中央书店 1935 年版。

[18]（明）胡应麟：《少室山房笔丛》，上海书店出版社 2009 年版。

[19]（明）洪楩编：《清平山堂话本》，江苏古籍出版社 1987 年版。

[20]（明）陶宗仪编：《说郛》，上海古籍出版社 1988 年版。

[21]（明）冯梦龙：《东周列国志》，上海古籍出版社 2012 年版。

[22]（明）冯梦龙：《喻世明言》，人民文学出版社 1958 年版。

[23]（清）李渔：《李渔全集》，浙江古籍出版社 1992 年版。

[24]（清）纪昀：《阅微草堂笔记》，浙江古籍出版社 1997 年版。

[25]（清）陈沆：《诗比兴笺》，上海古籍出版社 1981 年版。

[26]（清）浦起龙：《读杜心解》，中华书局 1961 年版。

[27]（清）汪中：《述学》，中华书局 1991 年版。

[28]（清）张玉榖：《古诗赏析》，上海古籍出版社 2000 年版。

[29]（清）随缘下士编辑：《林兰香》，春风文艺出版社 1985 年版。

[30]（清）刘大櫆：《刘大櫆集》，上海古籍出版社 1990 年版。

[31] 沈伯俊校注嘉靖本：《三国志通俗演义》，文汇出版社 2008 年版。

[32] 孟昭连、卞清波、王凌校注：《毛宗岗批评本三国演义》，岳麓书社 2006 年版。

[33] 钟兆华：《元刊全相平话五种校注》，巴蜀书社 1990 年版。

[34]［日］井上泰山编：《三国志通俗演义史传》，上海古籍出版社

2009 年版。

　　[35] 陈曦钟、宋祥瑞、鲁玉川校注：《三国演义会评本》，北京大学出版社 1986 年版。

　　[36] 罗德荣校点：《金圣叹批评本水浒传》，岳麓书社 2006 年版。

　　[37]《脂砚斋、王希廉点评红楼梦》，中华书局 2009 年版。

　　[38] 邓遂夫校订：《脂砚斋重评石头记庚辰校本》，作家出版社 2006 年版。

　　[39] 汝梅、齐烟校点：《新刻绣像批评金瓶梅》，香港三联书店 1990 年版。

　　[40] 陶慕宁校注：《金瓶梅词话》，人民文学出版社 2000 年版。

　　[41] 郭月利校点：《封神演义》，中州古籍出版社 2009 年版。

　　[42] 余冠英选注：《三曹诗选》，中华书局 2012 年版。

　　[43] 魏宏灿：《曹丕集校注》，安徽大学出版社 2009 年版。

　　[44] 赵立、马连湘：《白居易诗选注》，吉林文史出版社 2000 年版。

二、论著类

　　[1] [法] 朱莉娅·克里斯蒂娃：《克里斯蒂娃自选集》，赵英晖译，复旦大学出版社 2015 年版。

　　[2] [法] 朱莉娅·克里斯蒂娃：《主体·互文·精神分析》，祝克懿、黄蓓编译，生活·读书·新知三联书店 2016 年版。

　　[3] [法] 朱莉娅·克里斯蒂娃：《符号学：符义分析探索集》，史忠义等译，复旦大学出版社 2015 年版。

　　[4] [瑞士] 弗迪南·德·索绪尔：《普通语言学教程》，商务印书

馆 1980 年版。

[5]［美］韦勒克、沃伦:《文学理论》,刘象愚等译,三联书店 1984 年版。

[6]［俄］巴赫金:《小说理论》,白春仁、晓河译,河北教育出版社 1998 年版。

[7]［俄］巴赫金:《文本、对话与人文》,白春仁等译,河北教育出版社 1998 年版。

[8]［法］蒂费纳·萨莫瓦约:《互文性研究》,邵炜译,天津人民出版社 2003 年版。

[9]［美］W.C.布斯:《小说修辞学》,华明、胡晓苏、周宪译,北京大学出版社 1986 年版。

[10]［法］热奈特:《热奈特文集》,史忠义译,百花文艺出版社 2001 年版。

[11]［英］珀西·卢伯克、爱·摩·福斯特、埃德温·缪尔:《小说美学经典三种》,方土人、罗婉华译,上海文艺出版社 1990 年版。

[12]［美］阿伯拉姆:《简明外国文学词典》,曾忠禄等译,湖南人民出版社 1987 年版。

[13]［美］浦安迪:《明代小说四大奇书》,沈亨寿译,中国和平出版社 1993 年版。

[14]［美］浦安迪:《中国叙事学》,北京大学出版社 1996 年版。

[15]［美］夏志清:《中国古典小说史论》,胡益民等译,江西人民出版社 2001 年版。

[16]［瑞士］荣格:《心理学与文学》,生活·读书·新知三联书店 1987 年版。

[17] [美] 希利斯·米勒：《小说与重复》，王宏图译，天津人民出版社 2008 年版。

[18] [英] Basil Hatim，Ian Mason：《话语与译者》，王文斌译，外语教学与研究出版社 2005 年版。

[19] [英] 巴兹尔·哈蒂姆、伊恩·梅森：《语篇与译者》，上海外语教育出版社 2001 年版。

[20] [法] 罗兰·巴尔特：《符号学历险》，李幼蒸译，中国人民大学出版社 2008 年版。

[21] [美] 弗洛姆：《梦的精神分析》，叶颂寿译，（台北）志文出版社 1971 年版。

[22] [意] 贝奈戴托·克罗齐：《历史学的理论与实际》，傅任敢译，商务印书馆 1982 年版。

[23] [荷兰] 米克·巴尔：《叙述学：叙事理论导论》，谭君强译，中国社会科学出版社 1995 年版。

[24] [美] 亨利·詹姆斯：《小说的艺术》，朱雯、朱乃长译，上海译文出版社 2001 年版。

[25] [俄] 李福清：《关公传说与三国演义》，（台北）汉忠文化事业股份有限公司 1997 年版。

[26] [俄] 李福清：《三国演义与民间文学传统》，尹锡康、田大畏译，上海古籍出版社 1997 年版。

[27] 鲁迅：《中国小说史略》，人民文学出版社 1976 年版。

[28] 阿英：《晚清文学丛抄·小说戏曲研究卷》，中华书局 1960 年版。

[29] 郑振铎：《中国俗文学史》，上海书店 1984 年版。

[30] 郑振铎：《中国古代木刻画史略》，上海书店出版社 2010 年版。

[31] 郑尔康编：《郑振铎艺术考古文集》，文物出版社 1988 年版。

[32] 钱钟书：《管锥编》，生活·读书·新知三联书店 2008 年版。

[33] 胡士莹：《话本小说概论》，商务印书馆 2011 年版。

[34] 孙楷第：《小说旁证》，人民文学出版社 2000 年版。

[35] 陈望道：《修辞学发凡》，上海教育出版社 1997 年版。

[36] 沈伯俊：《沈伯俊说三国》，中华书局 2005 年版。

[37] 沈伯俊：《三国漫话》，四川人民出版社 2000 年版。

[38] 石昌渝：《中国小说源流论》，三联书店 1994 年版。

[39] 李剑国、陈洪主编：《中国小说通史》，高等教育出版社 2007 年版。

[40] 李剑国：《唐五代志怪传奇叙录》，南开大学出版社 1993 年版。

[41] 黄霖编：《金瓶梅资料汇编》，中华书局 1987 年版。

[42] 朱一玄、刘毓忱编：《〈水浒传〉资料汇编》，南开大学出版社 2002 年版。

[43] 朱一玄、刘毓忱：《三国演义资料汇编》，百花文艺出版社 1983 年版。

[44] 朱光潜：《谈美书简》，江苏文艺出版社 2007 年版。

[45] 袁行霈主编：《中国文学史》，高等教育出版社 1999 年版。

[46] 罗宗强、陈洪主编：《中国古代文学发展史》，南开大学出版社 2003 年版。

[47] 童庆炳、程正民主编：《文艺心理学教程》，高等教育出版社 2011 年版。

[48] 朱立元：《现代西方美学史》，上海文艺出版社 1996 年版。

[49] 朱立元主编:《当代西方文艺理论》,华东师范大学出版社1997年版。

[50] 易国杰、黎千驹主编:《古代汉语》,高等教育出版社2011年版。

[51] 叶维廉:《中国诗学》,生活·读书·新知三联书店1992年版。

[52] 程毅中:《宋元小说家话本集》,齐鲁书社2000年版。

[53] 程毅中:《宋元小说研究》,江苏古籍出版社1998年版。

[54] 史忠义:《中西比较诗学新探》,河南大学出版社2008年版。

[55] 杨义:《中国叙事学》,人民出版社1997年版。

[56] 杨义:《中国古典小说史论》,中国社会科学出版社2004年版。

[57] 赵毅衡:《苦恼的叙述者》,北京十月文艺出版社1994年版。

[58] 鲁德才:《古代白话小说形态发展史论》,南开大学出版社2002年版。

[59] 孟昭连、宁宗一:《中国小说艺术史》,浙江古籍出版社2003年版。

[60] 赵望秦、张焕玲:《古代咏史诗通论》,中国社会科学出版社2012年版。

[61] 赵望秦:《唐代咏史组诗考论》,三秦出版社2003年版。

[62] 陈平原:《陈平原小说史论集》,河北人民出版社1997年版。

[63] 陈平原:《看图说书:小说绣像阅读札记》,生活·读书·新知三联书店2003年版。

[64] 谭帆:《中国小说评点研究》,华东师范大学出版社2001年版。

[65] 郑铁生:《〈三国演义〉诗词鉴赏》,新华出版社2010年版。

[66] 郑铁生:《三国演义叙事艺术》,新华出版社2000年版。

［67］周建渝：《多重视野中的〈三国志通俗演义〉》，中国社会科学出版社 2009 年版。

［68］刘博仓：《三国志演义艺术新论》，中国社会科学出版社 2008 年版。

［69］王立：《中国古代文学主题学思想研究》，天津教育出版社 2008 年版。

［70］张世君：《明清小说评点叙事研究》，中国社会科学出版社 2008 年版。

［71］王瑾：《互文性》，广西师范大学出版社 2005 年版。

［72］陈丽蓉：《中国现代小说互文性研究》，四川人民出版社 2003 年版。

［73］陈果安：《金圣叹小说理论研究》，湖南师范大学出版社 1999 年版。

［74］陈金现：《宋诗与白居易互文性研究》，文津出版社 2010 年版。

［75］崔际银：《诗与唐人小说》，天津古籍出版社 2004 年版。

［76］范子烨：《春蚕与止酒：互文性视阈下的陶渊明诗》，社会科学文献出版社 2012 年版。

［77］格非：《文学的邀约》，清华大学出版社 2010 年版。

［78］黎皓智：《俄罗斯小说文体论》，百花洲文艺出版社 2002 年版。

［79］李建波：《福斯特小说的互文性研究》，北京大学出版社 2001 年版。

［80］白庚胜主编：《中国民间故事全书》，中国水利水电出版社 2011 年版。

[81] 兰建堂主编:《中国民间故事全书》,知识产权出版社 2011 年版。

[82] 祁连休:《中国古代民间故事类型研究》,河北教育出版社 2007 年版。

[83] 田福生:《关羽传》,中国文史出版社 2007 年版。

[84] 刘辉:《〈金瓶梅〉成书与版本研究》,辽宁人民出版社 1986 年版。

[85] 孟悦:《本文的策略》,花城出版社 1988 年版。

[86] 秦文华:《翻译研究的互文性视角》,上海译文出版社 2006 年版。

[87] 阮炜等:《20 世纪英国文学史》,青岛出版社 1998 年版。

[88] 司马白羽编著:《史记品读》,朝华出版社 2012 年版。

[89] 吴保和:《中国电视剧史教程》,文化艺术出版社 2011 年版。

[90] 闫月珍:《叶维廉与中国诗学》,中国社会科学出版社 2010 年版。

[91] 赵渭绒:《西方互文性理论对中国的影响》,巴蜀书社 2012 年版。

[92] 周清波:《电视剧作艺术》,北京广播学院出版社 1997 年版。

[93] 祝重寿:《中国插图艺术史话》,清华大学出版社 2005 年版。

[94] 颜彦:《中国古代四大名著插图研究》,社会科学文献出版社 2014 年版。

[95] 王凌:《形式与细读:古代白话小说文体研究》,人民出版社 2010 年版。

[96] 焦亚东:《钱钟书文学批评的互文性特征研究》,华中师范大学 2006 年博士学位论文。

[97] 戴锦华:《文学和电影——电影改编理论和时间指南》,北京大学出版社 2006 年版。

[98] 潘晓玲:《咏史诗与历史小说关系论——以唐代咏史诗与元明清历史小说为探讨中心》,陕西师范大学 2009 年博士学位论文。

[99] 王瑾:《互文性:理论与批评》,首都师范大学 2005 年博士论文。

[100] 陶波:《赵颜求寿故事研究》,云南大学 2013 年硕士论文。

三、期刊类

[1] 秦海鹰:《互文性的缘起和流变》,《外国文学评论》2004 年第 3 期。

[2] 程锡麟:《互文性理论概述》,《外国文学》1996 年第 1 期。

[3] [法] 罗兰·巴特:《文本理论》,张寅德译,《上海文论》1985 年第 5 期。

[4] 程国赋:《论明代通俗小说插图的作用》,《文学评论》2009 年第 3 期。

[5] 安如峦:《从互文性看〈儒林外史〉的讽刺手法》,《明清小说研究》1997 年第 1 期。

[6] 李小龙:《试论中国古典小说回目与图题之关系》,《文学遗产》2010 年第 6 期。

[7] 于德山:《"语—图"互文之中叙述主体的生成及其特征》,《求是学刊》2004 年第 1 期。

[8] 于德山:《中国图像叙述学:逻辑起点及其意义方法》,《社会科学战线》2004 年第 1 期。

[9] 陆涛:《图像与叙事——关于古代小说插图的叙事学考察》,《内蒙古社会科学》2011 年第 6 期。

[10] 王逊:《论明清小说插图的"从属性"与"独立性"》,《中南大学学报》2012 年第 6 期。

[11] 胡小梅:《论周曰校本〈三国志演义〉插图的情感倾向》,《广西师范学院学报》2014 年第 3 期。

[12] 陈可红:《吴宇森的三国"江湖"——评〈赤壁〉》,《电影新作》2009 年第 2 期。

[13] 杜贵晨:《〈三国演义〉徐庶归曹故事源流考论——兼论话本与变文的关系以及"三国学"的视野与方法》,《山东师范大学学报》2003 年第 1 期。

[14] 甘莅豪:《中西互文概念的理论渊源与整合》,《修辞学习》2006 年第 5 期。

[15] 郭英德:《中国古代通俗小说版本研究刍议》,《文学遗产》2005 年第 2 期。

[16] 李桂奎:《"互文性"与中国古今小说演变中的文本仿拟》,《河北学刊》2011 年第 2 期。

[17] 李桂奎:《中西"互文性"理论的融通极其运用》,《社会科学战线》2016 年第 8 期。

[18] 李桂奎:《中国古典小说"互文性"三维审视》,《求索》2015 年第 11 期。

[19] 李桂奎:《毛氏父子对〈三国志演义〉的"比类而观"及其"重复"理论的现代意义》,《社会科学》2017 年第 2 期。

[20] 刘勇强:《戏里传情——谈〈谭楚玉戏里传情刘藐姑曲终死节〉》,《文史知识》2004 年第 4 期。

[21] 刘勇强:《一僧一道一术士——明清小说超情节人物的叙事学

意义》,《文学遗产》2009 年第 2 期。

[22] 刘勇强:《中国古代小说的叙事学研究反思》,《明清小说研究》2011 年第 2 期。

[23] 邢慧玲、邢珷:《崇祯本〈金瓶梅〉中的徽派图形艺术考》,《徐州教育学院学报》2008 年第 3 期。

[24] 杨森:《世德堂本〈西游记〉图文互文现象研究》,《徐州师范大学学报》2012 年第 4 期。

[25] 杨彬、李桂奎:《"仿拟"叙述与中国古代小说的文本演变》,《复旦学报》2011 年第 6 期。

[26] 杨义:《〈金瓶梅〉:世情书与怪才奇书的双重品格》,《文学评论》1994 年第 5 期。

[27] 赵望秦:《〈三国志演义〉中"静轩诗"是依据小说文本吟咏写作的》,《渭南师范学院学报》2012 年第 9 期。

[28] 王立:《明清小说中的宝失家败母题及渊源》,《齐鲁学刊》2007 年第 2 期。

[29] 刘卫英:《关羽崇拜传说与民间龙信仰》,《商丘师范学院学报》2010 年第 10 期。

[30] 刘卫英:《明清小说宝物崇拜的宗教学审视》,《齐鲁学刊》2009 年第 4 期。

[31] 刘海燕:《民间传说中关羽形象塑成探析》,《山西大学学报》2004 年第 5 期。

[32] 饶道庆:《略论〈三国演义〉的叙事模式与中国文化思维的关系》,《明清小说研究》1998 年第 1 期。

后　记

　　本已写好结局，却还是欲罢不能要在最后补上这段感受。虽然长时间不愿意去触及心底那根敏感神经，但也始终清醒地知道自己无法回避，那么，只有面对了。

　　在我三十多年的人生经历中，"无常"二字对我曾是特别遥远的一种生命感悟，它更多出现在电影、电视或者别人的生活中，我从未思考过某一天自己也会经历这种刻骨铭心的考验。2015年1月16日，是我们西安工业大学正式放假的日子，我和父母欢天喜地去咸阳机场准备飞深圳和丈夫团聚。三四年以来，我几乎已经习惯了这种举家折腾的双城奔波，可怜我年迈的父母从未因旅途的辛苦有过任何抱怨。这次，他们更因为即将要迎来生命中的第一个外孙而完全忽略了身体的劳累，深圳的一大帮亲戚朋友已电话沟通好晚上要为我们设宴接风。就在这样一个美好寒假即将开始的时候，意外忽然发生了：父亲在打开出租车门的一瞬间倒地休克，再也没有醒来！直到现在我仍对这一情景感到恍惚和不解，以至于常常半夜醒来脑海中闪现的都是这个镜头，一个如此健康的人怎么能在毫无征兆的情况之下就匆匆离我而去？可就在那一瞬间，我和妈妈已经预感到不祥，因为倒下去的爸爸已经没有任何生命体征，虽然在周围出租车司机的帮助下进行了人工呼吸和心脏按压，仍然没有任何起色。送到医院抢救了一个多小时之后，医生无奈地宣布爸爸因为心源性猝死而永远地离开了我们。我欲哭无泪，不知道该如何面对接下来将要发生的一切。我的领导和同事们在第一时间赶到了医院，陪我度过了那个最黑暗、最痛苦的夜晚。在医院附近的宾馆等待丈夫飞回西安的那个夜晚，我深深感到两个城市之间的距离是如此遥远。

　　我从未设想过没有父亲的生活会是怎样，因为我已经太习惯他的存在了。他年轻时性格比较暴躁，小时候的我从来不敢在他面前撒娇。可是随着年龄增长，他的内心却越来越柔软，工作之后我安心享受了他为我提供的一切生活服务，同时心情不好的时候我还可以肆无忌惮对他怒吼喊叫而不必承担任何情感负担。他陪伴我一路求学，写作博士论文的时候，他和妈妈在天津照顾我的生活起居；我辗转西安和深圳两地，他们不离不弃一路相伴。后来，他们最大的心愿就是尽快抱上外孙、我和丈夫也尽快结束这种双城生活。然而就在第一个愿望即将实现的时候，爸爸却提前走了，他已经无法享受到含饴弄孙的天伦之乐，也看不到我终有一天和丈夫永远团聚的时刻了。如果早知道爸爸那天身体不舒服，我无论如何不会催促着他赶紧出门；如果早知道他要在刚过完六十六岁生日不久就选择离开，那个时候的我一定不会因为孕期反应的强烈而对他乱发脾气；如果早明白爸爸其实并不可能陪我到永远，我一定也会早一点努力让他当上外公……可是人生没有如果，哭泣无法唤醒沉睡的父亲，悲伤更不能安慰痛苦的母亲，此刻的我终于深刻理解了"子欲养而亲不待"的无奈。

　　父亲的去世正是在这篇论文完成之际，当时我即将结束在陕西师范大学的博士后研究工作。因为父亲的去世，也因为生产之前身体的原因，我在深圳休养了近一年的时间。这也导致我很长一段时间根本不敢翻开这本论文，在我出站报告的致谢中我还曾为老天给了我健康的父母和幸福的家庭而感恩。然而这一切我终究无法回避，在无常面前，个体的生命永远那么脆弱和无力，父亲的匆匆离去造成了我人生中永久的遗憾，痛苦的思考却也让我渐渐成长，我不得不收拾心情重新规划我的工作和生活。为了求学和工作，我曾经错过了很多本该与家人共同分享的美好时光，有时我甚至在想，假如我的生活不是如此折腾，父亲也许不会这么早离开吧？从此以后，我必须独自承担起照顾母亲的责任，而我自己也开启了为人母的经历，也许人生的每个阶段本就有着不同的责任和义务，为了家庭，为了亲人，我是否应该选择放弃？可是在学术的道路上，我才刚刚有了入门的感觉，却不得不面临重新选择人生道路的纠结与痛苦。我甚至常常想到自己抱着孩子被家务包围的抓狂场景，那时再回忆起这段安心读书和写作的专注时光，该是怎样的一种怅惘与怀念呢？人生总是充满无限可能，当时的我实在无法预测今后的生活会是一番什么景象，但我也知道，无论最终走上一条怎样的道路，爸爸的心愿只有一条，就是希望我永远幸福。

我最终还是回到了学校，对于年轻时作出的人生选择实在无法潇洒放弃，但坚持的背后隐藏着更大的艰辛与挑战。回到学校时孩子四个月大，当时新校区的住房迟迟不能交付只好蜗居学生公寓，每天拎着饭盒在办公室、食堂和宿舍之间穿梭，母亲与我相依为命的照顾宝宝，接踵而来的评职、评估、装修更让我疲于奔命。实在撑不下去的时候也会哭着追问自己，为何要在一个陌生的城市苦苦坚守？职业理想、学术追求这些高大上的字眼用来总让人觉得矫情，可说到底自己心心念念的又有什么别的东西？看清了自己的内心，我不再纠结与彷徨，能走多远就走多远，安心讲好每一堂课，认真写下每一个文字，无愧于当下每一天即是圆满。当然，即使磕磕绊绊走到今天，我的文字仍称不上优秀，这部论文只能算是我博士后研究阶段的总结，同时也是我进入互文性研究的开端。就我的学术经历而言，互文性确实开启了我看待文学作品的一个全新世界。

面对不太完美的论文，我心有惭愧，亦心怀感激，感恩我已经拥有的一切：感谢我的博士后合作导师赵望秦先生，先生治学严谨但学术视野却极其开阔，对我的选题及研究方法不作苛责，但总能在关键时刻给予点醒。先生理解我的工作及生活艰辛，对我表现出最大宽容。感谢我的丈夫，他虽远在鹏城，却每天都以特殊的方式给我鼓励和安慰，论文的排版、校对甚至投稿等诸多烦琐工作均由他代劳，以致被同事们戏称为真正的"博士后"（博士身后的男人）。还有他为我在遥远南方布置的温暖舒适的家，成为我可以随时停靠的港湾。感谢我的母亲，她默默陪守在我人生的每一个重要阶段，成为我坚强的精神后盾，孩子出生之后一直由她精心照顾，她的隐忍与包容让我感受到女性的伟大。感谢我的领导和同事们，他们为我的坚持提供了各种帮助，特别是红岩院长对我如兄长般的鼓励伴我走过了人生最无助的时期。也感谢我的女儿，她的成长带给我诸多快乐，也让我理解了责任与担当。

感谢离开已经三年的父亲，是他的爱让我坚持，在我心里他从来不曾远去！

责任编辑：崔秀军

封面设计：汪　阳

图书在版编目（CIP）数据

《三国志演义》互文性研究／王凌 著 . — 北京：人民出版社， 2019.11

ISBN 978 – 7 – 01 – 021353 – 8

I. ①三…　 II. ①王…　 III. ①《三国志演义》– 研究　 IV. ① I207.413

中国版本图书馆 CIP 数据核字（2019）第 219594 号

《三国志演义》互文性研究

SANGUOZHIYANYI HUWENXING YANJIU

王 凌 著

人 民 出 版 社 出版发行

（100706　北京市东城区隆福寺街 99 号）

中煤（北京）印务有限公司印刷　新华书店经销

2019 年 11 月第 1 版　2019 年 11 月北京第 1 次印刷

开本：710 毫米 × 1000 毫米 1/16　印张：14.25

字数：170 千字

ISBN 978 – 7 – 01 – 021353 – 8　定价：56.00 元

邮购地址 100706　北京市东城区隆福寺街 99 号

人民东方图书销售中心　电话（010）65250042　65289539